Frédéric Lenormand est l'auteur de nombreux romans, essais historiques et pièces de théâtre. Sa fameuse suite des aventures du juge Ti compte aujourd'hui plus de dix romans.

Frédéric Lenormand

# MORT D'UN MAÎTRE DE GO

Les Nouvelles Enquêtes du juge Ti, vol. 8

ROMAN

*Fayard*

TEXTE INTÉGRAL

ISBN 978-2-7578-1955-5
(ISBN 2-213-63088-7, 1re publication)

Le terme « go » utilisé par les Occidentaux est japonais. Les Chinois, qui ont inventé ce jeu, le qualifient simplement d'échecs, weiqi. À l'époque des Tang, il était surtout pratiqué par les lettrés. À l'inverse, le siang-k'i, jeu populaire, est plus proche des échecs pratiqués en Europe.

L'action se situe en l'an 676 de notre ère. Le juge Ti, âgé de quarante-six ans, est magistrat de Pei-tcheou, ville située aux confins des plaines arides de l'extrême nord de l'empire.

PERSONNAGES :

Ti Jen-tsie, magistrat de Pei-tcheou
Dame Lin Erma, première épouse du juge Ti
Tao Gan, secrétaire du juge Ti

PERSONNAGES IMPLIQUÉS DANS
L'AFFAIRE DU MAÎTRE DE GO :

Tchao Xiang, seigneur local
Dame Ren Lin-yao (Trésor de Jade), épouse du seigneur Tchao
Liu Yi, maître de go
Tchou Tchai, capitaine de la garde
Hsu Sung-nien, détenu

PERSONNAGES IMPLIQUÉS DANS
L'AFFAIRE DE LA FEMME DÉMENTE :

Han Po, négociant en fourrures
Dame Yang Rong (Lotus), épouse de M. Han

Tian Tchen, mage taoïste
Bai Juyi, guérisseur

PERSONNAGES IMPLIQUÉS DANS
LA MORT DU PATRIARCHE :

Hou Jingxian, riche retraité
Dame Bu Feiyan (Fumerolle), épouse de M. Hou
Bu Chi-chen, neveu de dame Bu
Wei Yin, majordome des Hou
Xu Jun, valet des Hou

E-mail : Lenormand@LeJugeTi.fr.fm

# Plan de Hohhot

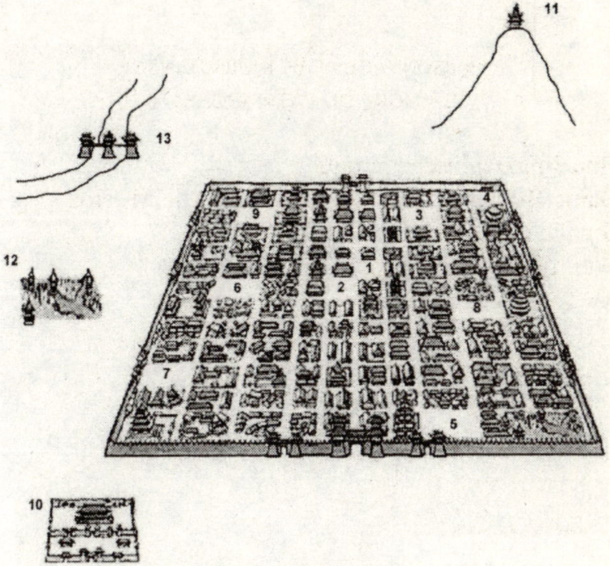

# I

*Le juge Ti prend une décision administrative aux conséquences inattendues ; il découvre un pays étrange.*

Il y avait à peine quelques semaines que le juge Ti s'était installé dans cette petite cité isolée à la marge de l'empire. Mille ans lui semblaient pourtant s'être écoulés depuis qu'il avait quitté la civilisation telle qu'il l'avait toujours connue. Pei-tcheou se dressait au milieu d'une plaine dont l'aridité était la parfaite expression du dénuement qui accablait la région. Jamais l'expression « terre abandonnée des dieux » n'avait paru aussi appropriée au magistrat. Sans doute, un jour lointain, d'innombrables prés cultivés, de brillants sanctuaires et de belles demeures s'élèveraient-ils ici pour célébrer la grandeur de la Chine. Pour l'instant, une tâche immense restait à accomplir, et c'était à lui qu'on l'avait confiée.

Si les villes chinoises étaient pour la plupart ceintes de fortifications en briques crues, héritage de temps immémoriaux, les murailles de Pei-tcheou répondaient à une impérieuse nécessité. Les barbares n'étaient pas loin, il fallait se garder d'un mouvement d'humeur qui pouvait les jeter sur ce fragile bastion de la société des Tang.

Les murs, justement, requéraient d'importants travaux de consolidation, comme Ti avait pu le constater lui-même au cours d'une visite en compagnie des architectes. La population, par ailleurs, souhaitait l'édification d'un nouveau caravansérail pour abriter les convois dont les haltes constituaient sa principale source de richesses. Le gouvernorat de la province avait en outre ordonné la construction d'un temple à Confucius afin de promouvoir la morale officielle chez ces peuples nouvellement conquis.

« Voilà au moins une décision qui n'est pas difficile à prendre », se dit le juge. En tant que représentant du Fils du Ciel dans la localité, il lui revenait de donner le signal du début des opérations. Aussi décréta-t-il qu'on s'attellerait simultanément à ces trois tâches, dont aucune ne pouvait être différée.

Ses scribes avaient l'air embarrassés. L'un d'eux l'informa que les caisses étaient hélas bien vides.

– Comment cela se fait-il ? s'étonna le magistrat.

– C'est que les impôts de cette année ne sont pas encore rentrés, noble juge. Votre prédécesseur a négligé de s'en charger avant de quitter son poste. Il faudrait lancer la collecte sans plus tarder.

Ti nota une fois de plus la tendance de ses confrères à abandonner à leurs successeurs les détails de l'intendance, même si ceux-ci ne présentaient aucune difficulté. Puisque rien ne semblait pouvoir se faire sans son ordre, il prononça les paroles que tout le monde attendait :

– Très bien. Lancez-la tout de suite. Le plus tôt sera le mieux. Dès demain, si vous le pouvez.

Ces mots suscitèrent un grand soulagement parmi ses subordonnés. Ils s'inclinèrent avec respect, comme si le magistrat avait fait davantage que prendre une décision de bon sens qui ne l'engageait en rien.

Il ne remarqua pas, le lendemain, qu'on l'avait réveillé plus tôt que d'ordinaire. Il ne nota pas davantage, après sa collation matinale, quand le sergent Hong l'aida à s'habiller, qu'on lui faisait enfiler sa tenue de voyage. Son esprit était encore un peu embué par les vapeurs du sommeil lorsqu'on le mena dans la cour encombrée de chevaux harnachés, de chameaux chargés de caisses et de soldats en armes. C'était le convoi de collecte des impôts prêt à partir. Le juge en déduisit qu'on sollicitait en quelque sorte sa bénédiction avant de s'en aller faire son devoir.

– Très bien, approuva-t-il avec un petit signe de la main. Allez-y !

– Dès que Votre Excellence aura pris place sur sa monture, répondit le chef des percepteurs en s'inclinant.

Ti mit un moment à saisir le sens de ces mots.

– Plaît-il ?

– La présence de Votre Excellence est nécessaire pour se faire verser l'impôt. Quand ils sont seuls, nos percepteurs sont chassés à coups de pierres. Vos prédécesseurs ont toujours agi ainsi.

Ti s'accrocha à l'idée qu'il y avait là un malentendu facile à dissiper. Jamais on ne l'avait chargé d'une telle mission. Sans doute s'agissait-il d'une coutume locale qu'on pouvait réformer avec un peu de fermeté.

– N'a-t-on pas d'autres moyens de pression sur ces gens ? Les lois édictées à la capitale ? La garnison ? Le respect dû à l'empereur ?

L'expression du percepteur était trop impassible pour laisser entrevoir la moindre échappatoire.

– La capitale est loin, noble juge. D'autre part, nos

paysans savent bien que la garnison est occupée à empêcher les barbares de passer la frontière pour se livrer à leurs razzias. Quant au respect dû à l'empereur, il y a quinze ans, ces hommes rendaient encore leurs devoirs au Grand Khan des K'i-tan, alors…

Ti se demanda si le Grand Khan des K'i-tan aurait de l'emploi pour un petit juge de province terriblement désabusé. Son esprit cherchait désespérément un argument qui lui éviterait d'avoir à courir les routes de campagne.

– Ne peut-on se contenter de l'impôt acquitté par les habitants de la ville ? Les artisans, les marchands, les nomades qui vendent leurs bêtes sur le marché ?

On lui expliqua que les citadins n'acceptaient de contribuer que si les cultivateurs payaient aussi. Dans le cas contraire, il deviendrait fort difficile de faire rentrer la moindre sapèque. Ti dut se rendre à l'évidence : l'état des murailles, le nouveau caravansérail et le temple de Confucius le forçaient à braver une nature hostile. Il poussa un profond soupir et descendit les marches menant à la cour où l'attendait le convoi de collecte fiscale, son convoi.

– Quelle monture Votre Excellence préfère-t-elle utiliser pour sa tournée ? s'enquit le capitaine de sa garde.

Les chameaux le contemplaient d'un œil placide tout en ruminant derrière leurs grosses babines poilues.

– Pas tous les plaisirs en même temps, répondit le juge en se dirigeant vers les chevaux.

Il lui semblait plus prudent, dans la mesure du possible, de s'en tenir à ce qu'il connaissait. À la vérité, les chevaux lui paraissaient étranges, eux aussi. Ils étaient courts sur pattes et avaient le poil crépu, épais, bouclé, avec sur le haut du crâne une houppette nouée par une lanière de cuir. Il vit là un mauvais présage quant aux températures qu'il allait devoir affronter. Si même les chevaux développaient une fourrure pour survivre aux frimas, à quoi devait-il s'attendre ? Sa seule consolation fut de voir arriver son secrétaire, Tao Gan, lui aussi en habit de voyage, qui s'avança vers un cheval, la mine sombre et les épaules rentrées. L'un de ses yeux portait un cerne noir caractéristique.

– Je n'ai pas voulu laisser Votre Excellence partir seule, annonça-t-il une fois qu'on l'eut hissé péniblement sur sa monture.

– Laisse-moi deviner, dit le juge. Mes adjoints ont décidé de tirer au sort qui d'entre eux aurait le bonheur de m'accompagner, et ton habileté à forcer la chance a été prise en défaut, si bien que vous en êtes venus à employer des arguments frappants.

Tao Gan grommela entre les poils de sa fine moustache qu'il était trop heureux de montrer son dévouement à Son Excellence.

Quelques minutes plus tard, ils franchissaient le rempart puissant mais délabré de Pei-tcheou, pour laisser derrière eux cette ville austère qui leur apparaissait à présent comme l'ultime refuge du confort et du raffinement. Le percepteur chevauchait au côté du juge, visiblement satisfait de ce que son supérieur n'ait pas trop rechigné à l'assister dans cette aventure.

– Votre Excellence a de la chance : la belle saison est en avance, cette année. Nous n'aurons pas à subir la neige et les glaces.

– Je suis béni des dieux, grommela le juge dans sa barbe.

Il sentait ses doigts geler à l'intérieur de ses gants.

Ils ne rencontrèrent bientôt plus que des troupeaux de chameaux menés par des bergers bardés de peaux de chèvres.

Au reste, les paysages étaient magnifiques : on parcourait d'immenses étendues où l'œil se perdait, bornées seulement par les cimes enneigées que l'on devinait à l'horizon. Ti, pour sa part, avait toujours préféré les lieux domestiqués par des millénaires d'occupation humaine, avec leurs petits champs délimités par des haies et leurs jolis hameaux fleuris disposés à intervalles réguliers. Il demanda à son guide quelles étaient ces crêtes immaculées que l'on discernait au loin.

– Ce sont les montagnes du Grand Froid, noble juge. Pour les atteindre, il faut traverser la vallée du Grand Froid et franchir le torrent du Grand Froid.

À l'énoncé de ce programme, le juge eut l'impression que tous ses membres étaient saisis par le gel. La première étape de leur tournée devait les conduire dans les villages perchés sur les plateaux qui dominaient la plaine. Le sentier herbeux se changea en chemin pierreux sinuant à flanc de coteau.

– Je suis content de voir qu'il n'y a pas que des prairies glacées, dans ce pays, dit-il en jetant un coup d'œil du côté du ravin. Il a aussi ses escarpements mortels, ses rivières glaciales et ses couloirs de vent réfrigérants.

« Et voilà, nous venons de quitter la civilisation ! » annonça le percepteur lorsqu'un tournant fit disparaître à leurs yeux l'étendue qu'ils venaient de franchir. Ti, qui n'avait pas vu autre chose que des chameliers et des gardiens de moutons depuis plusieurs lieues, fut tenté de le précipiter dans le gouffre pour lui apprendre à préserver le moral de son supérieur.

Après avoir cheminé durant un temps interminable à travers des endroits perdus, il lui sembla, contre toute attente, qu'ils se rapprochaient de lieux habités par l'homme. Ils commencèrent à croiser des glaneuses chargées de fagots et des bergères entourées de chèvres broutant les buissons épineux.

Le plus étonnant chez ces femmes était leur coiffure : leurs cheveux, noués en cône, se dressaient très haut au-dessus de leur tête. L'assemblage tenait par des rubans noirs entremêlés de grosses mèches luisantes. Elles étaient vêtues de longues tuniques serrées à la taille par une ceinture à large boucle métallique. Elles y accrochaient des bourses en cuir ventrues où elles devaient ranger leurs affaires. Elles étaient chaussées de solides bottes en peau d'agneau tannée. Ti constata que les hommes, lorsqu'il en vit, portaient sur la tête un drôle de chapeau conique qui rappelait, en plus petit, la coiffure des femmes. Comme ils étaient grassouillets et recouverts de fourrures de yaks, Ti avait tendance à les confondre avec leurs bêtes. Le convoi finit par longer des enclos remplis d'animaux, signe qui annonçait indubitablement la brillante métropole où on allait l'accueillir à bras ouverts.

– J'ai bien fait de venir, grogna-t-il. On ne voit pas ça partout.

Le percepteur saisit l'occasion de souligner l'aspect positif de cette expérience.

– Ce n'est pas à Chang-an[1] que Votre Excellence aurait l'occasion de s'initier aux cultures passionnantes de nos peuples frontaliers !

1. La capitale de l'empire Tang.

– Eh oui. Je comprends à présent ce que j'ai failli manquer.

Il se demanda à quel degré de flagornerie il allait devoir se rabaisser pour que sa hiérarchie prenne en considération une demande de mutation anticipée.

La bourgade s'ouvrait par une porte monumentale peinte en rouge dans le goût typiquement chinois. Cette vision lui fit chaud au cœur : peut-être ces gens n'étaient-ils pas aussi arriérés qu'il l'avait craint, après tout.

– C'est un cadeau de Sa Majesté pour bien montrer à tous que cet endroit appartient désormais à l'empire, expliqua le percepteur. C'est l'impôt local qui l'a financé.

Ti se demanda si l'impôt local servait à autre chose qu'à financer des actions de propagande. Leur arrivée avait apparemment été signalée par l'un ou l'autre des bergers croisés sur la route. Une troupe d'enfants courut à leur rencontre et se mit à les suivre en poussant des cris joyeux. On ne devait pas voir tous les jours un cortège de chevaux, chameaux et hommes d'armes traverser le village à la queue leu leu.

– C'est un peu Sa Majesté qu'ils acclament en vous, dit le percepteur avec sur les lèvres un sourire encourageant.

En fait d'acclamations, Ti aurait bien aimé connaître le sens exact de leurs lazzis. Bien que totalement incapable de comprendre l'idiome régional, il n'était pas loin de penser qu'ils échangeaient des considérations amusées sur l'obstination de ces Chinois naïfs à tenter de récupérer le moindre sou dans leurs montagnes.

Le village était surtout peuplé de chèvres qui vagabondaient à l'envi. Il était constitué de maisonnettes basses en pierres grises irrégulières, surmontées d'une charpente apparente et d'un toit empierré lui aussi. Lorsqu'ils furent rendus sur ce qui devait être la place principale, d'énormes cochons noirs poilus vinrent renifler Ti avec leur groin, comme le font habituellement les chiens confrontés à un événement curieux.

– Mignonnes petites bêtes, dit le juge en tâchant de les écarter du pied. Couché, maintenant.

Il avait eu tort de s'inquiéter. On le reçut avec tous les fastes locaux. Il lui fut immédiatement servi un thé bien fort à la graisse de yak devant la masure du chef. Des femmes apportèrent de grosses marmites à yogourt dont on tira un liquide épais et très odorant que son percepteur lui fit signe d'absorber jusqu'à la dernière goutte malgré son goût saumâtre. Puis on le fit asseoir sur un pliant tandis que deux hommes dénudés jusqu'à la taille s'empoignaient sous ses yeux. Il apparut qu'il n'assistait pas à un pugilat de plaignants comme il s'en produisait quelquefois dans le parterre de son tribunal, mais à une démonstration de lutte traditionnelle donnée en son honneur. Tao Gan en resta bouche bée.

– Je suis stupéfait de voir la diversité de ce qu'on peut trouver dans l'empire du Milieu, noble juge.

– Tu me l'ôtes de la bouche, répondit son patron.

La bourgade avait aussi ses œuvres d'art. Au milieu de l'esplanade, en guise de statue, se dressait une pierre aux contours compliqués que les indigènes vénéraient en tant que représentation de l'âme d'un grand ancêtre. D'autres rochers avaient été sculptés en forme d'animaux, dont une grosse tortue ornée de rubans votifs. Le plus gênant était un monolithe phallique dont la taille impressionnante heurtait violemment la pudeur chinoise.

– On ne leur a jamais parlé de Confucius ? s'étonna Ti.

– En fait non, répondit le percepteur. Ni du Tao, ni du Bouddha. N'en dites pas un mot, noble juge : on ignore comment ils le prendraient. Leur goût pour la nouveauté a ses limites.

L'idée qu'ils pouvaient avoir un quelconque goût pour la nouveauté aurait beaucoup surpris le juge : rien ici ne semblait avoir changé depuis que les dieux avaient appris aux hommes à cuire leurs aliments.

– Ils n'ont pas grand-chose de chinois, ces gens-là. Que font-ils dans l'empire ?

Les trois hommes en robe de soie colorée et bonnet assorti avaient certes du mal à se sentir une parenté avec les joyeux drilles à la peau luisante qui se tenaient tout autour d'eux, dont ils ne partageaient ni la langue, ni les mœurs, ni la religion. Le juge s'enquit de l'origine de ce peuple. Le percepteur répondit qu'ils constituaient un sous-groupe de l'ensemble turco-mongol, ce que le cerveau typiquement chinois du juge Ti traduisit immédiatement par « ensemble barbare-barbare ».

– Ne sont-ils pas charmants, noble juge ?

– Certes. Nous avons un mot, à Chang-an, pour désigner les gens comme eux. Mais je ne peux pas le dire, ce ne serait pas poli.

Un bonhomme décati vint s'incliner devant eux. « Leur chef », souffla le percepteur à l'oreille de son maître. Ti lui trouva un air duplice, avec ses petits yeux brillants et son sourire en coin. Il fut convaincu d'être en présence d'un vieux roublard. L'homme leur fit en langue locale un petit discours de bienvenue où il était question de l'alliance bénéfique des Chinois avec le « grand peuple des steppes de culture millénaire ».

– Mais de quoi parle-t-il ? glapit le magistrat. De leur village en pierres à peine taillées ?

Les paysans ne disposant guère de liquidités, certaines denrées comme le grain ou la soie étaient couramment utilisées pour le paiement de l'impôt. On pouvait aussi s'en acquitter sous forme de corvées. Les villageois défilèrent devant le juge pour entasser à ses pieds tout un bric-à-brac de poulets aux pattes ficelées, de morceaux de cuir, de cornes évidées, de ballots de laine, de mottes de thé, de paquets de sel, de fagots de bois, de fourrages en bottes, de fruits séchés, de plantes prétendument médicinales, de jarres d'huile, de papier, de charbon, de cailloux sculptés, de laque et de cire d'abeille sous forme de cônes.

– Qu'est-ce que c'est que ça ? Croient-ils que j'ouvre une épicerie ?

Le chef se lança dans de longues explications traduites au fur et à mesure par le percepteur, d'où il ressortait que les récoltes avaient été mauvaises, que les vaches avaient mis bas avant terme et que les chèvres avaient attrapé une vilaine maladie qui leur faisait peler la peau.

– Il se moque de nous, celui-là, non ?

– Oui, mais c'est une tradition locale, noble juge. Ne dites surtout rien, vous pourriez les vexer.

Ti avait remarqué que le vieil homme boitait un peu. Il tira de sa manche quelques clous de girofle qu'il lui remit en lui recommandant de les sucer.

– Le clou de girofle est-il salutaire contre les cors aux pieds ? demanda Tao Gan.

– Je n'en sais rien, mais ça donne bonne haleine.

Le juge ne put éviter de noter que le misérable patriarche en train de leur exposer ses malheurs était vêtu de fourrures somptueuses rehaussées de bijoux en or. Il contempla, répandues sur le sol, les babioles risibles dont on le priait de se contenter.

– Il plaisante, j'espère ? Rien qu'avec ce qu'il a sur le dos, il est plus riche que moi !

Le percepteur partageait son désagrément, qu'il teintait de résignation :

– Il a été convenu avec le ministère que ce qu'ils avaient sur eux n'entrait pas dans le calcul de l'impôt.

Il apparut très vite que rien n'y entrait. Chaque fois que Ti désignait un quelconque objet, maison, troupeau, cheval, serviteur, cela ne pouvait être pris en compte. Il ne restait guère que les filles de la maison qu'on pût considérer comme signe de richesse.

– Ils sont malins, par ici, dit Tao Gan avec admiration.

C'était un expert qui parlait. Il était très fort pour tout ce qui concernait l'argent, et particulièrement pour détecter les richesses cachées par les contribuables, dont une partie finissait toujours au fond de ses manches. Pour l'heure, ses petits talents n'étaient guère utiles à son patron.

Voyant que le magistrat était loin d'être satisfait, le chef alla chercher une demoiselle dans l'assistance et la poussa devant Son Excellence.

– Il a cinq filles, expliqua le percepteur. Il vous en propose une pour solde de tous comptes.

– Combien vaut une pucelle, sur le marché de Peitcheou ? s'enquit le magistrat.

– En vérité la cote des campagnardes n'est pas très élevée, noble juge, répondit le percepteur avec une moue de déception.

Ti était sur le point de refuser la transaction. Le

scribe qui enregistrait les dépôts leva le nez de son parchemin pour déclarer que rien ne s'opposait à ce qu'on l'accepte. Tao Gan affirma qu'il était disposé à la prendre pour lui si on lui faisait un prix. Étant donné le peu d'intérêt que son subordonné montrait pour les femmes en général, Ti se demanda quel genre d'escroquerie il pouvait bien avoir en tête.

– Si tu veux l'épouser, tu n'as qu'à payer l'impôt à la place des parents, ça lui servira de dot, rétorqua le juge pour le décourager.

Il jugeait ce chef de village un peu prompt à se défaire d'une de ses filles, même s'il s'agissait apparemment de la denrée dont on manquait le moins. Il prit son air le plus sévère pour exiger des précisions. L'homme hésita, confirmant au juge qu'il y avait anguille sous roche. Comme Ti fronçait ses gros sourcils noirs ainsi qu'il le faisait quand il sentait qu'un témoin lui dissimulait un fait important, le vieil homme se résigna à parler. Le percepteur écarquilla les yeux en entendant ses explications. Il prit la peine de le tancer dans sa langue avant de traduire.

– Votre Excellence avait raison de se méfier ! Il essaye de vous refiler une fille maudite !

Depuis plusieurs mois, le père soupçonnait sa cadette d'entretenir une liaison coupable avec un démon des montagnes. Son caractère docile avait brusquement changé. Des objets se changeaient par magie en d'autres choses. Elle s'éclipsait des journées entières sans qu'on pût la trouver, comme si on l'avait emportée dans les airs. Et, preuve suprême, certaines pièces de linge qu'elle était chargée de laver et de repriser s'étaient mystérieusement évanouies. Or il était de notoriété publique que les démons des montagnes aimaient recevoir de petits cadeaux de celles qu'ils visitaient par les nuits sans lune. Il avait prévu de la faire exorciser par le chaman, mais, puisque Son Excellence réclamait son dû, mieux valait profiter de l'aubaine.

Ti contempla la possédée, un joli brin de montagnarde qui gardait les yeux baissés. Il lui apparut qu'il y avait là une occasion de se faire valoir aux yeux de ces roués et de marquer des points contre la superstition. Il annonça qu'il était un peu spécialiste en ces matières et pénétra d'un pas résolu dans la demeure du chef. Celui-ci lui désigna sur une étagère une ceinture de cuir qui avait autrefois été un fourreau à couteau. Il tira d'un coffre deux vieilles bottes représentant tout ce qu'il restait d'une paire flambant neuve qui semblait s'être usée en une nuit. Ti considéra d'un air pénétré ces pièces à conviction. Il sortit par l'arrière et se trouva dans un enclos à chèvres à côté duquel on avait mis le linge à sécher. Son opinion étant faite, il retourna sur la grand-place pour annoncer ses conclusions.

– Ta fille n'est pas possédée par un démon des montagnes. Si les vêtements dont elle avait la charge ont disparu, c'est parce que le vent les a emportés dans le pré tout proche tandis qu'ils séchaient au soleil, et que les chèvres les ont mangés. Son changement d'humeur, ces objets qu'elle égare ou qu'elle rapporte sans y penser, signifient simplement qu'elle a la tête ailleurs. Il est temps pour toi de la marier. Trouve-lui un bon époux et tout rentrera dans l'ordre.

Le chef regarda alternativement sa fille et le magistrat en se grattant le crâne sous son bonnet. Ce beau raisonnement ne faisait qu'à moitié son affaire : il ne résolvait pas le problème de l'impôt. C'est alors qu'un jeune homme fendit la foule pour venir déposer un lingot d'argent étincelant au sommet du tas de babioles, sous les yeux ravis du percepteur. Il déclara qu'il souhaitait acquitter la taxe à la place de leur chef. Ce dernier lui proposa sa fille en échange dans la foulée, et les fiançailles furent conclues dans le temps qu'il fallut au scribe pour solder les comptes sur son parchemin.

Tandis que les villageois complimentaient leur chef pour la maestria avec laquelle il avait réglé ce cas épineux, le précepteur loua la sagacité de son magistrat :

– J'aurais juré pour ma part qu'elle était coupable, noble juge.

– Elle l'est, répondit Ti. J'ai inventé cette histoire de chèvres mangeuses de linge pour la tirer d'un mauvais pas. En réalité, elle a bien donné les vêtements, la ceinture et les bottes neuves à son amant, qui n'est pas un démon des montagnes. Il a tout revendu contre le lingot qui lui a permis de la racheter à son père dès que je lui en ai fourni l'occasion. Ainsi l'argent de ce vieux grigou a servi à faire le bonheur de sa fille, ce qui n'est que justice, n'est-ce pas ?

Le jour commençait à décliner. Il revenait à Ti de décider s'il voulait bivouaquer sous la tente ou loger chez l'habitant. Ayant visité le domicile du chef, il opta pour la tente.

– Remercie-les et dis-leur que je reviendrai jouer à cache-cache avec leur argent l'année prochaine à la même époque, déclara-t-il tandis qu'on s'inclinait devant lui, sourire aux lèvres.

En quittant la bourgade, ils longèrent une prairie où des femmes étaient en train de traire les yaks. Elles leur firent des signes d'adieu en riant.

– Et en plus ils se moquent de nous ! grogna Tao Gan, fâché de n'avoir eu ni les sous ni la fille.

– Pas du tout, corrigea le percepteur. Ils sont réellement contents de vous avoir rencontrés. Les occasions de se distraire ne sont pas si fréquentes, par ici.

Dès qu'on fut parvenu sur une bande de terre à peu près plate où coulait un ruisseau, les soldats organisèrent le bivouac. Ils commencèrent par tendre une corde entre deux poteaux pour y attacher les animaux, afin de ne pas avoir à les récupérer dans la montagne le lendemain. Ils déballèrent ensuite le matériel entassé sur les chameaux et montèrent des tentes vastes et rondes. Un feu fut allumé à la verticale d'une ouverture par laquelle la fumée s'échappait. On avait agrémenté celle du juge d'une porte basse en bois qui la faisait presque ressembler à un kiosque de jardin.

– Ah, mais c'est coquet, dites-moi ! Il ne manquerait plus que quelques houris à la graisse de yak et l'on se sentirait comme à l'auberge !

Le percepteur faillit répondre qu'il pouvait arranger ça pour la nuit prochaine, mais perçut à temps la nuance d'ironie dans les propos du magistrat. Ti était ravi de pouvoir enfin se reposer en paix. Il venait de s'allonger sur son lit de camp lorsqu'il vit son logement envahi par un, puis deux, puis une dizaine d'hommes sales et fourbus avec lesquels il était censé partager les lieux. Ils déplièrent leurs grabats en tous sens et s'y laissèrent tomber avec lourdeur tandis que le percepteur expliquait que le feu n'était là que pour la cuisson du repas : la chaleur humaine serait la bienvenue lorsque le froid nocturne tomberait sur leur campement.

Une heure plus tard, Ti tâchait de s'endormir malgré les ronflements, en évaluant le nombre de coups de bâton qu'il aurait aimé distribuer à l'astrologue de Chang-an qui lui avait prédit une brillante carrière en province.

## II

*Le juge Ti reçoit l'aide d'un démon maléfique ; il juge une vache.*

Au matin, le campement était envahi par un groupe de chèvres occupées à chercher quelque chose à boulotter dans les affaires des soldats.

– Regardez comme elles sont jolies, noble juge, dit le percepteur.

– Oui. Et puis leur odeur me rappelle… voyons… le village où nous étions hier. La maison du chef, surtout.

Son subordonné hocha la tête avec désapprobation :

– Votre Excellence devrait s'ouvrir aux cultures étrangères. C'est une source d'enrichissement personnel.

Ti se demanda s'il allait se faire gronder comme ça chaque fois qu'il ouvrirait la bouche, en plus du reste. À peine eut-on fini d'avaler un peu de thé au beurre et de yogourt piquant qu'il fallut se remettre en route pour profiter de la clarté du jour.

– Où sont les vertes prairies, gémit le magistrat, les vergers fleuris, les champs de blé ondulant sous le soleil ?

– Dans le Shangxi, noble juge, répondit le percepteur, là où vous avez été élevé. Ici, ce sont les grands espaces désertiques. Ils ont aussi leur poésie.

« Clamée sous la yourte par des bardes enivrés aux

fermentations de lait de chèvre», compléta le juge en son for intérieur.

– Votre Excellence va être contente : nous redescendons vers un village situé dans la vallée.

Ti avait toutes les raisons de douter qu'il allait être content.

Ils arrivèrent au bord d'un torrent le long duquel poussait une futaie d'épineux. Ils traversèrent sur un petit pont de bois, ou plutôt une passerelle mal suspendue, que le juge entendit grincer à chaque pas de sa monture. Le village commençait juste après. On apercevait d'abord les ondulations des toits de tuiles grises. Les pierres étant moins abondantes dans la vallée, les murs étaient en simple torchis. Les rez-de-chaussée étaient en général surmontés d'un étage en bois brut. Aux fenêtres et aux balcons pendaient des herbes et des légumes mis à sécher. La petite agglomération s'organisait autour d'un étang informe, aux rives de terre battue, qui devait servir de lavoir, de citerne et d'abreuvoir. Ils ne rencontrèrent pas âme qui vive, hormis les habituels cochons noirs et poilus.

– Qu'est-ce qui se passe ? demanda Ti. Une épidémie ?

– On les aura prévenus de notre approche, dit le percepteur, contrarié. Ils se cachent pour ne pas verser l'impôt.

Le capitaine des gardes les rejoignit sur son cheval.

– Que faisons-nous, noble juge ? Nous brûlons une maison, histoire de voir si ça les fait revenir ?

Ils risquaient d'accourir, en effet, mais armés de fourches et de serpes, pour massacrer la petite troupe.

– Que faisait le percepteur précédent ? s'enquit Ti.

– Une croix sur la page qui leur est consacrée, noble juge.

Cela expliquait bien des choses. Le juge était d'autant plus vexé qu'il avait payé de sa personne pour arriver jusque-là.

– Je ne peux pas demander de l'argent à des fantômes ! s'écria-t-il, fort mécontent.

Ce mot lui donna une idée. Les villageois ne craignaient apparemment pas les percepteurs ni leurs soldats, mais il y avait fort à parier qu'ils redoutaient les esprits malins. Ti jeta un coup d'œil sur ce qui traînait dans les remises. Il y trouva profusion de vieilles planches, de piquets et de peaux grossièrement tannées. Il fit rassembler le tout par ses soldats, auxquels il donna des instructions pour édifier un châssis qu'on recouvrit de lambeaux de cuir. Un gros lampion piqué par-dessus figura une tête sur laquelle de la paille nouée simulait une chevelure hérissée.

Lorsqu'ils l'eurent dressé au centre du village, l'ensemble dessina une haute silhouette hirsute qu'on pouvait agiter depuis le sol. De loin, on aurait juré qu'un géant en colère piétinait les maisons d'un pas furieux.

Ti fit allumer au bord de l'étang un grand feu de branchages où ils jetèrent des ossements d'animaux dont la combustion suscita une puanteur atroce. Il fit réunir des ustensiles de cuisine pris dans les demeures alentour. Les soldats se mirent à taper dessus de toutes leurs forces, provoquant un bruit tel qu'on aurait pu croire aux clameurs de l'enfer. Ti fourra des boules de coton dans ses oreilles et s'installa à l'écart du vent pour se faire servir un thé de l'ouest sans beurre de yak.

Les guetteurs qu'il avait distribués aux limites du village vinrent bientôt au rapport. Les habitants étaient apparus à l'orée de la futaie pour contempler le spectacle avec des yeux ronds.

– Dites-leur qu'un démon féroce a profité de leur absence pour s'installer chez eux. Leur village est maudit, j'en suis navré pour eux.

Les guetteurs s'en allèrent répandre la nouvelle et revinrent quelques minutes plus tard.

– Ils demandent comment le démon se nomme.

– Dites-leur qu'il s'agit du grand Ho, le génie des taxes et impôts, que seuls les percepteurs savent tenir en respect. Nous pouvons les en débarrasser, mais il reviendra si l'impôt n'est pas acquitté rubis sur l'ongle dans les plus brefs délais.

Les guetteurs ne mirent pas longtemps à rapporter la réaction des villageois.

– Leur chaman a déclamé les incantations qu'il connaît, mais comme cela n'a pas l'air de marcher ils prient humblement Votre Excellence de bien vouloir les défaire de l'intrus qui hante leur village.

Ti reposa sa tasse de thé, saisit un brandon et mit le feu à son installation. Le bois bien sec, les peaux, le lampion et la paille s'enflammèrent aussitôt. Le pauvre géant Ho se consuma dans un râle terrible, tandis que les soldats rayaient le fond des marmites métalliques à l'aide de cuillers en fer. Les ossements brûlés furent recouverts de terre pour mettre fin à l'odeur abominable, et Ti alla se rasseoir pour finir son thé en attendant l'arrivée des autorités locales repentantes, à qui il allait avoir la bonté d'accorder son pardon.

De fait, les principaux notables vinrent s'agenouiller devant lui pour exprimer leur gratitude d'avoir chassé les forces démoniaques. Une petite leçon sur le respect des taxes s'imposait :

– Comment voulez-vous que l'État finance l'armée qui vous protège, si vous ne payez pas ? les gronda-t-il.

Mieux valait passer sous silence les deux autres postes financiers qui venaient avant celui-là dans l'ordre des dépenses : l'entretien d'une Cour impériale au train de vie fastueux et le salaire du corps des fonctionnaires provinciaux auquel il appartenait. Les notables étaient hélas au fait de ces détails. Ils rétorquèrent que leur argent servait surtout à payer les émoluments d'une caste de scribes et de militaires qui les chassaient à coups de pied s'ils avaient le malheur de se présenter au tribunal pour exposer leurs problèmes.

Ti fut touché dans son amour-propre. Il annonça qu'il allait leur montrer que leur argent n'était pas dépensé en vain. Il ordonna aux soldats de lui procurer une table, sur laquelle on jeta un tissu rouge ainsi qu'on le faisait dans la salle d'audience. Il prit place sur un tabouret et déclara que tous ceux qui avaient un différend à faire arbitrer ou une question à lui soumettre pouvaient se présenter. Une file se constitua peu à peu, tandis que le reste des habitants faisait cercle autour de son tribunal improvisé pour voir comment il s'en tirerait.

– Mais qu'est-ce que ça sent ? demanda-t-il en plissant le nez sous l'effet d'une fragrance envahissante.

Ti, comme tous les membres de la classe des nobles et des lettrés, était très sensible aux odeurs corporelles. Le percepteur expliqua que ces braves gens se lavaient les cheveux à l'urine de yak :

– Ça tue les parasites.

« Je dois faire partie des parasites », se dit le juge Ti, sur le point de tourner de l'œil. Il songea que cet impôt lui coûtait vraiment très cher.

– Pommade ! ordonna-t-il avec un coup de coude dans le bras de son lieutenant.

Tao Gan lui passa un pot contenant un onguent à la rose, dont son patron se badigeonna généreusement les joues.

– Cocons !

Tao Gan lui tendit deux enveloppes de vers à soie imprégnées de parfums puissants. Il les fourra sous son bonnet.

– Sachets !

Il s'agissait de petits sacs en tissu renfermant des herbes aromatiques à accrocher aux vêtements. Il en mit deux dans sa ceinture et d'autres dans les revers de ses manches. Ainsi bardé, il se sentit prêt à entendre les plaintes que ses concitoyens n'avaient pas réussi à déposer à la capitale du district.

Les deux premiers plaignants s'accusaient mutuellement de vol. L'un expliqua qu'il avait vu l'autre s'enfuir avec son butin, l'avait rattrapé et avait alerté le reste du village. L'autre se défendit en expliquant que c'était lui, au contraire, qui avait saisi le voleur au collet. Le cas était d'autant plus compliqué à démêler que Ti n'était pas présent le jour du vol et ignorait tout à fait la personnalité des deux individus. Il se recueillit quelques instants pour reconstituer mentalement la scène.

– Vous allez faire la course ! déclara-t-il soudain. Vous partirez de la rue, là-bas, et vous irez jusqu'à la poterne, à l'autre bout de l'esplanade. Courez aussi vite que vous le pourrez ! De l'issue de cette course dépendra mon verdict !

Les villageois se dirent qu'il n'avait aucune idée de l'identité du coupable et s'en remettait à une sorte de jugement divin. Il était assez dans la tradition d'interroger les puissances supérieures ; ils trouvèrent seulement qu'ils n'avaient pas besoin d'un érudit mandarin pour cela. Le public ménagea un long couloir à travers la place tandis que les plaignants prenaient leurs marques à l'autre bout. Sur un signal du juge, ils s'élancèrent. Celui qui avait parlé le premier devança très vite le second et parvint à toucher la poterne avec une nette avance.

– C'est toi qui as menti ! affirma Ti en désignant du doigt le perdant, ce à quoi tout le monde s'attendait.

Comme on s'y attendait aussi, l'accusé se défendit en prétendant que la vérité n'était pas contenue dans la force de leurs jambes. Chacun fut surpris, en revanche, des mots par lesquels Ti lui ferma définitivement la bouche :

– Bien sûr que si ! Comment aurais-tu pu arrêter ton compère, puisque c'est toi qui cours le moins vite ? Il faut donc que ce soit toi le voleur !

Il le condamna à une amende pour avoir osé mentir devant son magistrat et ordonna qu'on amène les plaignants suivants. Plusieurs personnes quittèrent la file d'attente, inquiètes tout à coup à l'idée que ce magistrat des villes pût résoudre leur différend dans un sens qui ne serait pas à leur avantage.

Les deux suivants avaient décidé de s'obstiner parce qu'ils avaient sur les bras une vache qu'il fallait bien attribuer à l'un ou à l'autre. Ils se présentèrent donc avec leur animal. C'était la première fois qu'une vache pénétrait dans le tribunal du juge Ti. On lui expliqua que ces deux éleveurs avaient tous deux perdu une vache – en réalité un yak femelle aux longs poils descendant jusqu'au sol. La bête avait certes belle allure.

On l'avait trouvée qui errait dans la nature, sans doute après un accouplement illicite avec un beau mâle à cornes recourbées. Chacun des deux hommes soutenait qu'il s'agissait de la sienne et on ne savait comment les départager.

– Eh bien ! Nous allons faire témoigner la vache ! décréta le juge. Le plus simple est qu'elle nous dise elle-même à qui elle appartient, n'est-ce pas ?

Ti ajouta qu'il avait besoin de témoins supplémentaires. Il convoqua les deux troupeaux, que chacun des plaignants lui amena, et fit placer la vache au milieu. Après avoir considéré les deux rassemblements d'un œil à la placidité typiquement bovine, la femelle en choisit un et alla se poster d'un pas tranquille parmi ses congénères.

– Voilà une vache qui a retrouvé les siens, constata le juge Ti.

Le berger démenti par la vache se mit à éructer et à gesticuler.

– Le paysan Du proteste, noble juge, traduisit le percepteur. Il accuse la vache d'avoir menti pour se venger des coups de bâton qu'il lui a infligés avant sa fugue.

« Mauvais perdant », se dit le magistrat. Puisqu'il y avait contestation, le témoignage de la vache ne pouvait être conservé.

– Si cet animal a sciemment fait une fausse déposition devant ce tribunal, dit le juge, c'est une mauvaise bête qui doit être châtiée. Je la condamne à être abattue sur-le-champ. Chaque plaignant recevra la moitié de sa carcasse en guise de dédommagement.

Dès que le verdict eut été traduit, le propriétaire du troupeau qu'elle avait choisi se lamenta sur le sort de la pauvre bête, tandis que le nommé Du restait inflexible. Ayant vu cela, le juge Ti ordonna au bourreau de suspendre son bras. Il se tourna vers Du :

– Tu n'es pas une vache, tu admettras donc que j'estime ton témoignage recevable. Ton attitude parle contre toi. J'accorde la vache à celui qui a manifesté de la tristesse à l'idée de la voir périr : c'est lui qui y perdait le plus. Toi, tu as menti.

Dès qu'ils eurent compris, les villageois se rapprochèrent de Du d'un air menaçant. Celui-ci s'enfuit, poursuivi par ses concitoyens qui lui jetaient des mottes de terre.

– Ils ne vont pas le tuer, tout de même ? s'inquiéta le magistrat.

– Ne craignez rien, noble juge : cela fait partie de la coutume. Le menteur reçoit sa ration de gifles pour lui apprendre à respecter les vaches. Dans trois jours, tout sera oublié.

Le principal notable de la petite communauté tint à féliciter le juge pour sa perspicacité, qui le réconciliait avec la caste des lettrés. Ti saisit un pot sur sa table et aspergea l'orateur de poudre parfumée. « Vieille coutume de la capitale ! » assura-t-il avec un large sourire, tandis que l'homme contemplait avec stupéfaction ses épaules couvertes d'une sorte de farine blanchâtre et odorante.

Deux plaideuses d'âge mûr s'avancèrent à leur tour.

– Gomme à mâcher ! réclama vivement le juge. Patchouli ! Musc !

Tandis que Tao Gan lui tendait les produits demandés, le percepteur se fit expliquer le cas pour en produire un résumé. L'une des femmes était porteuse de sel, et l'autre, porteuse de bois. Elles se disputaient une belle peau d'agneau brodée, chacune affirmant que c'était celle qu'elle avait l'habitude de revêtir avant qu'on ne la lui vole. On manquait d'indices et il n'y avait aucun témoin. Le chef du village demanda d'un air finaud si Son Excellence avait l'intention de faire témoigner la peau d'agneau comme il l'avait fait de la vache.

– Mais bien sûr ! rétorqua Ti. Je vais vous montrer comment nous résolvons ce genre de cas, en ville.

Il ordonna d'appliquer la torture à la peau pour l'obliger à dire le nom de sa propriétaire. Les villageois furent abasourdis d'entendre pareille sottise, et à vrai dire les subordonnés du juge Ti se dirent eux aussi que leur patron avait perdu la tête à force de respirer ses sachets de parfums. Sans un regard pour les mines effarées qui l'entouraient, Ti fit étendre la peau sur une natte et commanda à son capitaine de l'assommer de coups de bâton. On vit alors de minuscules grains sauter de toutes parts. Ti fit ôter la peau, souleva les coins de la natte : un petit tas de sel se constitua en son milieu.

– C'est toi qui mens, dit-il à la porteuse de bois.

La malheureuse s'enfuit à son tour alors que les mottes de terre pleuvaient sur elle.

Ti occupa le reste de la journée à résoudre les facéties de démons malicieux dénoncés par le chef en personne. Puisqu'il semblait doué de double vue, on le consulta aussi sur des maladies que le chaman avait mises sur le compte des mauvais génies. Ti établit que les eaux souillées de la mare y étaient sûrement pour quelque chose. Il leur conseilla de jeter leurs excréments au loin et de ne pas entasser porcs et poulets à l'intérieur des habitations. Lorsque tous leurs problèmes eurent été passés en revue, les contribuables lui livrèrent d'assez bonne grâce le montant de l'impôt qui lui était dû.

– Ça leur coûte moins cher que ce que leur prend le chaman pour ne pas les soigner, expliqua le percepteur.

À la fin de la séance, à force d'user de tous les onguents à sa disposition, Ti embaumait à tel point que c'étaient les villageois qui se bouchaient le nez sur son passage. Une jeune fille s'agenouilla à ses pieds pour lui offrir à deux mains un pot de grès contenant un baume de fabrication locale.

– Que Votre Excellence ne se formalise pas, commenta le percepteur, gêné. Ils disent que c'est pour améliorer l'odeur épouvantable que répand Votre Excellence.

Après avoir ôté le bouchon de papier huilé qui fermait le récipient, Ti constata qu'il était rempli d'une sorte de gelée dans laquelle on avait dû faire mariner un mélange de fleurs sauvages. Cela ne sentait pas mauvais du tout, l'effluve était même assez subtil. Il l'offrirait à ses épouses comme secret de beauté des belles du nord. Il s'abstiendrait de préciser que ces belles pesaient chacune la moitié d'une vache, qu'elles se lavaient à l'urine de yak et que le produit avait certainement été concocté à base de graisse de buffle.

– Eh bien, on s'amuse, finalement, dans ces villages, lança-t-il en se dirigeant vers son cheval.

# III

*Le juge Ti voit une yourte se changer en palais ; il assiste à un fastueux banquet.*

Après une longue chevauchée dans la vallée, le percepteur annonça au juge Ti qu'il allait pouvoir contempler sous peu la seconde ville de son district. Quelques tournants plus tard, le convoi arriva en vue des fortifications de Hohhot, qui étaient d'une belle facture typiquement chinoise.

– Je vois que la civilisation est arrivée jusqu'ici, se félicita le magistrat.

– C'est-à-dire que ces murs sont là pour préserver la civilisation dont vous parlez, précisa le percepteur.

À en juger par leur épaisseur, on pouvait supposer qu'il y avait fort à faire. Ti avait bien conscience qu'ils se trouvaient à la limite extrême des territoires dominés par la Chine. Au-delà commençaient les steppes peuplées de nomades qui dormaient et mangeaient sur leurs chevaux ; au-delà, les royaumes ténébreux où les hommes vivaient nus, marchaient à quatre pattes et se dévoraient entre eux ; et au-delà, les bouches de l'enfer peuplées de divinités cornues à la langue fourchue, dont les yeux lançaient des éclairs pétrifiants. Il espérait que l'Empereur bornerait ici ses conquêtes, car il craignait de ne pas avoir assez d'imagination pour récolter l'impôt chez ces tribus bizarres.

Non loin de la ville courait une rivière où des grues noires et blanches comme il n'en avait jamais vu chassaient le poisson à petits coups de bec. Les voyageurs aperçurent aussi l'unique éminence, le haut tumulus d'une princesse des temps anciens, qu'on avait surmonté d'un pagodon pour siniser le tout.

Il était convenu que le magistrat demanderait l'hospitalité au seigneur local. Le convoi se rendit directement chez lui, étant donné l'heure avancée. Ils contournèrent la ville et suivirent la route jusqu'à un très long mur d'enceinte percé d'un portail monumental de forme circulaire.

Ti s'était attendu à une sorte de grosse yourte, où des servantes mongoles lui auraient préparé un grabat de fourrures à proximité d'un feu de camp. Ce qu'il avait sous les yeux était très différent. De l'autre côté du portail s'étirait une allée interminable bordée de cyprès taillés en pointe, qui conduisait à un imposant bâtiment à deux étages dans le goût des demeures patriciennes des plus riches provinces. En réalité, tout cela était mieux qu'un yamen[1] – mieux en tout cas que celui de Pei-tcheou dans lequel on l'avait casé. Le château reposait sur un immense gazon comme un bijou en son écrin. Les montagnes se devinaient à l'horizon, à demi noyées dans les brumes vespérales. Le coup d'œil était magnifique, on aurait dit une illustration pour un poème sur le bonheur de vivre. La sobre superposition de toits gris dominait des colonnes en bois rouge du meilleur effet. La vaste bâtisse était cernée d'un muret blanc qui délimitait l'espace privé

1. Le tribunal où réside le magistrat d'une cité.

des maîtres. Deux dragons protecteurs surmontaient le faîte du toit supérieur.

Au pied de la courte volée de marches conduisant à l'intérieur l'attendaient son hôte et quelques autres personnes, parmi lesquelles le juge eut la surprise de découvrir la première de ses trois épouses, revêtue de ses plus beaux atours et d'un assortiment de bijoux rehaussés de pierres semi-précieuses qu'il ne reconnut pas.

Dès qu'il fut descendu de sa monture, tout le monde s'inclina pour le saluer. Il répondit au compliment d'usage débité par le seigneur Tchao tout en se demandant ce que sa femme faisait là. Le discours du maître de maison lui fournit un début de réponse :

– Nous sommes doublement heureux de vous accueillir dans notre modeste demeure, puisque Votre Excellence nous fait l'honneur de bien vouloir considérer l'alliance éventuelle de nos deux clans. Espérons que votre séjour parmi nous sera l'occasion de sceller un mariage qui répandra la joie dans notre humble famille pour les cent prochaines années.

Ti devina que ces propos obscurs avaient un lien direct avec la présence de sa Première sur le parcours de sa collecte. Cette dernière se tenait en retrait, avec sur les lèvres ce petit sourire qu'elle arborait chaque fois qu'elle avait mis sur pied l'un de ces stratagèmes inavouables dont elle avait le secret.

– Cette tournée dans les montagnes n'a pas été trop pénible, j'espère ? demanda aimablement leur hôte.

– En fait, elle s'est révélée pleine de surprises.

On remit le juge aux mains de servantes beaucoup plus apprêtées que les grosses montagnardes auxquelles il s'était attendu. Elles le conduisirent à ses appartements pour lui permettre de se reposer et de se rafraîchir avant le repas prévu en son honneur. Un assortiment de serviettes tiédies à la vapeur l'attendait dans une bassine. Les femmes lui ôtèrent ses habits poussiéreux et le frottèrent partout avec les linges humides, le coiffèrent, le parfumèrent et le vêtirent d'une belle robe d'intérieur en soie sauvage qui lui donna l'impression de renouer avec les charmes perdus de sa vie précédente.

Lorsqu'elles eurent fini, elles s'inclinèrent profondément et se retirèrent après avoir déposé sur un guéridon une théière fumante et quelques biscuits à base d'amandes amères. Sa Première se décida à entrer. Elle avait attendu qu'il soit tout à fait détendu et dispos pour répondre aux inévitables questions au sujet de sa présence en ces lieux, alors qu'il l'avait quittée plusieurs jours auparavant de l'autre côté des montagnes et ne se souvenait pas l'avoir priée de le rejoindre.

Elle se posta derrière lui et commença à lui masser délicatement les épaules, comme chaque fois qu'elle avait une dépense inattendue à lui apprendre ou que l'un des enfants s'était rendu coupable d'une grosse bêtise dont il devait être averti. Il avait bien conscience qu'il s'agissait là d'une technique de fine diplomatie, mais force lui était d'admettre qu'elle fonctionnait à merveille.

Peu après son départ, un sbire de retour de Hohhot avait présenté son rapport à ses secrétaires. Ti fut tenté de demander par quel mystère les rapports administratifs cheminaient jusqu'à l'oreille de son épouse, mais il se sentait trop bien pour risquer de gâcher l'ambiance. Ainsi donc, les employés du tribunal et elle – dans quel ordre, mieux valait ne pas s'en inquiéter – avaient appris qu'une série de décès suspects avaient eu lieu ces derniers mois dans cette cité.

– Pourquoi le seigneur Tchao ne s'est-il pas donné la peine de m'en faire part lui-même ? s'étonna le juge.

– C'est bien ce qui m'a troublée, moi aussi, renchérit madame Première en cherchant des doigts les derniers nœuds de nerfs à masser dans le dos de son époux, qui semblait prêt à ronronner comme un gros chat. Comme je savais que vous passeriez par cette ville, il m'a paru important de venir vous alerter.

– Au lieu de m'envoyer tout simplement un émissaire, compléta son mari. Aussi vous êtes-vous mise en route, afin de vous assurer que le message serait convenablement transmis. Comme c'est aimable à vous.

Madame Première se garda bien de répondre et accentua la pression sur les points sensibles des omoplates de son époux, un art auquel elle s'était initiée de longues années auparavant et qui avait maintes fois confirmé son utilité pour la préservation de l'harmonie conjugale. Ils savaient tous deux que la vie domestique dans un yamen inconfortable ne procurait à dame Lin aucun motif d'exaltation. Elle aimait suivre les enquêtes dans lesquelles son mari se lançait à corps perdu dès que l'occasion s'en présentait. La tentation de se mêler de celle-ci avait été la plus forte. Lorsque le sbire revenu de Hohhot lui avait appris dans quel luxe vivait Tchao Xiang, elle n'avait pas résisté à aller profiter du confort d'une demeure seigneuriale. Ce qui échappait encore à Ti, c'était le prétexte qui lui avait permis de débarquer chez ces gens à l'improviste pour s'y installer comme une princesse.

– Notre hôte a prononcé le mot « mariage ». Avez-vous la moindre idée de ce qu'il voulait dire ?

demanda-t-il en espérant que le mouvement circulaire qui amollissait ses muscles dorsaux n'allait pas s'interrompre.

– Eh bien… Comme je ne pouvais leur annoncer la vraie raison de ma venue, je leur ai parlé de notre fille chérie et, je ne sais comment, le seigneur Tchao et sa femme en ont conçu l'idée que j'étais à la recherche d'un prétendant. Or ils ont justement un fils à marier. Une chose en entraînant une autre, je crois bien que notre chère enfant est sur le point de se fiancer.

Les muscles de son mari se raidirent d'un coup et tout le bénéfice du massage fut immédiatement perdu.

– Comment ! s'exclama-t-il en se redressant brusquement.

Dame Lin lui fit reprendre sa position précédente et se remit à pianoter à toute vitesse le long d'un dos où tout était à refaire.

– Le seigneur Tchao et sa femme se sont déclarés flattés à l'idée de s'allier à un clan de nobles lettrés qui occuperont un jour des postes en vue à la capitale ou dans le gouvernorat, débita-t-elle vivement d'une voix suave. Ils ont déjà conçu de grands projets pour nos chers petits et leur descendance. L'idée n'est peut-être pas si mauvaise, après tout… Le seigneur Tchao est riche, il vit dans un cadre raffiné et c'est l'homme le plus important de la région.

Les préventions de caste, si fortes dans l'empire du Milieu, n'épargnaient nullement le magistrat.

– Nous allier avec des éleveurs de chèvres ! s'écria-t-il. Avez-vous perdu la tête ? Belle-Gracieuse épousera un noble fonctionnaire de Chang-an dont la lignée est connue de la nôtre depuis plusieurs générations. J'ai déjà quelques noms en tête. Pourquoi pas un mariage d'amour, tant que vous y êtes ?

Dès que son indignation fut un peu retombée, il sentit derrière lui un embarras si épais qu'il en était presque palpable.

– Quoi, encore ? demanda-t-il d'une voix rogue.

Le ton de sa Première trahissait une gêne profonde.

– Ce n'est pas de notre aînée qu'il est question, cher époux, répondit-elle en pesant chaque mot avec soin.

– De qui donc, alors ?

– Notre seconde, Petit-Jade…

Ti s'étrangla.

– Elle n'a que douze ans !

– Par ici, c'est un âge très convenable pour convoler, plaida sa femme. Notre aînée en a seize, ils ont cru que j'essayais de leur coller une fille grevée de quelque défaut dont personne ne voulait. En fait, ils étaient très au fait de la composition de notre famille. Les nouvelles vont vite, dans ces campagnes. Puisque ce projet n'est pas vraiment sérieux, je leur ai vanté les mérites de notre cadette.

Ti était effondré. Jamais sa Première n'aurait osé jouer avec l'avenir de sa progéniture si elle en avait eu une. Mais elle n'était mère que par procuration. Seules les compagnes secondaires avaient donné une descendance au magistrat. Si les enfants de la maison l'appelaient « mère », c'était par suite de la coutume qui leur commandait aussi d'appeler « tante » leur véritable génitrice. Les sentiments, en revanche, n'avaient pas suivi le chemin de la sémantique. Sa Première n'avait vu dans l'invasion de son intérieur par des gamins bruyants et effrontés qu'une gêne insupportable. Ti la soupçonnait d'envisager sans chagrin de s'en défaire au plus tôt auprès de qui en voudrait. Il avait pour sa part un autre motif pour réprouver ce marchandage :

– Avez-vous pensé à la réputation que j'aurai, dans la région, quand on saura que je promène mes filles sous le nez des pères de famille pour me faire entretenir dans les châteaux ?

– Calmez-vous, cher époux. On ne vous oblige à rien. Profitez donc de la douceur de ce séjour et concentrez-vous sur les morts suspectes dont je vous ai parlé. Je suis sûre que vous considérerez bientôt toute cette affaire d'un œil plus serein.

La vérité était qu'il n'était pas au bout de ses surprises. Éprouvant soudain une furieuse envie de respirer de l'air frais, il ouvrit la porte donnant sur l'extérieur et sortit faire quelques pas dans le parc.

Outre l'esplanade recouverte de gazon, la vaste maison était entourée de plusieurs jardins soignés. C'était la place qui manquait le moins, dans cette vallée, au contraire des résidences en ville, où l'art suprême consistait à mettre en valeur le moindre lopin dont on pouvait disposer. Ici les pelouses étaient des prairies, les massifs, des bosquets, les fontaines, des torrents et les rochers, des collines. C'était un parc de géants, tout y paraissait sans proportion avec l'échelle humaine.

Madame Première suivait son mari d'assez loin pour permettre à ses esprits échauffés de refroidir, mais d'assez près pour présenter de nouveaux arguments s'il continuait à ruminer de sombres pensées à son égard. Au reste, le coucher de soleil sur les montagnes était somptueux.

Ils arrivèrent sur les rives d'un étang joliment paysagé, où un adolescent d'environ dix-huit ans s'amusait à viser des grenouilles avec un lance-pierre. Tandis que Ti considérait avec réprobation ce loisir inutilement cruel, madame Première toussota afin d'attirer l'attention du jeune homme. Lorsque celui-ci se fut aperçu de leur présence, elle fit les présentations. La terreur des batraciens était l'un des fils de la maison et se nommait Tchao Peou. Le jeune homme s'inclina devant leur auguste invité et se lança dans un discours de bienvenue assez confus. Pour maladroit qu'il fût, le compliment fût mieux passé si celui qui le débitait péniblement s'était abstenu d'appeler son destinataire « noble beau-père », ce qui fit au juge l'effet d'une piqûre d'abeille.

– Quel charmant garçon ! s'exclama dame Lin sur le ton le plus aimable dont elle fût capable.

Elle l'interrogea poliment sur ses études – il n'en faisait pas –, ses projets – il n'en avait guère –, et ses occupations – qui restèrent assez floues, hormis son goût pour la chasse à la grenouille. « Voilà un jeune homme dont le destin est encore complètement ouvert », conclut madame Première pour tâcher de tirer quelque chose de positif de tout cela. Ti se dit que son père allait avoir du mal à le caser. En tout cas, ce ne serait pas chez lui. Il avait d'autres ambitions en matière d'alliance et trop de compassion envers sa petite cadette pour la jeter dans les bras d'un bon à rien sans avenir.

Une servante vint les prévenir que les invités attendaient Son Excellence à l'intérieur. Comme il n'était pas séant qu'une dame de la noblesse assistât à un souper entre hommes, sa Première s'en fut rejoindre les appartements des femmes, où une autre soirée avait été organisée pour elle avec les épouses des convives.

Accueilli à bras ouverts par le seigneur Tchao, Ti

s'empressa de faire l'éloge du parc extraordinaire qu'il venait de traverser :

– Je ne peux vous cacher mon étonnement de rencontrer pareil raffinement au milieu d'un pays que j'avais cru délaissé par les dieux.

Le seigneur Tchao n'ignorait pas la règle de politesse qui empêchait un hôte de montrer le moindre orgueil de sa réussite :

– C'est la désolation de nos campagnes qui fait paraître cet endroit plus raffiné qu'il n'est aux yeux de Votre Excellence, répondit-il avec une modestie très bien imitée.

Son épouse avait prévu des agapes dignes de leur auguste visiteur et futur allié. Une poignée de notables de Hohhot avait été conviée, au nombre desquels un vieux maître de go dont Ti se rappelait vaguement avoir entendu citer le nom lorsqu'il vivait encore dans la capitale. Le jeu de go connaissait une fureur exceptionnelle depuis l'avènement des Tang et le triomphe de la classe administrative, nobiliaire et lettrée, dont il était le passe-temps de prédilection. La réputation d'un joueur remarquable valait celle d'un poète à la mode ou d'un philosophe taoïste. Or, si Ti se souvenait bien, celui-ci avait été reçu à la Cour, ce qui suffisait amplement à faire de lui le point de mire d'une petite ville excentrée.

Dans un angle de la vaste pièce, un groupe de vieux musiciens à barbes blanches donnait à mi-voix un concert délicat où le luth prédominait. Les spécialités culinaires locales, influencées par la cuisine mongole, auraient davantage titillé les papilles du juge si son hôte, assis à côté de lui, n'avait sans cesse remis la conversation sur le sujet des fiançailles.

– Oui, oui, elle est encore très jeune, dit Ti en plaçant sa main à hauteur du nombril de manière à suggérer que Petit-Jade avait la taille d'une enfant de sept ans.

Tchao, qui avait des lettres, lui récita quelques vers d'un poème à la gloire des unions précoces. Ti supposa qu'il avait lui-même convolé avant que sa promise et lui n'aient atteint l'âge de profiter de cette union. Il était assis non loin de Hou Jingxian, un riche retraité, qui eut la bonne idée de s'intéresser aux activités du magistrat :

– J'ai cru comprendre que votre tournée dans nos montagnes s'était bien passée ?

– Cela a été, disons… pittoresque, répondit le juge.

Soucieux de parler d'autre chose que de sa malheureuse progéniture, il leur relata l'anecdote toute fraîche du tribunal des vaches. La péripétie amusa beaucoup et chacun salua la présence d'esprit du collecteur.

– Vous avez de la ressource, dit le seigneur Tchao. Vous devez être un excellent joueur de go.

Il lui fit l'éloge du maître Liu Yi assis en face de lui, qui appartenait à l'académie métropolitaine de go, une institution chargée de former ceux qui consacreraient toute leur vie à ce jeu. Il était de coutume que chaque grand maître adopte son meilleur élève pour lui succéder. Les grands joueurs portaient donc en général les noms des premiers maîtres devenus célèbres sous les dynasties précédentes, ce qui pouvait remonter à la fondation de l'empire, près de mille ans plus tôt. Han Po, un négociant en fourrure, crut nécessaire d'en rajouter :

– Notre ami est un Liu ! Il est dépositaire du nom du célèbre Liu Yi qui a disputé six mois durant cette mémorable partie contre l'invincible maître Ken, sous les Han.

Le nom était en général la principale richesse léguée par les maîtres de go, mais elle valait tous les trésors. Ils l'arboraient comme une médaille qui leur permettait d'entrer dans l'intimité des puissants, dont la protection était sans prix.

– Je le connais, bien sûr, répondit poliment Ti, convaincu pour sa part que les capacités d'un juge valaient bien celles d'une sorte d'amuseur public monté en graine.

Se sentant encouragé, le seigneur Tchao déclara d'un air mystérieux qu'il allait montrer à son éminent visiteur le joyau le plus précieux de sa misérable demeure. Les autres convives se levèrent en même temps que lui, visiblement au fait de ce qu'il allait dévoiler devant les yeux éblouis du magistrat. Il claqua dans ses mains. Des serviteurs munis de flambeaux encadrèrent leur petit groupe. Tchao prit son visiteur par le bras et le conduisit à l'extérieur, où ils suivirent une allée arborée jusqu'à une terrasse recouverte d'un carrelage blanc sur lequel l'on avait réparti des tablettes circulaires noires ou blanches. Ti supposa que la visite était prévue depuis le début, car l'endroit était éclairé de lampions accrochés aux arbres. Son hôte se garda de dire un mot, ravi de son effet, mais attendit que Ti réagisse à la splendeur qu'il avait sous les yeux. Il fallut un instant à ce dernier, qui avait cru découvrir quelque statue ou monument, pour s'apercevoir que ce qu'on lui montrait n'était autre qu'un goban[1] de taille géante. Les dalles carrées du sol for-

1. Damier de go.

maient un damier dont chaque croisée de lignes était percée d'un trou. Les tablettes sombres ou claires figuraient les pions. C'étaient des rondelles de bois peint d'où sortait un pieu permettant de les encastrer dans les trous afin que la partie ne risque pas d'être perturbée par une maladresse ou par le vent. De la manière dont elles étaient disposées, il était évident qu'une session était en cours. C'était un plateau de 9 sur 9, configuration généralement utilisée pour l'entraînement. Dans le cas présent, elle évitait aux joueurs de parcourir la moitié du parc pour atteindre l'une des trois cent soixante et une positions d'un échiquier classique.

Le seigneur Tchao expliqua qu'il s'affrontait à maître Liu depuis plusieurs mois, sans qu'il fût possible de déterminer qui d'entre eux allait l'emporter. Ti se garda bien de demander à qui était attribuée chacune des deux couleurs : par tradition, le plus fort utilisait les blancs et jouait en second. Il supposa que c'était le cas du vieil homme.

– Maître Liu me fera-t-il l'honneur de poser un pion supplémentaire ? demanda Tchao d'une voix pleine d'enthousiasme.

Il était difficile à son adversaire de décliner l'invitation. Sous le regard attentif des autres convives, Liu Yi se dirigea vers un auvent où se trouvaient deux coffres. Il prit dans l'un d'eux une tablette ronde de couleur blanche et revint au damier. Ti crut lire sur son visage recueilli une sorte de tristesse, comme si cette partie avait eu un enjeu beaucoup plus important que la victoire. Peut-être le vieil homme avait-il à cœur de défendre une réputation mise en péril par le déclin de ses forces intellectuelles. Ayant fait mine de réfléchir pendant quelques instants, il déposa son pion à l'une des intersections. L'assistance émit des murmures admiratifs.

– Je vous félicite, dit Tchao, ravi. Toute la semaine, je me suis demandé quelle allait être votre parade. Aussi me suis-je préparé à toute éventualité.

Il alla à son tour chercher une tablette noire, fit deux fois le tour de l'échiquier géant et la déposa au point qui lui semblait le plus judicieux. Puis il s'écarta pour laisser son adversaire considérer le changement de situation.

– Je crains qu'il ne me soit impossible de réfléchir au coup suivant sans lasser nos amis, dit ce dernier. Profitons de ce délicieux banquet, nous continuerons un autre jour.

– Qu'il en soit ainsi, répondit le seigneur, qui faisait la même figure qu'un enfant à qui l'on vient de refuser un jouet.

« Ces passionnés sont vraiment des gamins », se dit le juge en regagnant la salle à manger au milieu du petit groupe. Tchao lui expliqua qu'ils ne jouaient chacun qu'un ou deux coups à chaque rencontre pour se donner un très long temps de réflexion. Cette installation faisait sans conteste la fierté de son propriétaire :

– L'année dernière, mon cher ami Liu Yi m'a assuré que l'empereur avait un goban semblable dans les jardins de la Cité interdite. J'ai voulu en posséder un, moi aussi. Ne suis-je pas ici, à mon humble niveau, le même maître qu'est le Fils du Ciel à Chang-an ?

L'adjectif « humble » n'était pas en harmonie avec cette phrase toute à l'honneur de celui qui la prononçait.

– J'espère que Votre Excellence me fera la faveur d'une partie, l'un de ces prochains jours, reprit Tchao.

Il était impossible au magistrat de refuser, bien qu'en réalité il ne fût pas si expert en stratégie qu'on semblait le penser. S'il déployait une indiscutable maîtrise dans les affaires policières les plus épineuses, c'était parce que le crime aiguisait son imagination. Si les pions s'étaient mis à fomenter des complots meurtriers les uns contre les autres, il serait sans doute devenu le plus habile joueur de l'empire. Mais, n'y voyant que des billes d'ivoire et d'ébène tout juste bonnes à tromper l'ennui de ceux qui les manipulaient, il manquait de motivation.

Les autres convives étaient enchantés d'avoir vu un spécialiste éminent poser un pion en leur présence. Aussi la discussion roula-t-elle naturellement sur l'art sublime que Ti semblait le seul à ne pas estimer à sa juste valeur. Il supposa qu'il y avait dans cet engouement une bonne dose de snobisme. Si on leur avait affirmé que l'empereur et sa cour avaient la passion de l'escalade, sans doute se seraient-ils mis à gravir les montagnes environnantes avec un enthousiasme similaire.

– La très grande simplicité des règles du go contraste avec la réelle subtilité du jeu, affirma le seigneur Tchao. N'est-il pas en cela en parfaite adéquation avec les principes de notre maître Confucius ?

Ti n'ignorait pas l'existence de nombreux traités de go. Le grand philosophe lui-même mentionnait le jeu dans ses *Entretiens*. C'était cependant durant la décadence qui avait précédé la restauration Tang que le jeu s'était répandu dans les classes dirigeantes, en même temps que le Tao. De cette période dataient l'idée d'un classement officiel des joueurs et la création des académies de go. Le jeu avait même eu l'insigne honneur de devenir le quatrième art sacré, avec la peinture, la musique et la calligraphie. Il avait atteint le degré suprême de la vénération, Ti s'en rendait compte plus que jamais dans cette compagnie de fervents amateurs. Les hommes présents se vantaient d'avoir fait progresser la pratique du jeu chez leurs concitoyens, à commencer par leurs propres enfants :

– N'oublions pas, dit le retraité Hou, que le weiqi a été inventé par l'empereur Shun pour éveiller l'esprit de ses fils stupides.

Celui du seigneur Tchao traversa justement la grande salle à ce moment, l'air complètement éteint. Les invités échangèrent des regards gênés.

– Je me demande si cela a marché, dans leur cas, déclara leur hôte.

Plus qu'un amusement, le go était une façon de concevoir l'existence. L'un des dîneurs émit l'idée que, dans la vie réelle comme dans la philosophie du jeu, toutes les éventualités pouvaient et devaient être envisagées à l'avance. Maître Liu, resté jusque-là silencieux, choisit ce moment pour prendre la parole.

– Et vous, honorable monsieur Hou, demanda-t-il, avez-vous tout organisé dans votre vie pour le cas où vous disparaîtriez prématurément ?

Le vieux joueur ne semblait pas tenir le retraité en grande estime. Cette évocation abrupte de sa fin prochaine était à la limite de la grossièreté. Hou Jingxian ne parut pas s'en formaliser. Il répondit que ses affaires étaient parfaitement en ordre : ce qu'il possédait de plus cher, sa collection de vases en bronze, irait à un cousin qui partageait sa passion pour ce genre d'objets. Il venait par ailleurs de donner des instructions pour résoudre les problèmes domestiques qui s'étaient présentés les jours précédents. Il assura que sa maison était aussi bien dirigée qu'une partie de leur passe-temps favori, ce dont le juge ne douta pas, vu son air d'autorité, resté intact malgré les ans. Maître Liu se le tint pour dit et continua à siroter son vin de cet air mystérieux qui avait dû aider à asseoir sa réputation.

Dès que la folie du jeu lui laissa une chance de placer un mot, Ti mentionna la rumeur selon laquelle des décès suspects se seraient produits à Hohhot ces derniers temps. Le seigneur Tchao répondit sans se démonter que l'expression « décès suspects » était très exagérée :

– Vous savez comment sont les gens. Dès qu'une récolte est mauvaise, ils invoquent la colère des dieux, et, si deux personnes meurent en même temps, c'est une hécatombe.

Ti se dit que ce haut personnage avait trouvé un moyen commode de gérer les méfaits qui pouvaient se produire dans sa ville : ne pas s'en préoccuper. La disparition douteuse de quelques-uns de ses administrés n'allait pas le détourner de ses intérêts habituels. Il avait en tête des préoccupations trop élevées pour se pencher sur le sort cruel auquel pouvaient être soumises les petites gens. Comme ces peuples isolés avaient peu l'habitude de faire appel au tribunal, Ti aurait pu ne jamais avoir eu vent de rien si un sbire n'avait pris la peine d'en informer son épouse. Il refusa de laisser son hôte s'en tirer à si bon compte :

– Il est revenu à mes oreilles trois cas de disparitions curieuses qui se seraient produits dans votre ville.

Le seigneur Tchao n'était pas autrement atteint par la nouvelle.

– Les gens font un monde de tout, répéta-t-il pour justifier son peu de curiosité.

Ti lut dans les yeux de son hôte qu'on jugeait ses propos déplacés. L'attention envers le commun des mortels ne cadrait pas avec l'ambiance de luxe et d'élitisme qui régnait sur ce banquet. Tout le reste de la soirée, il fut troublé par l'idée que la mort d'un homme comptait moins entre ces murs qu'un coup de maître sur un damier de go.

Alors que les invités se levaient pour prendre congé, le seigneur Tchao se fit apporter un beau vase de bronze couvert de boue séchée, comme si on l'avait récemment déterré d'une tombe antique. Il le déposa entre les mains du retraité Hou.

– Permettez-moi de contribuer à enrichir votre merveilleuse collection. Vous verrez, une fois que ce bronze aura été décrassé : je crois que les incrustations sont fort belles.

Le retraité se répandit en remerciements, bien que l'état du vase ne permît pas de voir s'il s'agissait d'une pièce d'exception ou d'un bibelot sans importance.

On échangea les formules de politesse d'usage, puis les notables de Hohhot remontèrent dans leurs palanquins tandis que le magistrat retournait à ses appartements, fort désireux de s'allonger sur un lit qui, il en était sûr, saurait lui faire oublier les rudes travaux de la journée, les spécialités culinaires locales dont on l'avait nourri et les conversations interminables sur les jeux à damier.

# IV

*Un démon facétieux accomplit une prédiction néfaste ; le juge Ti rencontre une démente.*

Ti était encore à moitié endormi lorsqu'un serviteur vint s'incliner devant lui pour annoncer la visite de son maître. Le seigneur Tchao pénétra aussitôt dans la pièce, habillé de pied en cap, aussi frais que s'il avait eu la possibilité de se reposer la nuit entière. Il aurait fallu une bonne dizaine d'heures au magistrat pour paraître aussi alerte.

– Eh bien, honorable juge, j'avais bien raison, hier soir, de ne pas vouloir m'appesantir sur les petits malheurs du monde ! déclara son hôte en venant se planter de l'autre côté de la table où reposait le déjeuner. À force de parler des calamités, elles se produisent ! Il y avait sûrement dans les parages quelque démon sournois qui vous aura pris au mot !

– Dois-je comprendre qu'un malheur a touché votre belle cité pendant la nuit ? demanda Ti.

– Hélas ! Un malheur, en vérité ! se lamenta Tchao. Ce pauvre Hou Jingxian, avec qui vous avez dîné hier soir ! Il a rejoint les mânes de ses ancêtres ! Au sortir de chez moi, voilà qui n'est pas flatteur pour ma cuisine !

Ti comprenait mieux son empressement : Tchao Xiang était vexé qu'on osât décéder en pleine digestion des aliments délicats dont il avait régalé ses invités. Le trépassé faisait par ailleurs partie des heureux personnages initiés aux mystères des jeux de stratégie, la crème de cette petite bourgade.

– Une mort naturelle ? supposa le magistrat, que la question intéressait modérément.

– Je n'en suis pas sûr, répondit Tchao avec un regard en coin. On a trouvé un couteau planté dans sa poitrine. Qu'en pensez-vous ?

L'intérêt de Ti pour la disparition du retraité renaquit tout d'un coup. Il demanda si l'on avait déjà arrêté quelqu'un, si l'on avait une idée du mobile, s'il y avait des témoins. Le seigneur Tchao haussa les épaules de manière presque imperceptible.

– Comment le saurais-je ? Je suis venu vous prévenir tout de suite. Vous êtes beaucoup plus compétent que ma modeste personne. J'ai pensé, puisque vous nous faites l'honneur de résider parmi nous en ce moment, que vous seriez désireux de prendre l'affaire en main.

Ti avait prévu de s'éloigner de cet endroit au plus vite pour ne pas se compromettre plus longtemps dans cette histoire de fiançailles qui n'auraient jamais lieu. L'événement changeait la donne. D'un côté se profilait la perspective d'aller visiter dans la montagne quelques villages supplémentaires où des roués feraient tout leur possible pour ne pas le payer, entre deux tasses de thé au beurre rance ; de l'autre, celle d'examiner les circonstances d'un meurtre. Il rebaptisa mentalement sa curiosité « appel du devoir » et décida que la levée de fonds pouvait attendre. Aussi répondit-il à son hôte qu'il serait heureux de lui être utile. En vérité, le seigneur Tchao avait l'air aussi peu concerné par cet assassinat que par sa première culotte de peau. Il remercia le juge de sa complaisance, promit de mettre à sa disposition tous les moyens dont il aurait besoin, et retourna se consacrer à des occupations plus dignes de sa magnificence.

De fait, lorsqu'il se fut débarbouillé, coiffé et habillé, ce qui lui prit deux fois moins de temps que d'ordinaire, Ti trouva dans l'allée principale un palanquin richement décoré et plusieurs serviteurs qui l'attendaient pour le mener en ville. Dès que Tao Gan l'eut rejoint, il prit place dans le véhicule, que quatre esclaves emportèrent d'un bon pas entre les deux rangées de cyprès.

Tandis qu'ils franchissaient le portail rond et s'engageaient sur la route menant à Hohhot, Ti réfléchissait aux éléments dont il disposait déjà. La phrase étrange que Liu Yi avait lancée la veille au patriarche résonnait de nouveau dans son esprit. Le trépas du retraité donnait dorénavant à ces propos un air d'avertissement prémonitoire. Ti ne partageait pas la croyance du seigneur Tchao en des démons pernicieux guettant les conversations pour s'empresser de réaliser les prédictions néfastes. S'il avait appris une chose au cours de sa carrière d'enquêteur, c'était que rien n'arrivait par hasard. Liu Yi avait évoqué la mort du retraité Hou et celle-ci s'était produite avant la fin de la nuit. Il y avait là matière à une réflexion digne d'une partie de go. Était-il possible que maître Liu sût quelque chose ? Tout s'était passé comme s'il avait deviné par avance ce qui allait advenir. Lorsque la conversation avait porté sur la prédictibilité des événements, il n'avait pu s'empêcher de mentionner ses inquiétudes. Dans ce cas, pourquoi n'avait-il pas averti directement le retraité du danger qui le menaçait ? Peut-être l'avait-il fait après que les convives eurent quitté la salle de réception. Ti avait directement rejoint ses appartements : que savait-il de ce qui s'était passé entre les invités sur le chemin du retour ? Une visite au maître de go s'imposait au plus tôt.

Le défunt, dans sa réponse, avait fait allusion à des problèmes domestiques qu'il venait tout juste de régler. C'était un point à creuser. Il se pouvait que ses décisions aient indisposé ceux qui dépendaient de lui.

Vues de près, les fortifications de Hohhot n'avaient pas l'aspect majestueux de celles, par exemple, dont était pourvue la capitale, avec leurs proportions imposantes et leurs tours surmontées d'élégants pavillons à toit de tuiles rouges. L'urgence et un souci d'efficacité avaient présidé à l'édification de celles-ci. Plutôt que des prouesses d'architecture militaire, il s'agissait d'un entassement de solides pierres grises destiné à dissuader les appétits que nourrissaient les barbares pour les richesses entassées de l'autre côté. Une inscription gravée au-dessus de la porte principale signifiait aux arrivants que la cité était sous la protection du Fils du Ciel. Ti se demanda si la formule était à l'usage des Mongols, qui ne savaient guère lire, ou des forces infernales de passage dans la contrée.

Tchao Xiang était d'évidence un bon seigneur, attentif aux besoins de ses concitoyens. Il avait notamment organisé un service de transports publics à dos de buffle qui avait beaucoup de succès. Ti croisa nombre de grosses matrones qui s'en allaient faire leurs courses au marché, assises sur le dos d'un animal à cornes qu'un petit paysan tenait par la bride.

L'intérieur de la ville contrastait avec les imposantes murailles qui l'entouraient. Les maisons, disposées entre des rues qui se croisaient à angles droits, étaient d'apparence assez humble, et le plus souvent dépourvues d'étage. Un petit peuple d'artisans et de boutiquiers se pressait à travers les artères étroites. Ti nota qu'ils arboraient pour la plupart une sorte de petit turban en tissu bleu, hommes et femmes confondus. Ces dernières portaient, en plus, un large tablier du même bleu profond, qu'elles serraient à la ceinture à l'aide d'un cordon blanc.

Il était presque arrivé à destination lorsque l'un des serviteurs sollicita la faveur d'un arrêt momentané : il avait un message à transmettre. Le palanquin fut déposé devant le seuil d'une maison. Le chef de la famille qui vivait là vint s'informer de ce qu'on lui voulait. Ti le vit s'entretenir quelques instants avec le serviteur. Le visage du chef de famille s'illumina. Il s'inclina à plusieurs reprises devant le domestique et rentra annoncer une nouvelle qui devait être excellente, car la maison retentit bientôt de cris de joie. Dès que l'on se fut remis en route, Ti s'informa de ce qui se passait. Le seigneur Tchao avait chargé son serviteur d'annoncer à ces gens qu'il avait trouvé un bon parti pour leur fille.

– Mon maître aime répandre le bonheur autour de lui. Son horoscope lui recommandant de faire une bonne action aujourd'hui même, il a promis de financer les noces et l'installation du jeune couple. C'est pour ce père une chance inespérée. Leur demeure sera bientôt pavoisée de rouge pour annoncer les fiançailles.

Ti se dit que ce Tchao avait décidément la folie des mariages. C'était sans doute un effet du paternalisme prisé par les seigneurs féodaux, appelés à tisser des liens étroits avec leurs sujets. Il n'aurait pas cru, pour sa part, que cet homme fût capable d'éprouver le moindre intérêt pour quelqu'un d'extérieur à son cercle de jeu.

Les porteurs le déposèrent bientôt devant une bâtisse plus considérable que les autres. Le long mur qu'ils venaient de longer suggérait qu'elle devait contenir plusieurs pavillons, contrairement aux demeures modestes qui constituaient le gros de la cité.

La première cour était dévolue au commerce des cuirs mongols, qui avait fait la fortune du propriétaire. On pouvait y voir des entassements de ballots attendant de trouver une place dans les entrepôts. Ti apprit que le défunt organisait chaque année une caravane dont il tirait de fructueux bénéfices. Autour d'une seconde cour s'ouvraient les bâtiments occupés par la famille du patriarche. Bien que les lieux n'aient rien à voir avec l'opulence dans laquelle vivait le seigneur Tchao, il était évident que les affaires de M. Hou lui avaient permis de s'établir sur un grand pied.

Ti fut reçu par un majordome stylé d'environ trente-cinq ans, tout vêtu de gris clair. C'était lui qui avait trouvé le défunt, aux premières heures du jour, lorsqu'il avait frappé à la porte de son pavillon pour lui apporter le thé du matin. Comme nul ne répondait, il avait tenté d'ouvrir, mais le battant était bloqué par le corps de son maître, qui gisait dans une mare de sang.

– A-t-on une idée du mobile de ce meurtre ? demanda Ti.

– Le vol, noble juge. L'argent et les bijoux que mon maître conservait dans sa chambre ont disparu. Il aura surpris le malandrin, qui l'aura poignardé pour l'empêcher d'appeler du secours.

Ti demanda qu'on avertisse la veuve de sa présence et se fit montrer la chambre du crime en attendant que cette dame fût prête à le recevoir.

La première chose qu'il vit dans l'appartement privé du patriarche fut la collection de vases évoquée la veille. Il y avait effectivement là une splendide réunion d'objets en bronze datant des diverses dynasties qui s'étaient succédé durant les dix siècles précédents. C'était le résultat du pillage de tombes, le plus souvent. Le collectionneur reposait à présent parmi ses trophées comme l'avaient fait leurs précédents propriétaires dans leurs caveaux.

Le cadavre du vieux Hou gisait sur un lit-cage sculpté dans un bois précieux, un meuble importé, accessible aux seuls citoyens les plus fortunés de cette ville du nord. Hou était vêtu d'une robe de nuit de bonne facture, ce qui laissait supposer qu'il avait été réveillé par le bruit qu'avait fait le voleur en fouillant sa chambre. La large tache rouge visible sur le tapis derrière la porte suggérait qu'il avait agonisé à cet endroit. Il avait dû s'y traîner après le départ de l'assassin. Les domestiques l'avaient déplacé pour lui donner une attitude plus digne. Le couteau, en revanche, était toujours fiché dans la poitrine. Le manche indiquait qu'il s'agissait une fois encore d'un objet de luxe. Ce détail était troublant à deux égards : ce n'était par l'arme d'un voleur, l'homme l'avait sans doute trouvée sur les lieux mêmes, ce qui signifiait qu'il n'avait pas prévu d'avoir à se défendre ; par ailleurs, il ne l'avait pas emportée avec lui malgré son prix, ce qui signifiait qu'il s'était permis de négliger un bibelot facilement négociable, ou que le vol n'était pas le mobile du meurtre… En outre, Hou avait succombé à un coup unique porté avec force dans la région du cœur, ce qui évoquait aussi bien un accident qu'une exécution préméditée. Cependant, la victime avait eu le temps de se déplacer. Un tueur aguerri se serait assuré qu'elle était bien morte avant de quitter les lieux. Ce détail laissa le juge songeur.

Un gros coffre à serrure et ferrures de bronze était posé contre le mur, ouvert et vide. Diverses cassettes avaient elles aussi été pillées. L'assassin savait qu'il y avait de l'argent à prendre dans cette pièce. Il savait aussi que Hou gardait les clés sur lui, il les lui avait prises et s'en était servi une fois son crime accompli.

Aux dires mêmes du personnel, aucune porte de la demeure n'avait été forcée. Ti en fut doublement surpris : d'abord parce qu'un meurtrier venu de l'extérieur aurait forcément abîmé une serrure pour s'introduire dans la maison ; ensuite parce que, dans l'hypothèse où l'assassin faisait partie de la maisonnée, il aurait dû lui venir à l'esprit de simuler un cambriolage afin de détourner les soupçons. Ti se voyait pratiquement obligé de borner ses investigations à ceux qui avaient dormi là, et craignait que ce ne soit justement ce que l'assassin souhaitait.

On l'introduisit dans le salon où l'attendait dame Bu Feiyan, déjà vêtue de sa robe blanche de deuil. Plus jeune que son mari, elle était encore très belle malgré ses yeux rougis et ses traits marqués par la douleur. Un adolescent de belle prestance se tenait debout derrière son siège, une main sur son épaule. Elle tâcha de retenir ses larmes pour accueillir son visiteur ainsi qu'il seyait. Un jeune valet apporta le thé. Ti attendit qu'il se retire pour présenter ses condoléances.

– Hélas ! s'écria dame Bu. Qui aurait pu prédire qu'un pareil malheur s'abattrait sur notre maison ?

Ti songea que quelqu'un avait effectivement fait cette prédiction, mais se garda d'en souffler mot. Il la pria, si cela était possible, de surmonter son chagrin pour lui dresser le portrait moral du défunt, qu'il n'avait guère eu le temps de connaître. Elle admit d'emblée que son mari était d'une nature autoritaire, une qualité dans son genre d'activité, puisqu'il avait passé sa vie à commander les chasseurs, les revendeurs et les caravaniers qui exportaient ses peaux vers les grandes villes de l'empire. Mais elle ne lui connaissait pas d'ennemi mortel en dépit des inévitables querelles d'intérêts que soulève toute activité commerciale. Elle reconnut par ailleurs n'être pas la personne la plus apte à renseigner le magistrat. Son mari et elle ne se côtoyaient qu'à l'intérieur du cercle domestique, où ils vivaient en bonne entente. Il la laissait gouverner leur foyer comme elle l'entendait et l'avait même autorisée à recueillir son neveu ici présent, « un garçon intelligent, mais issu d'une branche pauvre de sa famille », conclut-elle en posant sa main sur celle de l'adolescent toujours debout derrière son fauteuil.

Ti lui demanda si elle savait à quels problèmes son mari avait fait allusion lors du dîner chez le seigneur Tchao.

– Rien qui vaille la peine d'en parler, vraiment, répondit dame Bu en désignant son neveu du regard. Je suis fâchée que mon mari ait évoqué en public des questions d'ordre familial qui ne concernent que nous.

Au déjeuner, la veille, Hou Jingxian avait annoncé son intention d'envoyer le neveu dans l'un de ses comptoirs, situé de l'autre côté des montagnes. Dame

Bu, qui nourrissait à l'égard du jeune homme des sentiments maternels, avait d'autant moins accepté l'idée de cette séparation que son mari ne s'était pas expliqué sur ses raisons. S'en était suivi une regrettable querelle en présence du personnel. Ils s'étaient quittés sur un différend que le trépas prématuré du patriarche les empêcherait à jamais de régler.

– Je ne comprends pas de quelle lubie mon pauvre Jingxian a été pris, dit-elle entre deux sanglots qu'elle cacha derrière ses très longues manches brodées. Les hommes de son âge deviennent souvent impérieux et sont sujets aux coups de tête. Il aura pensé qu'il était temps de former Chi-chen sur le tas. C'était montrer trop peu de considération pour moi, qui me suis occupée de lui comme une mère. Que vais-je devenir, à présent ? s'écria-t-elle en enfouissant son visage dans les pans de sa robe de soie blanche.

Le neveu la prit dans ses bras pour lui murmurer des paroles de consolation. Ti jugea qu'il était temps de se retirer.

Il ne pouvait s'empêcher de remarquer que dame Bu était cernée d'hommes beaucoup mieux faits que feu son époux : le majordome, le valet, le neveu… Combien y en avait-il encore de cette sorte qu'il n'avait pas vus ? Le décès du patriarche la livrait à la tentation de nouer des relations plus étroites avec l'un de ces charmants jeunes gens tout dévoués à sa personne. Il se demanda si le neveu n'avait pas déjà pris une trop grande place dans le cœur de sa tante. Cela pouvait expliquer que M. Hou ait décidé de le renvoyer sans explication. Lui-même n'aurait pas agi autrement s'il avait soupçonné une intrigue entre l'une de ses épouses et un membre du personnel. Bu Chi-chen, le neveu, était beau garçon, sans doute un peu lymphatique ; le type même du fils de famille qui se laisse vivre, en moins abruti que le rejeton des Tchao, toutefois.

Ti traversa les deux cours de la résidence tandis que les serviteurs accrochaient partout les banderoles blanches proclamant que la maison était en deuil.

Une fois remonté en palanquin, il eut d'abord l'intention d'aller voir le maître de go pour apprendre les raisons qu'avait eues ce vieil homme de prédire la fin du retraité. Tout bien réfléchi, il lui parut judicieux de rencontrer d'abord des témoins moins directs, afin d'avoir de quoi contredire les éventuels mensonges du vieux joueur. Il saisit la manche du domestique qui cheminait à côté de son équipage.

– Dis-moi, sais-tu où habite M. Han Po, celui qui était chez ton patron hier au soir ?

L'homme connaissait bien l'adresse du commerçant en fourrures, un habitué du château. Il lança un ordre bref aux porteurs, qui bifurquèrent. Un instant plus tard, le palanquin passait de nouveau devant la petite maison où vivait la jeune fiancée dotée par le seigneur Tchao. Son guide ne s'était pas trompé : ainsi qu'il l'avait prédit, elle était déjà décorée d'inscriptions tracées sur des lanternes rouges, couleur des réjouissances.

Han Po habitait à la périphérie de la ville, près du rempart. Ti confia l'une de ses cartes de visite à son cicérone, qui s'en fut l'annoncer. Le fourreur était chez lui. Ti le vit apparaître sur le seuil tandis qu'il s'extirpait de son véhicule. M. Han se répandit en remerciements sur la faveur que lui faisait le magistrat d'honorer d'une visite sa misérable demeure.

C'était un homme d'à peu près trente ans, vêtu d'une

solide robe en taffetas doublé de renard gris, ce qui faisait de lui une sorte d'enseigne pour son commerce. Il portait sur la tête l'inévitable turban bleu qui était apparemment l'emblème des habitants de Hohhot. Ti accepta volontiers la tasse de thé qu'on lui proposa et pénétra à l'intérieur de la maison.

Il attendit d'être confortablement installé sur un pouf mongol en cuir rouge à grosses coutures pour aborder le vif du sujet. L'importateur de fourrures ignorait absolument le décès d'un de leurs commensaux. Il connaissait assez bien M. Hou, puisqu'ils appartenaient tous deux à la même guilde des marchands de peaux. Le défunt, bien sûr, était nettement plus riche que lui, comme la différence de dimensions entre leurs demeures le signalait. Il fut assez surpris d'entendre Ti lui demander comment s'était passé le trajet du retour en ville à l'issue de la réception chez Tchao. D'autant que le magistrat insista pour savoir si le maître de go s'était entretenu en privé avec le retraité Hou, ou si Han Po l'avait entendu mettre ce dernier en garde à un moment quelconque.

– Liu Yi est certainement un homme d'une intelligence hors du commun, mais je doute qu'il soit doué de facultés de divination, répondit celui-ci. Votre Excellence prête beaucoup d'importance à une phrase anodine, prononcée dans le cadre d'une conversation mondaine. Après avoir goûté les délicieux alcools de notre hôte, j'aurais moi-même pu prononcer des avis définitifs sur la moitié de nos concitoyens, si on m'en avait prié !

Non seulement Han n'avait rien remarqué de spécial, mais il ignorait totalement si Hou s'était fait des ennemis acharnés au point d'organiser son assassinat. Pour ce qui était des renseignements sur sa vie privée, Han recommanda d'interroger plutôt sa propre épouse, qui fréquentait régulièrement la maison Hou. Elle était plus que lui en mesure de donner une opinion sur la veuve Bu et sur sa maisonnée.

– Permettez-moi de vous l'amener, vous pourrez lui poser toutes les questions que vous jugerez utiles.

Par l'ouverture de la porte, Ti le vit traverser la petite cour carrée qui séparait le bâtiment principal de ceux habités par le propriétaire et par sa femme. Il pénétra dans ce dernier, mais en ressortit très vite, l'air contrarié. Une servante surgit à ce moment du côté des communs.

– Roseau ! Où est ta maîtresse ?

La petite bonne femme lui jeta un regard effaré.

– Je ne comprends pas, seigneur, elle était chez elle il y a un instant. Je me suis absentée une minute pour aller aux cabinets.

M. Han eut un geste de colère.

– Imbécile ! Je t'avais recommandé de ne pas la quitter des yeux !

La disparition de son épouse semblait le plonger dans l'inquiétude. Son abattement lui fit oublier la présence de son visiteur. Ti quitta son pouf mongol et le suivit à travers toute la maison.

– Lotus ! Est-ce que tu es là ? interrogea le malheureux de pièce en pièce.

– Je crois qu'elle est sortie, finit par dire le magistrat, voyant que son hôte avait du mal à se rendre à l'évidence.

– Pardonnez-moi, noble juge, dit celui-ci en passant une main sur son front moite. Ma femme n'est pas bien, depuis quelque temps. Il me faut absolument la retrouver.

Il se dirigea vers la porte sans attendre de réponse, mû par une force irrépressible. Ti le suivit, curieux. M. Han regardait de tous côtés, comme s'il s'était attendu à découvrir sa femme dans les jarres des marchands d'huile ou les paniers des maraîchers. Cela faisait quatre mois que Lotus avait des absences. Elle quittait la maison sans prévenir et, lorsqu'elle rentrait, elle était incapable de dire ce qu'elle avait fait. Ces symptômes évoquèrent à l'enquêteur quelque cas d'adultère assez banal. M. Han dut lire dans sa pensée, car il réfuta d'emblée cette théorie :

– Ma femme est un modèle de fidélité. Si Votre Excellence l'avait rencontrée, elle n'en douterait pas. Elle est seulement atteinte d'une horrible maladie qui nous gâche la vie.

Une fois dans la grande rue, alors que Han fouillait des yeux chaque recoin, Ti avisa une femme vêtue d'une robe bourgeoise, immobile près d'un mur, le regard vague, le chignon défait et les cheveux épars sur son front. Il attira l'attention du fourreur. Dès qu'il l'eut vue, Han Po se précipita.

« Eh bien ! Heureusement qu'il ne fait pas froid ! » se dit le juge Ti en contemplant sa fine robe d'intérieur, sur laquelle elle avait négligé de jeter un manteau. Il était clair que « Modèle de fidélité » errait de par les rues sans trop savoir où elle allait. Elle portait à sa ceinture une bourse plate. Son mari l'agrippa par les épaules pour la faire réagir :

– Où étais-tu encore passée ? Tu sais que je ne veux pas que tu t'absentes sans m'avertir ! Roseau est là pour t'accompagner quand tu sors !

Lotus sembla émerger de sa torpeur.

– Je suis allée voir mon médecin, articula-t-elle d'un air hagard.

Ti estima qu'il devait s'agir d'une belle femme lorsqu'elle était dans son état normal, c'est-à-dire souriante et apprêtée. Son mari eut beau la secouer, il fut impossible de lui faire dire qui était ce médecin ni où il consultait. Pour le juge, soit cette femme était une menteuse de premier ordre, soit elle était complètement folle. Sa tenue, ses cheveux ébouriffés faisaient plutôt pencher pour la seconde hypothèse : il était difficile d'imaginer qu'elle s'était rendue chez son séducteur dans cet état.

Ils la raccompagnèrent jusqu'à ses appartements, où ils la remirent entre les mains de la petite servante. M. Han était atterré. Il ne savait plus vers qui se tourner.

– Peut-être Votre Excellence pourrait-elle faire quelque chose ? Retrouver ce médecin chez qui ma femme se rend ?

Il semblait à Ti qu'un guérisseur ou un prêtre auraient été mieux aptes que lui à se pencher sur les états d'âme de la malheureuse. Il avait déjà vu certaines personnes perdre la tête après avoir reçu un choc physique ou moral. Il recommanda de la faire suivre lors de ses déplacements. Han assura qu'il l'avait déjà fait. La première fois, elle avait détecté sa présence et l'avait injurié. La seconde, elle était rentrée d'elle-même sans s'arrêter nulle part.

Ti promit de réfléchir à ce qu'il pouvait faire et prit congé, remettant à plus tard l'interrogatoire de la malheureuse. Il était temps de rentrer au château prendre sa collation de la mi-journée.

# V

*Le juge Ti rend visite à une princesse défunte ; il surprend une mystérieuse conversation.*

Ti avait couru toute la matinée après des femmes avec qui sa Première avait passé la soirée précédente. Alors que le magistrat soupait avec leurs maris, dame Lin devisait tranquillement dans les appartements privés de Trésor de Jade, épouse du seigneur Tchao, en compagnie de Fumerolle, épouse du retraité Hou, et de Lotus, épouse du fourreur Han.

Elle n'avait pas du tout trouvé à la future veuve de M. Hou le genre de ces femmes frivoles que l'on imagine portées à l'infidélité. Quant à Lotus, elle s'était montrée détendue, n'avait pas tenu de propos incohérents : rien n'avait permis de soupçonner qu'elle s'échapperait de chez elle le lendemain sans vouloir dire où elle était allée.

– Vous avez bien de la chance de posséder une compagne comme moi, qui ne vous cause aucun ennui, conclut-elle avec satisfaction.

Ti se retint de rappeler les fiançailles-surprises de leur cadette de douze ans avec le débile de la maison. Si elle présentait à ses yeux un avantage sur les dames Bu et Yang, c'était de n'être ni folle ni veuve.

Les décès inexpliqués n'étaient pas les seuls phénomènes étranges à s'être produits cette année à Hohhot.

Les dames avaient passé la soirée à se raconter des histoires de fantômes. Il était de notoriété publique que le cimetière était hanté. Nombre d'habitants avaient entrevu une forme blanchâtre qui errait le long des tombes en proférant des imprécations entre ses larmes.

Ti constata que sa Première en savait plus que lui sur les us et coutumes locaux. Il estima nécessaire de mieux connaître la région pour se faire une idée de la façon de vivre et de penser de ses habitants. Il convoqua son guide de la matinée et se fit énumérer les curiosités à visiter.

Sa tournée commença par une visite du temple hors les murs, le plus grand du district, un ensemble de trois pavillons surmontés de coupoles à mosaïques dorées, pas du tout chinoises, situé au centre d'une esplanade dallée. Après les traditionnelles offrandes d'encens et une petite prière, on lui proposa d'aller voir un campement nomade typique.

– S'agit-il d'un regroupement de yourtes en peaux de bêtes dans lesquelles on allume un feu dont la fumée vous étouffe ?

Il crut pouvoir s'en dispenser, ayant déjà expérimenté la chose assez récemment pour que son dos s'en souvienne.

L'attraction principale était la fête de la Torche, au cours de laquelle tout le monde se rassemblait sur un pré pour danser autour d'un mât dont on incendiait la pointe, ce qui était sûrement très pittoresque, mais la date n'était pas encore venue. Baissant la voix, son guide l'avertit que Hohhot possédait aussi un lieu de plaisir, véritable institution, où de belles Mongoles élevées au frais dans les steppes prodiguaient des massages à la graisse de yak. Bien qu'étonné du nombre d'utilisations qu'on avait réussi à trouver à ce produit, Ti déclina la proposition, au grand étonnement du tentateur.

Restait le monument le plus visible : le tumulus qui se profilait au nord de la ville. C'était à l'origine une tombe gigantesque, désormais dédiée au culte des Grands Ancêtres. À ses pieds se dressaient des tables votives, sortes de dalles verticales en pierre polie, sur lesquelles étaient gravées des formules sacrées en langue mongole que Ti était incapable de déchiffrer. Un escalier étroit avait été pratiqué dans la terre glaise en y introduisant des bouts de bois mal équarris. L'installation restait incroyablement raide. Après lui avoir remis un panier de présents pour les Grands Ancêtres, on le fit grimper presque à plat ventre la face oblique. Il était déconseillé de se retourner pour regarder en bas, ce qui augurait mal de la descente. L'ascension ne fut pas une promenade de santé. Par bonheur, le pagodon édifié au sommet possédait un banc sur lequel il se laissa tomber en soufflant.

– Pas ici, noble juge ! s'écria son guide. Votre Excellence s'est assise sur l'autel dédié aux Grands Ancêtres !

On avait de là-haut une vue dominante sur la ville. Ti ouvrit le panier, dont il tira des œufs, des fleurs et des fruits destinés aux dieux. Tandis qu'il les disposait sur l'autel où il avait posé son noble postérieur, son cicérone lui raconta l'histoire de la princesse inhumée sous une si grande quantité de terre.

Wang Zhaojun avait vécu sous la glorieuse dynastie des Han, environ sept siècles plus tôt. Le roi des Huns, soucieux de rendre ses devoirs à l'empereur d'alors, avait fait trois fois le voyage de Chang-an pour demander l'une de ses filles au Fils du Ciel. Ce dernier rechignait à exiler sa progéniture au-delà de la Grande Muraille qui marquait la limite entre la civilisation et les terres sauvages. Au bout d'un certain temps, l'une de ses concubines, la belle Zhaojun, proposa de partir dans le nord pour servir de gage de paix à la place d'une des princesses. Pressé par ses conseillers, l'empereur finit par accepter, afin de consolider l'alliance avec les Huns et de protéger ses frontières. Toute la vie de Zhaojun fut dès lors placée sous le signe du rapprochement entre ces deux grands peuples, qui vécurent désormais en bonne intelligence. Elle fut pour le roi une épouse précieuse et lui donna plusieurs enfants.

Ce discours, récité avec un sourire figé, ressemblait à un communiqué diplomatique comme en produisait son ministère du temps où Ti officiait à la capitale. On pouvait douter que la vie de la malheureuse princesse transplantée chez les nomades ait été un chemin parsemé de roses. Son culte venait à propos pour faire oublier les siècles de dissensions, de pillages et de massacres qui avaient précédé l'occupation actuelle de la région par les troupes impériales des Tang.

– Dis-moi, s'enquit le juge, on avait prévenu le roi des Huns qu'on lui donnait une simple concubine au lieu d'une princesse du sang, ou bien on l'a laissé croire toute sa vie qu'il avait fait une bonne affaire ?

Sa conclusion fut que le roi des Huns aurait bien eu besoin de ses services comme enquêteur pour éventer l'entourloupe dont il avait été victime. Il constata en outre qu'il était poursuivi par les histoires de jeunes filles sacrifiées aux seigneurs de cette région, comme par exemple sa Petit-Jade chérie.

Une bruine commençait à tomber sur la campagne. On ne voyait plus grand-chose du paysage. C'était un temps parfait pour aller à la rencontre des fantômes. Ti décida de se rendre au cimetière.

Une fois arrivés au bois sacré, territoire des défunts, ceux qui l'accompagnaient, guide et porteurs, déclarèrent qu'ils préféraient l'attendre au bord de la route. Cette attitude surprit le magistrat : les Chinois adoraient les cimetières, ils y déjeunaient lors de la fête des morts afin de partager leur repas avec leurs chers disparus.

– Des rumeurs persistantes courent sur cet endroit, noble juge, murmura son guide sous le regard réprobateur des autres serviteurs.

– Il y a un fantôme, je sais, mais il n'a encore tué personne, que je sache ?

L'idée que le magistrat allait se promener dans un lieu qu'il savait hanté et donc maudit suscita l'effroi du petit groupe. Le guide exprima sa certitude que le spectre n'oserait pas s'attaquer à un si éminent personnage ; quant à eux, humbles esclaves, il était plus sage qu'ils s'abstiennent de braver la colère de l'au-delà.

– Prenez au moins une bassine d'eau, noble juge. Si le fantôme s'y reflète, il se dissout et disparaît !

Ti nota que les croyances puériles étaient répandues des deux côtés de la Grande Muraille. Il se dirigea donc seul vers les édifices funéraires dispersés parmi les arbres.

Les gens simples avaient conservé la tradition du tumulus. Cela avait conduit à une floraison de grosses mottes dont la taille variait selon le nombre d'ouvriers qu'on avait pu se permettre d'affecter à ce travail. Depuis la domination chinoise, les notables avaient fait élever une série de pagodons en pierre dans le goût des nouveaux maîtres auxquels ils s'identifiaient. C'étaient des structures hautes de plusieurs mètres, étroites, constituées d'étages superposés, à la manière d'une vraie pagode. Elles étaient entièrement bâties à partir de la roche grise locale. Les édicules se terminaient par un petit cône pointu indiquant le ciel. Leur base était creuse. Une cavité fermée par une porte permettait d'y introduire le corps du défunt replié sur lui-même, ou éventuellement ses cendres et celles de toute la famille si celle-ci s'était laissé influencer par le bouddhisme montant, qui prônait l'incinération. L'endroit était planté de cyprès qui lui donnaient un air de forêt enchantée. Ti aimait assez se promener dans les cimetières. Ils lui rappelaient qu'il avait la chance d'être vivant, un privilège partagé par une infime fraction de l'humanité, si l'on estimait le nombre de générations qui avaient dû se succéder depuis que la déesse Nugüa avait façonné les premiers hommes à l'aide de boue.

La bruine donnait à l'ensemble un air particulièrement fantomatique qui lui allait très bien. Ti eut l'impression de se trouver dans l'une de ces légendes pleines de revenants et de femmes-renardes dont on se servait pour effrayer les enfants, les naïfs, et amuser les autres.

Il était en train de se perdre parmi les tombes lorsqu'il entrevit une forme blanche et rouge, indéfinie, surgie de nulle part. Il faillit tomber à la renverse et dut rassembler ses esprits pour trouver une explication à ce qu'il voyait. En quoi croyait-il ? En la philosophie de Confucius, et celui-ci n'avait jamais fait état d'ectoplasmes errant parmi les hommes. Au contraire, le thaumaturge n'avait que mépris pour les mythes populaires et préconisait de s'en tenir aux faits tangibles. Seulement voilà : l'apparition n'avait rien d'irréel, on pouvait la compter parmi ces fameux faits tangibles, à moins qu'il ne s'agisse d'une illusion produite par une fièvre subite.

Il discerna à travers le voile du crachin une silhouette frêle enveloppée d'un long manteau écarlate qui ressemblait à un linceul sanglant. Lorsque le spectre se tourna vers lui, Ti vit qu'il avait le visage blafard et les yeux cernés de noir, dont l'effet dramatique était accentué par le drap rougeâtre. Le mort-vivant ouvrit une bouche édentée d'où s'échappa un son rauque à vous faire dresser les cheveux sur la tête. Le bruit informe se mua lentement en mots intelligibles :

– Je suis la pauvre princesse Zhaojun, que son peuple a sacrifiée à la raison d'État, déclara l'apparition.

Ti l'assura qu'il était honoré de cette rencontre royale. Il aurait cependant préféré s'en aller vers la sortie où l'attendaient ses porteurs, ou bien que le crachin s'arrêtât de tomber, ou encore se réveiller d'un mauvais rêve dont il aurait pu rire ensuite avec ses chères épouses. Le spectre de la princesse n'avait pas fini :

– Il y a à Hohhot un monstre qui tient la vie des gens entre ses doigts crochus ! Il serre le cou de ceux dont il a juré la perte jusqu'à ce qu'ils étouffent. On les enterre ici, où ils troublent mon sommeil de mort, car ils ne peuvent reposer en paix.

« Nous ne sommes pourtant pas le quinze de la septième lune » se dit le juge Ti. Ce jour-là, la porte de l'enfer s'ouvrait et tous les diables se précipitaient à la frontière de la vie et de la mort, à la limite du yin et du yang. Les prêtres des trois religions les y attendaient pour les renvoyer de l'autre côté à coups de pied ou les soudoyer à l'aide de galettes au miel.

– Tous mourront l'un après l'autre si vous ne l'arrêtez pas ! prévint Zhaojun en levant son bras décharné dans un geste dramatique. Il faut le mettre en cage, l'enterrer au fond d'un temple et jeter la clé dans la rivière !

Ti n'adorait pas recevoir le témoignage des spectres, bien que cela n'eût rien d'inhabituel dans un empire où la limite entre le monde des vivants et celui des esprits n'était pas clairement tracée. Certains de ses collègues n'hésitaient pas à juger des cas de cochons ensorcelés et à faire comparaître des ustensiles de cuisine qui tenaient, paraît-il, des discours fort instructifs sur les mœurs de leurs propriétaires.

Le fantôme de la princesse ne devait pas avoir d'autre message à délivrer ce jour-là, car il disparut comme il était venu, semblant se dissoudre dans l'air humide. Il ne resta plus de lui qu'un léger parfum et un arc-en-ciel qui commença à se dessiner par-dessus le cimetière.

Pendant que son mari s'entretenait avec les princesses du temps jadis, madame Première était confrontée à des problèmes bien plus actuels. Les Tchao, le maître de maison en tête, ne cessaient de la harceler au sujet des fiançailles. En vérité, le genre de harcèlement qu'elle subissait n'avait rien d'odieux, elle se sentait de taille à le supporter aussi longtemps qu'il le faudrait. Sur son coffre à vêtements, ce matin-là, elle avait trouvé un collier en perles de jade bleu, sa couleur préférée, la plus rare et partant la plus chère, avec un mot précisant qu'il était pour « la belle-mère ». Ce bel objet venait s'ajouter à une série d'autres bijoux qui compensaient un peu les négligences de son mari dans ce domaine. Il était évident que le seigneur Tchao avait commencé à distribuer les cadeaux qu'il était d'usage d'offrir à la famille de la promise. L'ennuyeux était qu'ils se considéraient donc déjà à l'étape des petits présents – pas si petits, d'ailleurs : plus la différence de statut entre les deux clans était importante, plus celui que l'alliance honorait faisait d'efforts. Viendrait ensuite la rédaction des horoscopes (on pourrait encore gagner quelques jours avec ce chapitre-là). Puis le thé rituel, le choix de la date idéale, et un beau jour ils trouveraient devant leur porte un palanquin de cérémonie venu chercher la jeune fille pour la conduire chez son époux. Petit-Jade serait mariée sans que les Ti aient eu à déclarer qu'ils acceptaient cette union ! Dame Lin n'était pas sûre que Ti Jen-tsie le lui pardonne. Elle s'était toujours arrangée pour que l'irruption de la progéniture engendrée par les concubines ne perturbe pas leur vie de famille, ce n'était pas pour la voir ruinée par un départ prématuré !

Elle se raccrocha à l'idée que ce jeune homme, après tout, n'était peut-être pas un si mauvais parti. Il était appelé à gouverner un jour cette charmante contrée, c'était une chose dont on pouvait se prévaloir dans la capitale, quitte à enjoliver un peu les détails. Petit-Jade vivrait en maîtresse dans un château. Dame Première elle-même avait-elle eu un meilleur sort, elle qui passait sa vie à courir les routes pour suivre son juge de mari dans tous les coins perdus de l'empire ?

Malheureusement, Tao Gan, qu'elle avait envoyé se renseigner sur le fiancé, revint avec des nouvelles peu encourageantes. Il l'avait trouvé dans le parc, où il embêtait cette fois les corneilles avec un arc. Interrogé sur ses opinions, le jeune homme avait professé une philosophie du mariage d'inspiration mongole assez choquante pour les sujettes des Tang. Il ne restait plus qu'à l'aiguiller vers une carrière militaire qui présenterait l'avantage de l'éloigner de sa malheureuse épouse. On savait déjà qu'il aimait manier l'arc et la fronde, c'était un début. Tao Gan avait en outre appris qu'il troussait les servantes, ce qui n'était pas une bonne recommandation pour épouser la fille d'un magistrat plutôt collet monté. L'exploration de ce garçon était une suite ininterrompue de déceptions. Madame Première décida de faire de son mieux pour que les Tchao renoncent d'eux-mêmes à leur idée. Elle avait besoin pour cela d'un renseignement indispensable. Elle demanda au lieutenant de se procurer sa date de naissance.

Quand Ti Jen-tsie rentra, elle lui demanda s'il avait passé une bonne journée.

– Excellente. J'ai grimpé au sommet d'une tombe monumentale, puis je me suis rendu au cimetière local, où j'ai eu une conversation fort instructive avec un spectre.

– Vous m'en voyez ravie, répondit-elle comme s'il lui avait annoncé qu'il avait passé son temps dans ses dossiers.

Elle se garda d'ajouter qu'elle avait, de son côté, mené une enquête sur un imbécile qui s'était révélée tout aussi intéressante. Ti n'avait pas oublié, lui non plus, ce projet de mariage.

– Vous êtes bien consciente, j'espère, que pour se montrer digne de notre alliance ce jeune homme devra remporter haut la main ses examens de lettré, afin de débuter une brillante carrière dans l'administration ?

D'après ce qu'elle avait vu, ce n'était pas gagné.

Un peu plus tôt, leurs hôtes avaient parlé d'organiser « un petit dîner tout simple à l'ambiance familiale ». Les Ti eurent la surprise de voir qu'ils avaient fait venir des musiciens. La salle à manger était occupée par une vingtaines de personnes de tous âges, « uniquement des parents proches ». Ils avaient tous émis le désir de rencontrer l'auguste magistrat qui leur faisait l'honneur d'entrer dans leur parentèle. Ti et sa femme contemplèrent cette assemblée d'inconnus d'allure mongole qui se considéraient déjà comme leurs cousins.

Une joueuse de pipa, grand luth que l'on posait à l'horizontale sur une table basse pour en pincer les cordes, avait été engagée pour distraire les convives. Le seigneur Tchao annonça au juge le titre du morceau qu'ils étaient sur le point d'entendre : « La princesse Zhaojun franchissant la passe ».

– L'air a été composé sur un poème en l'honneur de cette jeune femme, que son père, l'empereur de Chine, a envoyée chez nous pour y conclure l'alliance avec le Grand Khan. Belle histoire, ne trouvez-vous pas ?

– Oh, je connais… grogna le magistrat.

Il commençait à soupçonner son hôte de s'être inspiré de cette anecdote quand il s'était mis en tête de donner à son fils la fille d'un haut fonctionnaire venu de Chang-an. Dame Ren avait elle aussi un commentaire au sujet du poème :

– Ce texte raconte en réalité le triste sort de dame Chen Xingyuan, fille d'un courtisan disgracié. Contrainte à épouser un roi du nord, elle aurait prétexté une prière au temple de la princesse Zhaojun, sur le chemin qui la conduisait chez son époux, et en aurait profité pour se jeter dans un précipice.

Il se fit un grand silence tandis qu'un froid glacial passait sur le dîner. Le seigneur Tchao, qui se serait bien dispensé de cette anecdote, claqua dans ses mains pour interrompre la musique et faire jouer un air plus gai.

On leur servit une oie sauvage dont le maître de maison leur distribua de sa main les meilleurs morceaux. C'était là un symbole qu'ils ne pouvaient manquer : l'oie sauvage faisait partie des cadeaux traditionnels offerts à la famille de la fiancée. Bien qu'elle fût servie à la mode mongole, accompagnée d'une sauce succulente, Ti lui trouva un goût amer.

Il sortit prendre le frais dès la fin du banquet, une lanterne à la main, dans l'espoir que la tranquillité vespérale chasserait ses idées noires. L'air embaumait des multiples parfums répandus par les arbustes. On entendait les grenouilles coasser dans les étangs artificiels et le long du ruisseau sinuant entre les rochers, qu'un petit pont peint en rouge enjambait gracieusement. Ses pas le conduisirent à travers les différents jardins où le seigneur Tchao avait fait reproduire ce qui existait de mieux dans le genre.

Des éclats de voix éloignées rompirent soudain la paix nocturne. Deux personnes étaient en train de se quereller derrière un massif. Les voix se turent avant que Ti n'ait eu le temps d'approcher suffisamment pour entendre ce qu'elles disaient. Des pas lui indiquèrent que les contradicteurs s'étaient quittés. Deux lumières s'éloignaient le long des allées. Il choisit celle qui se dirigeait vers la maison et s'efforça de la suivre sans se prendre les pieds dans la végétation. Une fois en vue de la cour d'honneur, il aperçut le maître de go qui montait en palanquin. Il eut juste le temps d'entrevoir sa mine soucieuse avant que le vieil homme ne tire sur lui le rideau d'un geste nerveux.

# VI

*Le juge Ti rend visite à un maître de go ; madame Première s'informe des désirs du Ciel.*

Ti se leva de bon matin le lendemain. Il avait décidé de consacrer les premières heures de sa journée à un entretien avec le maître de go. Mais avant il décida d'aller faire quelques pas dans le jardin afin de s'ouvrir l'appétit pour sa collation matinale. Au détour d'un massif, il déboucha sur la terrasse du goban, avec ses tablettes noires et blanches et son dallage percé de trous. Le seigneur Tchao y était déjà, assis sur un tabouret de pierre, occupé à contempler l'échiquier d'un œil morne.

– C'est à Liu Yi de jouer, dit-il avec tristesse.

Ti lui demanda s'ils joueraient ce jour-là ; la visite de l'illustre joueur lui aurait évité d'avoir à se rendre chez lui.

– Oh, je ne pense pas, hélas ! répondit le seigneur Tchao d'une voix sinistre. Vous ne connaissez pas la nouvelle ? Je croyais que Votre Excellence avait des yeux et des oreilles partout. Notre maître de go est mort cette nuit.

– Quoi ! s'exclama le magistrat. Que lui est-il arrivé ?

– Une fâcheuse rencontre avec un couteau, d'après ce que m'a rapporté le capitaine des gardes. Sa gouvernante est venue rapporter le décès aux premières lueurs du jour et ces imbéciles de soldats ont jugé nécessaire de me tirer du lit pour m'en informer.

Le seigneur Tchao était fort contrarié. Il avait perdu son adversaire, sa partie de go était en deuil. Elle resterait inachevée, figée sur son dallage, à moins qu'il ne déniche un amateur à sa mesure pour reprendre le flambeau.

– Hélas ! dit-il avec un soupir. Qui pourra remplacer un si grand joueur ?

Ti sentit que c'était à lui que l'on pensait. Il se hâta de prendre congé, se sentant incapable de se montrer digne d'un précurseur si éminent.

Contrairement à son hôte, Ti était fort troublé par l'irruption d'un second meurtre dans le voisinage. Il décida de se rendre immédiatement chez le vieux maître pour tâcher de découvrir une piste. Le voyant se préparer, madame Première demanda à profiter du palanquin : elle souhaitait se rendre en ville pour une course.

– Vous sortez seule ? s'étonna le juge en fronçant les sourcils.

Il ne trouvait pas décent pour une dame de la noblesse de se promener seule, même dans un petit bourg de province où l'on était sans doute moins à cheval sur ces questions. Dame Ren aurait dû l'accompagner, mais elle était souffrante et lui avait délégué sa servante la plus dégourdie. « L'oie sauvage n'est pas passée chez elle non plus », se dit le juge. Il se demanda si l'épouse de leur hôte n'avait pas les mêmes préventions qu'eux au sujet de ce mariage. C'était une question intéressante, il se promit de la creuser ultérieurement.

– Et puis j'ai besoin de quelqu'un pour me guider,

reprit sa Première. Je ne connais pas la ville, et la moitié des gens ne comprennent pas un mot de chinois.

Les quatre porteurs les emmenèrent à Hohhot d'un bon pas, le chaperon suivant à pied.

Il y avait un attroupement devant la maison du défunt Liu Yi. Une femme en robe bleu nuit, sûrement la gouvernante qui avait signalé le décès, était en train de raconter pour la vingtième fois à ses voisins ce qu'elle savait du drame. Ti laissa l'équipage à sa femme et se dirigea vers le seuil encombré de curieux. S'étant frayé un chemin jusqu'à la porte, il murmura quelques mots à la maîtresse des lieux, qui le fit pénétrer à l'intérieur et claqua le battant au nez des badauds.

Le maître de go habitait un logis simple mais confortable. Dans la salle principale, il y avait des gobans sur tous les meubles. Ti supposa qu'il s'agissait de damiers offerts par de grands seigneurs à qui Liu Yi avait enseigné les finesses de son art. Il y en avait en ivoire, en bois précieux, en laque rouge et noire et dans d'autres matériaux. À côté de chaque plateau figuraient deux boîtes contenant les 180 pions blancs et les 181 pions noirs. C'était habituellement, dans les jeux de luxe, des lentilles biconvexes taillées dans des matières précieuses. Ici, les plus humbles étaient en palissandre sculpté. Il y en avait en perles de jade, voire même en argent massif incrusté d'or. L'emblème du donateur était en général gravé sur un côté de l'échiquier. Ti reconnut ceux des plus grandes familles de la capitale, et même celui de l'empereur du règne précédent, suivi de l'estampille officielle du palais. On ne lui avait pas menti : Liu Yi avait fait une splendide carrière avant de prendre sa retraite dans cette région isolée, conformément sans doute aux préceptes taoïstes recommandant de fuir les vanités de ce monde pour trouver la paix de l'âme.

Selon la gouvernante, le maître vivait des rentes qu'il s'était constituées au cours de sa vie. Il touchait de surcroît le revenu d'un modeste institut de go placé sous son égide, qui regroupait les joueurs de la bonne société locale.

Ti souhaita voir la pièce où était le cadavre. Elle fit coulisser un panneau derrière lequel se trouvait une petite chambre encombrée d'un vaste lit à baldaquin. Rien ne semblait avoir été dérangé. Le corps gisait en travers du kang[1]. Ti fut immédiatement frappé par l'état du vieil homme : il était débraillé. Pas comme s'il s'était battu, mais plutôt comme s'il avait pratiqué l'acte charnel juste avant de décéder. Ce n'était cependant pas l'extase amoureuse qui l'avait tué : le couteau fiché dans sa poitrine ne laissait aucun doute sur ce point. Ti remarqua que le manche était en peau de requin finement travaillée. Ce n'était pas un objet courant.

– Il y a eu une femme ici, dit-il.

– Oh non, noble juge ! se récria la gouvernante, comme s'il avait suggéré que son patron avait coutume de sacrifier des petits enfants au dieu du go. Le maître ne se serait pas abaissé à recevoir une étrangère hors de ma présence ! Il aurait eu trop peur de compromettre sa réputation !

Ti ne doutait pas que Liu Yi ait soigné son image d'ascète et de lettré, surtout vis-à-vis de son employée. Il avait cependant la conviction que le vieillard avait couché avec une femme ou s'apprêtait à le faire juste avant de trépasser, n'en déplaise à la domestique.

1. Lit chinois chauffé par-dessous, typique des régions du nord.

– Et ça ? demanda-t-il en désignant une série d'estampes accrochées à côté du lit, où des courtisanes lascives retenaient d'une main molle les pans de vastes robes, par les échancrures desquelles on apercevait un sein ou une cuisse d'une blancheur de lait. Ce sont des images de Lao Tseu en pèlerinage ?

– Ce ne sont que des souvenirs de sa vie précédente, que le maître conservait parce qu'ils lui ont été offerts par de hauts personnages, répondit la gouvernante, dont la naïveté semblait aussi illimitée que son adulation pour le défunt. Mon maître avait renoncé à tout ce qui pouvait l'éloigner du Tao.

Ti considéra longuement le seul témoin que les dieux avaient eu la bonté de lui fournir pour élucider ce meurtre. Si Liu Yi avait été une divinité, cette femme aurait été sa grande prêtresse. Elle s'était muée depuis l'aube en féroce gardienne de sa mémoire. Il l'écouta d'une oreille distraite débiter inlassablement les merveilleux détails de la vie du maître. Veuf depuis des lustres, il se consacrait exclusivement à l'étude et à son art. Ti coupa court à cette litanie sans intérêt et se fit montrer le reste de la maison. La gouvernante logeait à l'autre bout du bâtiment. Pour peu qu'elle eût le sommeil lourd, il était tout à fait possible au vieil homme de recevoir une visite sans qu'elle l'entendît. Tout cela ne faisait guère son affaire. Il lui fallait l'opinion d'une personne un peu moins impliquée, et il savait où la trouver.

Il s'apprêtait à quitter ce sanctuaire du go et des bonnes mœurs lorsque la gouvernante ouvrit un tiroir, dont elle sortit un morceau de papier soigneusement plié. Il portait le sceau du maître imprimé dans la cire. Elle expliqua qu'elle avait attendu, le soir précédent, le retour de son patron. Une fois rentré, il s'était assis à son écritoire pour rédiger un mot qu'il l'avait chargée de porter à son destinataire dès que les portes de la ville auraient été rouvertes, c'est-à-dire au lever du soleil. Ti lui demanda à qui le défunt avait pris la peine d'écrire juste avant sa mort.

– À vous, noble juge, répondit-elle en lui tendant le billet à deux mains, comme l'exigeait la politesse.

Il prit la lettre, qui portait effectivement son nom inscrit sur la face extérieure : « À l'auguste magistrat Ti Jen-tsie ». Le sceau était intact. Il le brisa et parcourut les quelques mots qu'une main nerveuse avait tracés à la hâte. Cette lecture suscita en lui deux sentiments distincts. D'abord l'immense regret de n'avoir pu s'entretenir à temps avec le vieillard ; et aussi de la colère contre lui-même, puisqu'il avait différé l'entretien alors que son instinct lui criait depuis le début que cet homme connaissait l'identité de l'assassin.

« L'humble maître de go Liu Yi sollicite le privilège d'une audience en tête à tête afin de confier à Son Excellence un renseignement d'importance sur les meurtres commis dans la ville de Hohhot ces derniers mois. Il attendra chez lui que l'éminent magistrat veuille bien lui faire l'honneur d'une visite. »

Ti fourra le message dans sa manche en maudissant son inconséquence. Il quittait la maison lorsque arrivèrent des serviteurs du seigneur Tchao, qui apportaient les bannières blanches offertes par leur maître pour permettre à la gouvernante de signaler que la maison était en deuil.

Le juge n'avait pas fini de maugréer quand il parvint au poste militaire, près de la porte principale. Il se présenta au planton et réclama d'être reçu par le plus haut gradé. Le capitaine Tchou Tchai accourut à sa rencontre et s'inclina bien bas devant ce mandarin venu de la capitale.

– Il me semble avoir aperçu deux de vos soldats devant la demeure du seigneur Tchao, dit Ti. Sont-ils aussi en faction durant la nuit ?

L'officier lui confirma avoir reçu l'ordre d'envoyer deux hommes garder le portail du château tout le temps que Son Excellence y séjournerait. Le seigneur Tchao tenait beaucoup à ce qu'aucun incident ne vienne ternir l'opinion que le magistrat pouvait se faire de son hospitalité. Or nul n'avait quitté les lieux de toute la nuit, ni pendant la nuit précédente. On n'avait vu personne sur le chemin menant à la ville, et de toute façon les portes de Hohhot restaient fermées jusqu'au lever du jour : il fallait décliner son nom et être connu des vigiles pour y entrer du crépuscule à l'aube. Si quelqu'un avait effectué ce parcours, il aurait été vu d'au moins quatre hommes à l'aller et d'autant au retour.

Ti avait craint ce genre de réponse qui n'arrangeait pas du tout sa théorie. Il avait soupçonné le seigneur Tchao parce que Liu Yi était venu chez lui la veille au soir se disputer avec quelqu'un. Mais Tchao n'avait pas quitté sa résidence, il n'avait pas pu se rendre en ville pour assassiner son compétiteur. Un portail gardé, une muraille hermétiquement close, cela faisait beaucoup d'obstacles entre la victime et lui. Voilà qui forçait à le disculper.

Restait l'éventualité que Tchao ait ordonné à la garde de commettre ces meurtres à sa place. Ti, à force de côtoyer les délinquants, avait fini par développer une sorte d'instinct. Rares étaient les menteurs qui parvenaient à dissimuler tous les signes de la duplicité : un regard fuyant, une hésitation dans le discours, un air évasif, des propos illogiques… Cet officier n'émettait aucun des signaux d'alerte susceptibles d'éveiller les soupçons du magistrat, et il n'avait pas l'air assez malin pour feindre la franchise avec une telle maîtrise. Ti ne pouvait pas raisonnablement le soupçonner d'avoir assassiné le vieil homme sur l'ordre de son seigneur, quelle que fût son envie de donner une solution simple à ce problème.

– J'ai entendu dire que feu Liu Yi était un gaillard qui ne manquait jamais une occasion de s'amuser avec les dames. Est-ce vrai ?

Le capitaine eut un sourire complice.

– Eh bien, jamais je n'aurais osé dire de telles choses d'un vénérable personnage très admiré de notre population. Mais puisque Votre Excellence est au courant, je peux lui confirmer que maître Liu était un habitué de notre maison de plaisir.

Apparemment, le bloc monolithique de la sagesse taoïste pratiquée par le vieil homme avait une fissure : son goût pour les belles femmes. Ti connaissait nombre d'hommes mûrs qui renonçaient à se remarier pour profiter de la liberté offerte par le célibat. De plus, le statut de veuf éploré se portait très bien dans les cénacles lettrés et les sociétés élégantes. La gouvernante idéalisait à tel point son maître qu'elle aurait continué de croire à son ascétisme si elle l'avait trouvé au lit avec une prostituée. Il y avait fort à parier qu'il avait fait entrer une femme cette nuit. Était-ce elle qui l'avait tué ? Le couteau n'était pas l'arme de prédilection des meurtrières. Par ailleurs, la ressemblance entre ce meurtre et celui commis sur la personne du retraité Hou était troublante ; hormis le mobile, puisque dans le cas présent rien n'avait été dérobé. Ti sentait qu'il y avait derrière tout cela une logique subtile qui lui échappait encore. Il décida de rentrer à pied, avec l'espoir que la marche stimulerait sa réflexion – un précepte des philosophes taoïstes chers au défunt Liu Yi.

Après avoir laissé son mari devant la maison du crime, madame Première se fit conduire dans le quartier des devins, des mages et des sorciers, dont les échoppes s'ornaient de bannières aguicheuses. Elle choisit un astrologue dont l'enseigne promettait toutes sortes de satisfactions à ses futurs clients : « Liang Lien-sheng pratique l'art sublime de la divination » ; « Ne restez pas dans l'angoisse du lendemain : faites-vous prédire les événements agréables par un professionnel reconnu dont la célébrité s'étend sur toute la contrée. » Dame Lin espéra qu'il savait aussi prédire les embêtements, car sa satisfaction à elle passait par des voies pleines d'embûches. Elle laissa son chaperon à la porte : l'entretien ne pouvait avoir lieu devant témoin.

La boutique, grande comme un placard, était tapissée de banderoles aux signes ésotériques. L'astrologue se tenait de l'autre côté d'une petite table garnie d'une écritoire, de tampons et d'encres colorées. Enchanté de voir une cliente aisée entrer chez lui, il se pencha de côté pour lorgner le palanquin richement paré qui attendait dehors. Dès qu'il fut certain de sa bonne fortune, il se leva pour s'incliner devant sa noble visiteuse et débita un compliment de bienvenue d'où il ressortait que les astres lui avaient justement prédit une rencontre d'exception pour le jour même.

Madame Première prit place sur le tabouret dévolu aux visiteurs et annonça qu'il était question de fiancer sa fille.

– Permettez-moi de vous présenter mes félicitations et mes vœux pour une descendance nombreuse ! répondit l'astrologue avec un sourire de hyène.

Il déclara qu'il avait toujours plaisir à déterminer tous les heureux auspices présidant à l'union de deux êtres faits l'un pour l'autre.

– J'aimerais que ces auspices ne soient pas si favorables, dit madame Première.

L'astrologue parut surpris. Il n'avait pas l'habitude de s'entendre demander des prédictions néfastes. Il était censé flatter sa clientèle et non lui prédire des horreurs. Dame Lin tira de sa manche une jolie petite broche en or offerte par les Tchao. Les yeux du commerçant s'illuminèrent de convoitise.

– Il arrive parfois que certaines unions ne soient pas source de bonheur et d'harmonie, dit-il sans quitter des yeux le visage de son interlocutrice pour voir s'il était sur la bonne voie. Ma tâche consiste à les détecter à temps.

– C'est bien pour cela que je suis venue vous consulter, dit madame Première en posant la broche près de l'écritoire.

L'astrologue n'eut guère de mal à étouffer ses scrupules. Après tout, cette dame n'était pas d'ici, leur petit marché resterait entre eux. Elle lui remit le bout de papier sur lequel elle avait noté les dates de naissance des promis. Il déroula deux grandes feuilles de parchemin divisées en petites cases. Chacune de ces cases était consacrée à un domaine de la vie et vouée à l'un des douze animaux du zodiaque. Au centre figuraient les nom, date, heure et signe de naissance de la personne concernée.

Ayant dressé les deux thèmes astraux, l'industrieux Liang Lien-sheng entreprit de les comparer. Sa mine ne tarda pas à s'assombrir.

– Je ne peux mentir à Votre Seigneurie, dit-il d'une voix sinistre.

Le résultat de ses cogitations était abominable à souhait. Il énuméra une suite de calamités destinées à s'abattre sur les deux familles dès le jour des noces. Les cases « santé » et « finances » étaient hantées par de noirs présages. Celle dévolue aux relations avec les parents explosait littéralement sous les points négatifs. Comble de malédiction, la mariée n'aurait jamais d'enfant mâle : la case « progéniture » était pleine de symboles féminins.

– C'est une catastrophe ! Votre fille ne donnera pas d'héritier au clan de son époux ! Sa lignée s'éteindra avec lui ! De tels mariages ne devraient pas avoir lieu !

Il exprimait la préoccupation principale de ses clients habituels, dans un pays où rien n'était plus important que la perpétuation du culte des ancêtres de père en fils. Madame Première, qui n'avait jamais eu d'enfant d'aucun sexe, ravala son amertume.

– À mon grand regret, conclut M. Liang, je me dois d'être formel. Ma profession m'oblige à dire les choses telles qu'elles sont pour éviter toute déconvenue aux futurs époux et à leurs père et mère : cette union n'est pas voulue par le Ciel. Elle n'engendrera que des désappointements. Mieux vaudrait s'abstenir de marier ces jeunes gens.

– C'est bien ce dont je me doutais, approuva gravement madame Première. Nous devons informer au plus vite les parents du fiancé. Je ne voudrais pas être cause d'un malheur dans un clan si honorable.

La mention d'un clan « si honorable » mit la puce à l'oreille de l'astrologue. Les astres ne lui avaient apparemment pas révélé ce qui allait s'abattre sur sa pauvre tête ce jour-là.

– Peut-on vous demander de quel clan il s'agit, exactement ? demanda-t-il d'un air inquiet.

Le palanquin stationné devant sa boutique lui parut tout à coup un peu trop élégant, trop paré, trop vaste. La suite du plan concocté par madame Première ne permettait pas de lui cacher ce nom plus longtemps. Il eut un mouvement de recul à son énoncé.

– Rien ne doit vous effrayer puisque ce mariage n'aura pas lieu, dit-elle pour l'apaiser.

Elle ne se figurait pas la portée de ce qu'elle lui avait fait faire : ce garçon, à propos de qui il s'était permis de prédire des choses affreuses, était le fils de son seigneur. Il se mit à regimber en manipulant ses feuillets :

– Le seigneur Tchao est très chatouilleux sur le respect qui lui est dû. Ses facultés d'humour n'ont pas particulièrement frappé nos concitoyens depuis qu'il a pris les rênes du pouvoir. Il pourrait ne pas goûter mes petites observations. Je devrais peut-être retoucher mes conclusions. Je crains d'avoir agi avec trop de hâte. Elles me semblent exagérées. Je n'ai pas pris en compte tous les paramètres livrés par les astres. Ils ont tous deux le porc en commun, ça constitue une chance de rapprochement.

Madame Première n'avait que faire de voir le porc les rapprocher. C'était plutôt les paramètres de la hiérarchie sociale que l'astrologue n'avait pas pris en compte. Il se mit à triturer ses papiers d'une main fébrile. Elle s'empressa de tirer une autre babiole de sa manche et saisit la broche en or toujours sur la table.

– Un homme de bien ne doit pas hésiter à dire les choses telles qu'elles sont, dit-elle en lui glissant les deux objets au creux de la main.

Il considéra longuement le joli bracelet délicatement ciselé, poussa un profond soupir et conclut que nul ne pouvait s'opposer aux volontés divines. Il prit quand même la peine de retoucher le thème du jeune Tchao. Dans la case « profession », il raya la mention « bon à rien » et la remplaça par les caractères signifiant « gloire et honneurs ». Puis il roula les feuillets et les ferma à l'aide d'un petit ruban rouge.

Ce qu'il n'avait pas prévu, c'est que sa visiteuse se mettrait en tête de l'emmener chez les Tchao pour délivrer son oracle en personne. Sans lui laisser le temps de réfléchir, elle le poussa dans le palanquin et donna l'ordre aux porteurs de rentrer chez leur maître. La servante suivant toujours à pied, l'équipage s'ébranla, tandis que Liang Lien-sheng se demandait s'il ne devait pas sauter en marche.

Il sentit son inquiétude grandir au fur et à mesure qu'ils franchissaient le portail monumental en demi-lune et longeaient la majestueuse allée de cyprès, pour finalement s'arrêter devant ce château de légende où vivaient les maîtres de la province. Madame Première le tira hors du palanquin et l'entraîna à la rencontre de leurs hôtes, qui prenaient le thé sous l'auvent, à côté du jardin de pierres, entre les colonnes rouges de la promenade couverte. Ils invitèrent aussitôt la future belle-mère à prendre un siège. Dame Ren, qui semblait remise de son malaise, exprima ses regrets de n'avoir pu l'accompagner en ville.

– Avez-vous mis la main sur ce que vous cherchiez ? demanda-t-elle.

– En effet, répondit la femme du juge en poussant en avant l'astrologue, qui fit trois pas vers ses seigneurs pour s'incliner jusqu'aux genoux, le visage blême. J'ai voulu m'assurer qu'un heureux destin attendait nos chers enfants, aussi ai-je pris sur moi de faire exécuter leur thème astral par un spécialiste compétent.

– Quelle bonne idée ! déclara la mère du promis. Comme c'est aimable à vous ! Il est toujours plaisant de s'entendre annoncer tous les petits bonheurs qui vont émailler une union harmonieuse.

Le seigneur Tchao restait mystérieusement muet. Il fixait l'astrologue d'un œil immobile qui aurait glacé n'importe qui. Madame Première invita le malheureux à débiter son commentaire. Liang Lien-sheng défit le cordon rouge, déroula les deux thèmes astraux, et s'apprêta à déclarer que les jeunes gens étaient nés sous des configurations incompatibles, dès qu'il serait parvenu à retrouver sa salive. Dame Ren se pencha avec intérêt sur les feuillets couverts de signes compliqués. Le seigneur Tchao leva une main pour interrompre l'orateur :

– Voyez comme ça se trouve ! Nous recevons un devin et j'ai moi-même fait un rêve prémonitoire, cette nuit. Il s'agissait d'un membre de notre belle communauté – j'ignore son nom ou son métier, mais il tenait un pinceau à encre dans la main gauche. Cet inconnu tombait dans un trou profond, une sorte de puits. Oh, il ne se brisait pas les os, mais, comme nul ne savait où il était, il restait là très longtemps, vivant seulement de l'eau du ciel et des bêtes immondes qu'il parvenait à attraper.

– Puis-je demander à Votre Seigneurie combien de temps ce malheureux citoyen restait bloqué dans son trou ? s'informa l'astrologue d'une voix blanche.

– Oh, des années ! À se nourrir de cafards et de cloportes. Sans pouvoir se changer, se laver ni faire ses besoins dans un endroit convenable. Avez-vous une idée de ce que ça peut vouloir dire ? Y a-t-il une chance pour que cette vision concerne quelqu'un que je connais ?

– Je ne crois pas, répondit Liang Lien-sheng après avoir dégluti péniblement. En fait, il n'y a sûrement aucune chance que cela se produise.

Il bredouilla que la comparaison des thèmes astraux assurait aux fiancés une longue vie pleine de satisfactions, après quoi il se hâta d'enrouler son papier de la main gauche, s'inclina devant chacune des trois personnes présentes et s'éclipsa comme si les créatures de l'enfer avaient été à ses trousses.

Le seigneur Tchao se tourna vers madame Première, figée dans la contrariété.

– Je vois que vous ne portez pas la broche que nous vous avons offerte. Peut-être ne vous plaît-elle pas ? Permettez-moi de vous en faire porter une autre tout à l'heure. Elle sera plus grosse et ornée d'un rubis. Vous aimez la couleur rouge, j'espère ?

Madame Première devinait bien qu'on l'achetait. Mais elle ne se sentait pas la force de s'insurger. Et, oui, elle aimait beaucoup la couleur rouge, surtout pour les pierres précieuses. Elle voulut montrer qu'elle portait un bijou à elle et dégrafa une broche sans grande valeur piquée au revers de sa robe. Les Tchao s'en saisirent comme des vautours fondant sur un bout de viande.

– Comme c'est aimable à vous, déclara le seigneur Tchao.

– Je ne m'en séparerai jamais ! renchérit son épouse en accrochant le bijou sur son propre vêtement. Mon foie se remplit d'allégresse à l'idée de cette heureuse union[1] !

Dame Lin comprit trop tard son erreur. Le fait que sa broche fût passée dans leurs mains valait échange de cadeaux, l'une des étapes préalables au mariage. Le pacte était scellé. La dernière obligation était la consultation de l'almanach, afin de déterminer un jour faste où célébrer les noces. Il ne lui restait plus qu'à apprendre à Petit-Jade la liste des sept motifs de répudiation qui seuls pourraient un jour lui permettre d'échapper à une déplorable union : la stérilité, l'impudicité, la désobéissance aux beaux-parents, les bavardages excessifs, le vol, la jalousie et une maladie repoussante. Les Tchao allaient avoir bien du plaisir.

1. Le foie était considéré comme le siège des sentiments.

# VII

*Tao Gan mène un interrogatoire dans un palais de fleurs ; madame Première prend un bain de boue.*

Ti s'interrogeait sur la mission confiée par le fantôme de la princesse. S'il avait bien compris son message elliptique, Zhaojun désirait qu'il identifie l'assassin. Elle aurait mieux fait de lui livrer son nom ! Il ne devait pas être difficile de se renseigner, outre-tombe ! À froid, il en venait à se demander s'il avait eu affaire à un authentique fantôme ou à une rouée pleine d'audace. De qui pouvait-il s'agir ? Il espérait qu'un nouveau cadavre, celui d'une femme, ne viendrait pas répondre inopinément à cette question.

Voulant savoir où était passé Tao Gan, qu'il n'avait guère vu ces deux derniers jours, il partit à sa recherche dans les communs et le surprit à lutiner les servantes du seigneur Tchao.

– Mon petit Tao, je sens que tu t'ennuies. Je vais te confier une mission à la hauteur de tes précieux talents. Tu vas enquêter dans un milieu où ta finesse, ton entregent, tes facultés d'observation seront utiles.

Il l'envoya dans les bas-fonds de Hohhot, où lui-même ne pouvait pas décemment se commettre. Il ne souhaitait pas alimenter sa réputation d'enquêteur prêt à traîner ses bottes dans la fange pour mettre la main au collet d'un ruffian.

Tao Gan se rendit à pied en ville. Une fois à la porte sud, il se fit indiquer le *Qing Lou*, le pavillon bleu, selon la désignation usuelle du quartier des prostituées.

La maison close était plus haute que les autres : elle comptait un étage supplémentaire. Ce qui détonnait surtout, c'étaient ses fenêtres tapissées de papier opaque afin qu'on ne voie rien de ce qui se passait à l'intérieur. L'effet devait être joli, le soir, à la chandelle. Dans la journée, on aurait dit une grosse boîte sans ouverture. Il n'y avait rien de plus triste qu'une façade aveugle.

Il se présenta au portier et demanda à rencontrer la patronne. Une demoiselle lui fit emprunter un bel escalier, puis un deuxième plus étroit, et enfin un troisième où il avait à peine la place de poser le pied. Tao Gan commençait à se demander si on avait l'intention de le faire monter au ciel lorsqu'il déboucha sur une terrasse aménagée au milieu du toit. Invisible depuis la rue, elle dominait l'ensemble du quartier. On apercevait les cours avoisinantes avec leurs enfants en train de s'amuser, leurs matrones étalant leur linge après la lessive, leurs vieux qui jouaient aux dés. Une petite femme d'âge mûr, très pomponnée, prenait le frais sous une tonnelle arborée qui donnait l'impression de se trouver dans un jardin suspendu. La jeune personne lui murmura quelques mots à l'oreille.

– Je suis flattée de l'honneur que vous me faites, déclara la dame d'une voix suave. Il y a hélas longtemps que je ne donne plus de ma personne. Je suis certaine que l'une ou l'autre de mes filles saura vous procurer complète satisfaction. Elles ont toutes été formées sous ma férule. Il s'agit de demoiselles de bonne famille, qui travaillent ici de leur plein gré, et non de ces condamnées que l'État force à se vendre pour racheter les crimes commis par un membre de leur clan.

Tao Gan demeura un instant incrédule à la vue des chairs rebondies qu'on le soupçonnait de convoiter. Il répondit qu'on avait mal transmis ses mots : il souhaitait seulement lui poser quelques questions dont le seigneur juge, son maître, désirait vivement connaître la réponse.

– Nous voudrions des précisions sur les notables qui ont leurs habitudes dans votre honorable établissement, conclut-il.

La patronne donna quelques coups d'éventail avant de répondre.

– La moitié des notables de cette ville viennent chez moi, seigneur inspecteur. C'est la moitié la plus respectable. Les autres fréquentent des établissements de catégorie inférieure, où des paysannes mal dégrossies se vendent pour trois fois rien. Seule ma demeure est digne de la meilleure société.

Tao Gan n'était pas venu pour s'entendre vanter les mérites qu'avaient les bourgeois de Hohhot à fréquenter cette maison de passe. C'était Liu Yi, le seigneur Tchao, le retraité Hou et ceux qui vivaient chez lui qui l'intéressaient. La maquerelle replia son éventail d'un geste sec.

– Inspecteur ! Il m'est absolument impossible de nommer aucun de mes clients ! Ce serait une faute professionnelle. Je suis sûre que vous me comprenez.

La coquetterie de cette bonne femme commençait à l'agacer.

– La plupart de ceux que je viens de citer sont morts, répliqua-t-il, il n'y a donc pas lieu de protéger leur vie privée. En revanche, le juge mon maître est bien vivant, et n'hésite pas à distribuer généreusement les coups de bâton aux prostituées récalcitrantes.

La mère maquerelle pesa le pour et le contre en un éclair.

– Que ne le disiez-vous ! Je saisis toujours la moindre occasion d'aider la justice de mon pays.

Ayant effectivement entendu dire que le maître de go était décédé, elle confirma volontiers qu'il venait quelquefois butiner son champ de fleurs. Il réclamait toujours les filles les plus jeunes et les plus fraîches, respectant en cela le goût ordinaire des hommes âgés. Moins les clients étaient sûrs de leur virilité, plus ils appréciaient chez leur partenaire un air de naïveté et d'innocence, ce que toutes les bonnes professionnelles savaient imiter à la perfection.

– C'est au cas où leurs exploits ne seraient plus à la hauteur de ce qu'ils ont été, dit la maquerelle d'une voix pleine de sous-entendus. La fille doit faire comme si elle était pratiquement vierge et n'avait aucun point de comparaison.

Le retraité Hou était lui aussi connu de la maison, mais il y venait peu, possédant chez lui une épouse encore jeune qui suffisait en général à son bonheur. Le seigneur Tchao, pour sa part, était trop fier pour se commettre en des lieux ouverts au commun des mortels. Il avait de toute façon des préoccupations plus élevées.

– Ces lettrés, inspecteur… dit-elle avec une grimace réprobatrice. Ils préfèrent passer leur soirée autour d'un échiquier plutôt que de s'en remettre à mes filles pour meubler leurs loisirs. Ce n'est pas sain, si vous voulez mon avis.

Tao Gan n'avait que faire de son avis. Il avait lui-même survécu durant de longues années en extorquant quelques taëls à des joueurs crédules grâce à une paire de dés truqués. À cette époque, les maisons de plaisir lui faisaient une concurrence directe. Lui-même était trop radin pour dilapider son cher argent dans ces lieux de perdition. Il passa à la fin de sa liste : le neveu de M. Hou, son majordome et son valet. La maquerelle chercha dans sa mémoire.

– Voyons… Le neveu est venu deux ou trois fois. Ses visites étaient toujours payées à l'avance par son oncle, qui souhaitait le déniaiser. J'ai vu le valet accompagner son maître, mais il n'a jamais eu de quoi s'offrir nos services. Nous sommes un établissement sélect, vous comprenez. Les domestiques restent à la porte jusqu'à ce que leur patron ait fini de s'amuser, puis ils l'aident à rentrer s'il a un peu forcé sur l'excellent vin que nous dispensons à notre aimable clientèle. Suis-je bête ! s'écria-t-elle en levant les mains au ciel. Je ne vous ai pas offert de le goûter !

Elle lança un ordre et une jeune fille accorte entra avec un plateau où étaient posés deux minuscules bols et une flasque. Si Tao Gan n'avait pas grande estime pour les prostituées, il n'était pas homme à refuser le verre de l'amitié. Il jugea de l'envie qu'avait la maquerelle de se concilier ses bonnes grâces d'après la qualité de l'alcool. Ce n'était certes pas la vinasse que l'on buvait dans les tavernes de bas étage. Elle le laissa apprécier le nectar avant de reprendre le fil de son discours.

– Quant au majordome, il ne met jamais les pieds chez nous, bien sûr.

– Parce qu'il n'en a pas les moyens ? supposa le lieutenant.

– Cela aussi. Mais surtout parce que cet homme n'a aucun goût pour les femmes, si vous voyez ce que je veux dire.

Il voyait assez bien, mais se demandait quel indice lui avait permis de parvenir à cette conclusion.

– Aucun indice, inspecteur ! Je le tiens de cet homme lui-même !

Tao Gan s'étonna que le majordome se répandît en confidences sur sa vie privée, dans une ville de province où ce genre de mœurs ne devait pas être banal. On n'était pas dans les entours de la cour impériale, où il fallait aller chercher loin ses excentricités pour choquer qui que ce soit.

– Il ne me l'a pas dit à proprement parler, corrigea-t-elle. Il est plus simple que je vous montre.

Elle se fit apporter un coffret d'où elle tira une lettre qui avait été déchirée et recollée. C'était un billet maladroitement rédigé par une personne qui ne possédait qu'un faible nombre d'idéogrammes. Ils avaient beau être mal tracés, on saisissait fort bien le sens général : il s'agissait d'une déclaration d'amour. Tao Gan ne voyait pas ce qu'il y avait là de compromettant.

– La question n'est pas de savoir ce qui est écrit là, mais *à qui* ce message s'adresse, dit-elle d'un air mystérieux.

Tao Gan observa qu'il n'y était pas fait mention du ou de la destinataire. La maquerelle fit claquer sa langue plusieurs fois pour signifier que l'inspecteur n'avait rien compris.

– Nous recevions le neveu du retraité Hou pour sa deuxième et dernière visite, il y a un mois. Je lui avais confié ma plus jeune pensionnaire. La fois précédente ne s'était pas trop bien passée. Apparemment, la seconde n'a pas été davantage couronnée de succès. Comme ma fille lui prodiguait les consolations d'usage dans ce genre de situation, il s'est plaint qu'on lui avait jeté un sort. Un homme plus âgé lui avait fait des propositions explicites. Sans doute cet homme l'avait-il ensorcelé pour qu'il ne puisse pas avoir de relations charnelles avec une autre. Pour appuyer son discours, il a tiré de sa manche cette lettre, qu'il disait écrite par son soupirant. De rage, il l'a déchirée sous le nez de ma protégée, puis il a quitté notre maison, plutôt furieux. À mon avis, si je puis me permettre, il n'y a guère d'ensorcellement là-dessous. C'est ce que disent la plupart de ceux qui ont des ennuis de ce côté. S'il fallait voir une sorcellerie derrière chaque cas d'impuissance, notre bonne ville de Hohhot serait pleine de sorciers et de sorcières !

Tao Gan considéra le papier froissé, qu'on avait étalé sur une autre feuille et soigneusement reconstitué.

– Laissez-moi deviner, dit-il. Quand votre employée vous a raconté ce qui s'était passé, vous avez ramassé les morceaux et les avez collés ensemble pour lire ce qui était écrit.

La maquerelle fit papillonner ses longs cils noirs sur ses yeux au regard malicieux.

– Monsieur l'inspecteur commence à saisir les ressorts de notre métier.

Tao Gan devina que le coffret qu'il avait sous le nez contenait toutes les petites informations que la maquerelle avait pu réunir sur ses concitoyens. Cela aidait sûrement quand la police lui faisait des ennuis. Elle servait d'indicatrice. Une raison de plus pour fuir ces établissements ! Les confidences sur l'oreiller, les ragots sur tout un chacun, les petites manies, les attitudes suspectes, tout se retrouvait dans le coffret, pour être utilisé sans vergogne en cas de nécessité. Et elle s'était permis de lui donner une leçon de confidentialité !

Il déclara qu'il devait conserver la lettre comme pièce à conviction et la montrer à son maître. Il la plia soigneusement avant de la fourrer dans le revers de sa manche. Puis il recommanda à cette femme si coopérative de le faire prévenir si elle remarquait un événement curieux dans les jours à venir. Il assortit sa requête d'une menace à peine voilée :

– Le magistrat mon maître n'aimerait pas devoir enquêter sur cet établissement avant de s'en retourner au chef-lieu du district.

Elle avait visiblement l'habitude et ne s'effraya nullement de la prédiction.

– Dites à votre maître de nous rendre une petite visite avant de s'en aller. Nous serions si flattées de faire sa connaissance !

Tao Gan jeta la recommandation aux oubliettes de sa mémoire. Il n'avait nulle intention d'envoyer le juge dans un antre où l'on s'efforçait de recueillir tous vos petits secrets pour les livrer en pâture au premier policier venu.

Pendant ce temps, le juge Ti avait continué sa distribution de missions délicates. Madame Première avait été chargée de surveiller l'épouse démente de M. Han. Ti avait décidé, puisqu'il était sur place, de donner un grand coup de balai dans tout ce qui débloquait à Hohhot. Il était convaincu que seul le parfait équilibre des forces opposées pouvait assurer l'harmonie à une organisation humaine. Il convenait donc, pour trouver la source des malheurs qui frappaient la ville, d'étudier tous les facteurs de déséquilibre. La femme de M. Han faisait indubitablement partie du lot. Cela avait aussi le mérite d'éloigner dame Lin des Tchao, puisque chacune de ses initiatives paraissait devoir les conduire vers ces noces fatidiques.

Madame Première se rendit donc en palanquin à la maison près du rempart, où elle se fit annoncer par la servante que les Tchao lui avaient déléguée. Il régnait dans la pièce principale un parfum de cuisine à l'ail. L'importateur de fourrures la rejoignit bientôt. Il portait une large serviette de table par-dessus sa robe d'intérieur brodée.

– Mon époux, qui tient votre maison en haute estime, expliqua-t-elle, a souhaité que je rende visite à votre chère moitié afin de le rassurer sur sa santé.

M. Han parut ravi de cette attention.

– Lotus va mieux, grâce au Ciel, répondit-il en faisant signe à la visiteuse de prendre un siège. Elle a fait une promenade, ce matin. À son retour, elle m'a concocté un délicieux déjeuner que je m'apprêtais à déguster. À présent, elle se repose. Peut-être aimerez-vous partager mon repas en attendant qu'elle ait fini sa sieste ? Je la ferai venir quand nous aurons terminé.

Madame Première, qui ne tenait pas plus que ça à son tête-à-tête avec la folle, accepta l'invitation. La table fut dressée devant eux et Roseau apporta quelques plats, parmi lesquels une fricassée de champignons aux trois parfums qui répandait un fumet des plus appétissants. Conformément à la politesse, son hôte la servit lui-même et attendit qu'elle eût piqué ses baguettes dans le mets pour l'imiter. Dame Lin choisit un petit morceau de champignon, qu'elle porta à sa bouche d'un geste délicat en espérant que dame Yang ne donnait pas dans cette manie moderne de saturer les plats de piment.

Quand elle eut commencé à mâcher, elle regretta le piment. Le champignon était amer. Plus on mâchait, plus l'amertume était gênante. Cela lui rappelait quelque chose. Elle chercha dans sa mémoire ce que son mari lui avait raconté, un jour qu'il retraçait pour elle et les concubines un cas de meurtre que sa science médicale lui avait permis d'élucider. Le souvenir lui revint tout à coup en mémoire. Prise d'un hoquet, elle recracha dans son bol la boulette qu'elle s'apprêtait à avaler. M. Han la regarda avec déception.

– Ma tendre épouse aurait-elle raté son accompagnement ?

Elle eut envie de lui répondre que sa tendre épouse cherchait à l'empoisonner avec une fricassée incomestible.

– Puis-je vous demander où votre femme s'est rendue, ce matin ?

– Comme elle était tout à fait dispose, elle a poussé sa promenade jusqu'au bois qui s'étend à l'est de notre ville. C'est là qu'elle a trouvé ces champignons, dans un coin peu fréquenté. Elle a eu la bonne pensée de me les mitonner de ses propres mains. C'est une personne adorable quand elle est dans son état normal. Sa maladie m'afflige énormément.

« Si son état normal la pousse à intoxiquer son mari, songea dame Lin, mieux vaut ne pas imaginer ce dont elle est capable pendant ses crises ! » Elle décida d'apprendre à Han la mauvaise nouvelle avec diplomatie.

– Je crains que votre chère épouse ne se soit trompée en cueillant ces végétaux. Leur amertume indique qu'ils ne sont pas mangeables.

Han Po considéra son bol avec regret :

– Croyez-vous que nous risquions des maux de ventre si nous les consommons ?

« Nous risquons surtout de n'avoir plus jamais mal nulle part », pensa madame Première. Elle saisit d'autorité les deux récipients qu'elle vida dans le plat, et recommanda à la servante de jeter tout ça aux ordures de façon que pas même un chien ne puisse y toucher. D'une certaine façon, elle avait déjà rempli une partie de la mission confiée par son mari : dame Yang était bien dérangée, et en plus elle était dangereuse.

– Ma femme n'aura sans doute pas raté tous ses plats, dit Han Po en s'apprêtant à lui servir les haricots marinés prévus en accompagnement.

Dame Lin les lui ôta des mains et réclama de voir celle qui avait concocté tout ça. Un peu perdu, le fourreur s'adressa à la servante qui venait d'entrer :

– L'épouse de notre magistrat souhaite voir ta maîtresse. Dort-elle encore ?

La servante semblait embarrassée :

– Je venais justement vous prévenir que dame Yang s'est levée. En fait, elle n'est plus là. Elle vient de sortir. Je n'ai rien pu faire pour l'en empêcher.

M. Han arracha sa serviette et se leva en traitant la pauvre fille d'idiote.

– Pardonnez-moi, dit-il à son invitée. Je ne peux laisser Lotus vadrouiller sans surveillance.

Madame Première le suivit jusqu'à la porte. Ils aperçurent la malheureuse qui tournait le coin de la rue, avançant de sa démarche de somnambule.

– Permettez-moi de m'en charger, dit dame Lin. La fréquentation de mon mari m'a rompue aux techniques savantes de la filature. Je ne la quitterai pas de l'œil.

Sans laisser à son hôte le temps de répondre, elle se précipita. Elle parcourut deux ou trois rues à sa poursuite, prenant soin de se dissimuler dans les encoignures chaque fois que sa cible faisait mine de se retourner. Un bruit curieux la poussa soudain à regarder derrière elle. Elle vit à quelques pas la servante des Tchao, celle des Han envoyée par son patron, et l'ensemble de ses porteurs avec leur palanquin vide. Elle traînait dans son sillage tous ceux sans qui une femme de qualité ne pouvait se rendre où que ce soit. Dame Yang continuait d'avancer. Dame Lin se demanda par quel miracle cette dernière n'avait pas encore repéré ce convoi. Elle tâcha de poursuivre sa filature tant bien que mal. Elle devait cependant s'arrêter régulièrement pour enjoindre au personnel de faire moins de bruit, ou même de déguerpir, ce dont il ne semblait être question.

Yang Rong les mena jusqu'à la porte principale, qu'elle franchit sans hésitation. Elle s'engagea sur la route qui menait vers la campagne et bifurqua bientôt en direction du cours d'eau qui alimentait la cité. Madame Première retroussa sa robe pour éviter de se laisser distancer. De larges saules poussaient le long de l'eau. Elle passait d'arbre en arbre, désolée d'entendre les deux servantes, les porteurs et leur palanquin faire de même dans son dos.

Ils arrivèrent en vue d'un pont en bois qui ondulait à la façon d'un dos de chameau. Dame Lin se demandait jusqu'où cette petite excursion allait les mener.

Elle vit au loin Lotus traverser la rivière. Arrivée à mi-chemin des deux berges, l'épouse du fourreur s'assit sur la rambarde. L'instant d'après, elle se laissait tomber à l'eau.

À cette époque de l'année, le flux puissant était alimenté par les torrents descendus des montagnes. Stupéfaite, madame Première mit quelques instants à comprendre ce qui venait de se passer. Elle courut au pont, sa suite toujours accrochée à ses basques. On voyait une tache colorée surmontée d'une masse de cheveux noirs s'éloigner au fil de l'eau. Sa première pensée fut pour le veuf, lorsqu'elle lui apprendrait qu'elle avait manqué de jugeote au point de laisser sa chère moitié plonger sous ses yeux. Sans parler du juge son mari, qui n'aurait pas d'adjectifs assez mordants pour lui exprimer sa déception. Les deux servantes et les porteurs, agrippés comme elle à la balustrade, contemplaient d'un air benêt la matrone en train de se noyer.

– Eh bien ! leur cria-t-elle. Qu'attendez-vous pour la secourir ! Sautez donc !

Ils échangèrent des regards ahuris.

– C'est que, noble maîtresse, nous ne savons pas nager.

Dans sa hâte à diligenter le sauvetage dont dépendait son honneur, elle ne prit pas la mesure de ce qu'elle venait d'entendre.

– Et alors ? Qu'est-ce que ça me fait ? Vous croyez que je vais vous donner des leçons ?

Les porteurs lâchèrent leur palanquin et commencèrent à ôter leur surtout, puisqu'il semblait écrit dans le grand livre du Ciel qu'ils se noieraient ce jour-là sur les ordres d'une furie. Ils étaient sur le point de plonger lorsqu'elle comprit qu'elle n'allait pas avoir une mort à annoncer à son mari, mais une véritable hécatombe.

– Attendez ! Ne sautez pas ! Nous allons essayer autre chose.

Les porteurs furent soulagés d'apprendre qu'ils venaient d'obtenir leur grâce. Dame Lin et sa suite quittèrent le pont en toute hâte et coururent sur la berge boueuse pour tenter d'accrocher la suicidée à l'aide de branches mortes. Ils n'arrivaient à rien, le courant continuait de l'emporter, et la noyée ne répondait pas à leurs injonctions de saisir les rameaux qu'on lui tendait. Roseau, la servante des Han, entra soudain dans l'eau en se retenant à ces supports improvisés. Le sort qui l'attendait si sa maîtresse mourait sous sa responsabilité était d'être vendue au premier bordel qui voudrait bien d'elle, punition courante des esclaves ayant manqué à leur devoir. Les hommes, eux, étaient vendus à l'armée, toujours en quête de recrues.

Pendant un moment qui leur parut interminable, ils suivirent ses efforts. Roseau finit par agripper dame Yang d'une main tandis qu'elle s'accrochait à la branche de l'autre, si bien qu'ils purent les ramener toutes les deux jusqu'à la rive. Ils tombèrent tous dans la boue, y compris madame Première, qui se releva semblable à ces statuettes de terre cuite dont les sujets des Tang aimaient à peupler leurs tombeaux.

Une fois que la noyée eut été traînée sur la terre ferme, dame Lin fit retourner le corps sur le ventre. Elle cracha un peu d'eau et se mit à tousser. Sa bienfaitrice avait du mal à accepter l'idée d'avoir failli perdre la face.

– Espèce de folle ! Ne savez-vous pas que le suicide

est le pire des crimes après le parricide ? Vous avez pris le risque d'une inculpation pour destruction du corps confié par vos parents !

La rescapée semblait inconsciente, bien qu'elle eût les yeux ouverts. Madame Première donna l'ordre de la fourrer dans le palanquin et de rentrer en ville.

M. Han les attendait avec anxiété sur le seuil de sa demeure. « Lotus ! » s'écria-t-il lorsqu'il vit dans quel état on lui ramenait son épouse.

– Je vais bien, merci, grogna madame Première, dont tout un côté était maculé d'une matière grisâtre et collante.

Les servantes du château poussèrent les hauts cris en voyant surgir l'épouse de l'auguste magistrat couverte de boue. Seul le juge, confortablement assis devant une table à thé, fit mine de ne rien remarquer.

– Avez-vous passé une bonne journée ? demanda-t-il tandis que les domestiques accouraient, les bras chargés de serviettes et de bassines.

– Excellente, je vous remercie, répondit dame Lin comme si de rien n'était, avant de rattraper une mèche échappée de ce qu'il restait de son chignon. J'ai d'abord empêché M. Han d'ingurgiter une poêlée de champignons vénéneux. Puis j'ai repêché sa femme, qui s'était jetée dans la rivière. Cette eau descendue des montagnes est certainement très saine, mais elle est aussi assez froide, à cette période.

– Mais elle respecte parfaitement le goût subtil du thé, ajouta son mari en lui servant une tasse.

De tout ce qu'elle lui raconta, l'état de prostration de la noyée fut de loin ce qui l'intrigua le plus, en dépit des efforts de sa femme pour l'intéresser aux avanies subies par sa toilette. M. Han n'avait rien d'un homme violent ou déplaisant, on ne voyait guère les raisons qu'aurait eues Lotus de l'empoisonner pour se suicider sitôt après. Une personne qui commettait des actes sans queue ni tête et avait un air ahuri, voilà qui faisait naître dans l'esprit de Ti des réminiscences lointaines. Il avait eu connaissance d'un phénomène comparable dans les traités savants dont l'étude avait longtemps constitué son passe-temps de médecin manqué. Certains guérisseurs savaient plonger leurs patients dans un sommeil artificiel qui permettait d'apaiser l'âme. Les prêtres taoïstes en usaient aussi pour chasser les démons dissimulés à l'intérieur du corps. Une fois le sujet endormi d'une façon particulière, le démon n'était plus protégé par le paravent que constituait la conscience humaine. Il se voyait forcé d'obéir aux injonctions de l'exorciste. Ti n'avait pas songé jusqu'alors que cette technique médicale et spirituelle de haute volée pouvait servir les desseins d'un malandrin.

– Et c'est ainsi que je devrais avoir une chance de réparer tout ça, conclut madame Première, qu'il avait cessé d'écouter depuis longtemps.

– Vous avez raison, dit-il. J'irai en ville dès que possible trouver un mage taoïste qui nous éclairera sur cette question.

Sa femme se demanda pour quel obscur motif son mari voulait mêler un mage taoïste au nettoyage de sa robe. Elle le vit avec étonnement poser sa tasse de thé et enfiler une veste matelassée pour courir à quelque mystérieux rendez-vous.

# VIII

*Le juge Ti enquête sur un meurtre commis au paradis ; il arrête un suspect parmi les fleurs.*

Ti se rendit au poste de garde, où le capitaine lui confirma que ses ordres avaient été exécutés à la lettre. Dès que Tao Gan lui avait rapporté sa conversation avec la tenancière de la maison close, le juge avait fait arrêter le majordome des Hou pour suspicion de meurtre.

Wei Yin était le coupable idéal. Il lui était facile de poignarder son maître à son retour de la soirée chez le seigneur Tchao, puis de vider les coffres à l'aide de la clé qu'il savait pendue au cou du patriarche. Il avait désormais un mobile : son amour pour le neveu du retraité, que ce dernier s'apprêtait à exiler de l'autre côté de la montagne.

Le suspect était assis sur un tabouret, dans un coin de la pièce. Il avait les pieds et les mains entravés par des chaînes. Ti déplia sous son nez la lettre reconstituée par la maquerelle.

– Tu reconnais ton écriture ?

Le majordome ouvrit des yeux ronds en découvrant sa correspondance entre les mains du magistrat. Après être passé entre celles du neveu, de la prostituée, de sa patronne, de Tao Gan et du juge Ti, le papier était en piètre état. Il n'en restait pas moins lisible. Wei Yin déchiffra les premiers caractères de sa déclaration d'amour, baissa les yeux vers le dallage et hocha la tête.

– Réponds à Son Excellence quand elle t'interroge ! rugit le capitaine en se précipitant pour le frapper avant que Ti ne l'arrête d'un geste.

– Oui, noble juge, avoua tout bas l'homme menotté sur son tabouret.

Le magistrat se fit avancer un siège et s'assit face au suspect. La loi ne lui donnait pas le droit de l'interroger en dehors des séances publiques de son tribunal. Cependant, il n'y avait pas de yamen à Hohhot et l'urgence, autant que sa curiosité, commandait de résoudre cette affaire au plus tôt. Qui sait combien de meurtres pouvaient encore être commis d'ici son retour à Pei-tcheou avec son inculpé ficelé sur un chameau ?

Il l'engagea à lui dire toute la vérité, lui promettant en échange de se montrer juste et équitable. Le majordome devait bien se douter que son affaire était mal engagée. Il parut néanmoins se raccrocher aux promesses du magistrat et entama sa confession.

Si discrets qu'ils aient été, le neveu Bu Chi-chen et lui, le vieux Hou avait fini par concevoir quelque soupçon à leur sujet. Il avait cuisiné son majordome, qui n'avait pu lui cacher la vérité. M. Hou était un homme pragmatique. Il lui avait dit : « Je peux me passer d'un neveu fainéant plus facilement que d'un bon serviteur qui connaît déjà tout de ma maison. » C'est ainsi qu'il avait choisi d'envoyer le jeune homme travailler dans ses comptoirs du nord, pour lui apprendre à entretenir des liaisons honteuses avec le personnel.

– Et la nuit même ton patron était assassiné, conclut

le juge. Tu comprends que je me vois forcé de t'arrêter pour ce meurtre.

Wei Yin eut un sursaut de révolte :

– La décision de mon maître me brisait le cœur, mais jamais je n'aurais levé la main sur lui !

Le capitaine lui envoya une calotte à l'arrière du crâne pour le punir d'oser élever la voix devant son magistrat.

– N'as-tu pas envisagé de quitter ta place et de le suivre ? demanda Ti.

Le majordome agita la tête en signe de désespoir :

– Là où il allait, chez les trappeurs, il y a peu d'emploi pour un serviteur de ma qualité. Par ailleurs, je doute que mon maître ait continué à nous donner du travail dans son commerce si nous avions persisté à lui déplaire.

Ti réfléchit en lissant sa longue barbe noire mandarinale. Force lui était d'admettre qu'il n'avait contre ce Wei Yin que des présomptions et non des certitudes. D'autres que lui n'auraient certes pas hésité à obtenir ses aveux par la torture. Il avait cependant une trop haute idée de ses capacités pour se résoudre à employer des procédés faciles. Restait l'autre piste, celle de la veuve. Dame Bu, si elle avait nourri elle aussi un sentiment coupable pour son neveu, aurait pu se débarrasser d'un mari gênant. Rien ne l'empêchait de subtiliser argent et bijoux pour faire croire à un cambriolage. Il demanda à son suspect ce qu'il pensait de cette théorie.

– Votre Excellence n'y est pas, répondit Wei. Une parfaite harmonie régnait dans notre maison jusqu'à ce jour fatidique où mon maître a décidé de renvoyer Chi-chen. Nul n'avait la moindre raison de commettre un tel acte. Ma maîtresse était heureuse et chacun était bien traité.

Un meurtre avait donc été perpétré au paradis. Il devait bien y avoir, pourtant, parmi cette assemblée d'âmes angéliques, un mauvais génie capable du pire. Ti ordonna au capitaine d'aller perquisitionner dans les effets du majordome pour voir si on y trouverait le butin du vol. Mais il n'y croyait guère. Il commençait à soupçonner derrière ces actes sans moralité une volonté bien plus puissante.

Il était temps de s'occuper de l'épouse du commerçant en fourrures, qui attendait toujours d'être désenvoûtée. Le juge se fit indiquer le temple taoïste principal et s'y rendit sans plus tarder.

C'était une haute pagode à sept étages surplombant une série de petits pavillons conventuels collés les uns aux autres. De la grosse jarre en bronze installée devant l'entrée sortait une épaisse fumée d'encens. Une vieille femme termina sa prière, s'inclina et s'éloigna à petits pas.

Ti pénétra dans le sanctuaire obscur. Un prêtre d'âge vénérable était en train de garnir l'autel de la Reine-Mère d'Occident assise sur son char volant. Il portait une robe bleu sombre conforme à son état. Cette couleur symbolisait le Tao, la Voie sacrée, le principe insondable des êtres. Il avait aussi un chapeau assorti qui, dans cette ville, ne le différenciait guère du reste de la population. Après s'être présenté, Ti expliqua qu'il avait besoin d'un spécialiste en exorcisme.

– Peut-être l'humble Tian Tchen pourra-t-il répondre aux attentes de Votre Excellence, dit le prêtre en s'inclinant pour la seconde fois.

– J'ai besoin de vous pour soigner une femme qui semble possédée par un démon retors.

Il précisa en quelques mots de quoi il retournait. Le prêtre demanda s'il devait emporter son tambour à effrayer les mauvais esprits et sa pince prévue pour leur saisir la langue à la moindre apparition. Ti espérait qu'on pourrait s'en tenir à une version orale du rite.

Roseau les introduisit dans les appartements privés de ses maîtres. Ils trouvèrent dame Yang au lit et son mari à son chevet.

– Ma femme ne se souvient de rien ! se lamenta le malheureux. La pauvre n'a plus sa tête ! D'abord ces champignons qui étaient mauvais, puis ce plongeon dans la rivière ! Cela fait beaucoup d'accidents en une journée.

Ti doutait qu'il s'agît d'accidents. Une main anonyme manipulait cette femme comme une marionnette. Pour l'heure, elle reposait sur ses coussins, le visage blême et les yeux vides.

– Je vais bien, murmura-t-elle. Je ne comprends pas le motif de cette agitation. J'aimerais qu'on me laisse reposer.

– Vous n'aurez pas de repos tant que nous n'aurons pas établi de quel mal vous êtes atteinte, lui assura Ti d'une voix douce. Voici un prêtre qui pourra peut-être vous aider.

Le vieux taoïste se pencha sur sa patiente et se mit à renifler.

– Je ne sens pas l'odeur habituelle du démon, déclara-t-il. Il doit s'agir d'une nouvelle espèce.

– Il s'agit d'une espèce qui marche à deux pattes, s'habille comme vous et moi et rôde entre ces murs, répondit le juge. C'est la plus difficile à attraper, et je sais de quoi je parle. Vous souvenez-vous du chapitre XXII du *Classique des envoûtements* ? demanda-t-il au vieil homme.

Ce dernier fronça le sourcil.

– Ce rite est destiné à bouter les forces du mal hors d'un esprit possédé, et tous ceux qui l'étudient jurent de ne l'utiliser que pour le bien, répondit-il, troublé.

– J'ai tout lieu de croire qu'un de nos concitoyens a rompu ce serment, dit le juge. J'aimerais que vous pratiquiez ce rituel pour vérifier ma théorie.

Le prêtre réclama un objet brillant et lourd. On lui apporta un pilulier d'argent briqué de frais pendu au bout d'un cordon de soie. Il monta sur le lit et se posta face à dame Yang, trop lasse pour s'intéresser à ce qui se passait. Sous les yeux ahuris du mari, il se mit à balancer la petite boîte devant la dame en lui enjoignant de se détendre et de ne penser à rien. Au bout de quelques minutes, il passa une main devant son visage sans qu'elle réagisse.

– Excellent sujet, je dois dire, annonça-t-il en quittant le lit. Il faut en général plus de temps pour parvenir à ce résultat. C'est comme si votre épouse avait l'habitude de subir ce traitement. Normalement, nous devrions à présent invoquer le mauvais génie qui l'habite pour lui enjoindre de regagner les territoires infernaux.

Ti se pencha sur le vieux prêtre pour lui souffler ses indications à l'oreille.

– Vous êtes habillée pour sortir, répéta ce dernier. Vous quittez votre maison sans personne pour vous accompagner. Vous avez fait en sorte de n'être pas suivie. Où allez-vous ?

– Je vais chez mon médecin, répondit dame Yang d'une voix éteinte.

– Que fait-il pour vous soigner ?

– Il me parle. Il a une voix chaude. Il me dit des mots contre lesquels je ne peux me défendre.

– Que vous dit-il ?

– Il me dit d'ôter mes vêtements et de m'allonger sur le sofa.

– Le misérable ! s'écria M. Han. Je le ferai décapiter !

Ti lui fit signe de se taire et reprit ses chuchotements.

– Quel est son nom ? demanda le prêtre.

– Je n'en sais rien.

Voilà qui était contrariant. L'ignoble individu avait apparemment tout prévu. « Demandez-lui à quoi il ressemble », demanda le juge. Dame Yang se mit à décrire son agresseur comme s'il se tenait en face d'elle. Il avait une dent en or sur le devant de la bouche, une cicatrice à la jambe gauche, portait des vêtements sombres et était de haute taille. Ti prit soin de noter tout cela. Il avait désormais une description à fournir à la garde.

Han Po était furieux.

– Votre Excellence croit-elle que ses soldats arrêteront le démon qui hante ma femme ?

– S'il s'agit d'un démon, sûrement pas, répondit le juge. Mais s'il est fait de chair et d'os et s'il habite en ville, nous ne le manquerons pas.

Il se tourna vers l'exorciste :

– Pouvez-vous supprimer l'enchantement qui la maintient prisonnière ?

Tian Tchen répondit que la tâche serait longue et ardue, mais promit de faire son possible pour y parvenir. M. Han, résolu à tirer vengeance du tourmenteur, lui remit aussitôt un lingot d'argent pour ses frais, convaincu qu'une telle incitation ne saurait manquer de porter ses fruits. Il voyait déjà la tête de son ennemi piquée à l'entrée de la ville, où il se ferait un devoir de se rendre chaque jour pour lui cracher au visage.

Ti lui recommanda de faire surveiller son épouse plus étroitement que jamais. Elle était désormais un danger pour tout le monde et pour elle-même. Il fallait éloigner tout objet coupant, tout produit toxique. Le mieux aurait été de la ficeler sur son lit jusqu'à la fin de l'enquête, mais il n'osa pas en venir à ces extrémités.

Le soleil avait déjà disparu au-delà des murailles lorsque Ti quitta la chambre de la possédée. À peine venait-il de prendre congé que Tao Gan arriva, essoufflé. Il avait cherché son patron dans tous les lieux où l'on était susceptible de le trouver. Conformément à ses directives, la mère maquerelle l'avait fait prévenir qu'un événement inhabituel s'était produit dans sa maison.

– Très bien, dit le juge. C'est l'occasion d'aller visiter cet établissement dont on me dit tant de bien. Pour les besoins de l'enquête, bien sûr, ajouta-t-il devant l'expression perplexe de son lieutenant.

Ils se dirigèrent vers le *Qing Lou* à la lumière d'une lanterne en papier. Partout les commerçants avaient replié leurs étals et barricadé leurs échoppes. Les vigiles chargés de scander les heures étaient occupés à allumer des lampes à chaque croisement. Il n'y avait pas de couvre-feu, contrairement à Chang-an, où les pâtés de maisons étaient pour la plupart fermés dès le coucher du soleil. La vie avait néanmoins tendance à se retirer des rues de cette petite ville provinciale en attendant de renaître le lendemain.

Le quartier des plaisirs restait bien sûr plus animé que les autres, bien qu'il se limitât *grosso modo* au bâtiment visité par Tao Gan. Autour, des maisons modestes servaient d'abri aux prostituées plus accessibles, aux musiciennes et acrobates qu'on louait pour les soirées et aux tavernes moins bien famées. Le lieutenant du juge Ti ne s'était pas trompé : le pavillon bleu avait meilleure allure à la nuit tombée. La plupart de ses fenêtres étaient éclairées et des lampions multicolores pendaient de chaque côté de son porche pour le rendre accueillant. Un portier de taille monumentale invitait les passants à entrer par quelques formules courantes :

– Venez donc voir, honorables passants ! lança-t-il aux deux hommes dès qu'ils se furent approchés. Les plus belles filles de Hohhot sont chez nous. Elles maîtrisent sur le bout des ongles les cent vingt-huit positions de l'art secret des Mongols.

– Écarte-toi de là ! lui enjoignit Tao Gan d'une voix rogue. Tu parles à ton magistrat ! Incline-toi et ne dis plus un mot !

Comme il pénétrait dans l'établissement sous l'œil ébahi du cerbère, Ti se demanda à quoi pouvait ressembler l'art secret des Mongols. Il craignait de l'ignorer toute sa vie, ne se sentant pas assez de vigueur pour aller au bout des cent vingt-huit positions promises aux amateurs.

La maquerelle s'était dépêchée d'accourir dès qu'elle avait appris l'identité du visiteur. Elle s'inclina profondément, très émoustillée d'être en présence d'un personnage bien plus puissant que tous ceux qu'elle avait reçus jusqu'alors. Ti Jen-tsie, en tant que chef du district, tenait leur sort à tous entre ses mains et rédigeait les décrets qui s'appliquaient à son genre de commerce.

– La misérable personne qui se tient devant vous a nom Jolie-Rose, dit-elle en minaudant avec son éventail.

Son pseudonyme floral indiquait sans ambiguïté la profession qu'elle avait exercée avant de se mettre à vendre le corps des autres. Elle avait retouché son maquillage pour la soirée ou en avait rajouté une couche. Son chignon était orné d'un mélange de perles en pierres taillées et de plumes qui s'inclinaient à chaque mouvement de tête. Elle portait une petite veste fourrée à la mode mongole. En revanche, sa robe de soie brodée de papillons mauves était typiquement chinoise. Elle avait réalisé par sa tenue le parfait syncrétisme entre la culture locale et celle de sa nouvelle nation. Ti s'en félicita intérieurement, bien qu'il eût préféré contempler cette réussite dans la population ordinaire plutôt que chez les seules courtisanes.

Elle posa un doigt sur ses lèvres d'un rouge un peu trop vif et les conduisit dans un cabinet mal éclairé dont elle referma soigneusement la porte derrière elle. Ils n'avaient pas encore compris où elle voulait en venir quand elle déplaça une estampe accrochée au mur. Un petit trou pratiqué dans la paroi permettait de surveiller ce qui se passait dans la pièce attenante. Tao Gan se demanda avec horreur combien de fourberies recelait encore la panoplie d'espionne de cette indiscrète. Elle les invita l'un après l'autre à plaquer un œil contre l'ouverture.

De l'autre côté, un jeune homme affalé sur un canapé buvait et s'amusait avec trois filles qui faisaient mine de rire derrière leurs longues manches.

Leur client flottait dans ses habits d'un luxe voyant. Quelques explications étant nécessaires, Jolie-Rose s'écarta de la cloison.

– Votre estimable inspecteur m'a ordonné de lui signaler tout fait curieux qui se produirait chez moi. J'aimerais savoir comment un valet qui hier encore traînait ses savates dans la poussière peut débarquer ici pour s'offrir mon meilleur vin et mes plus belles pensionnaires.

– Vous lui avez réclamé une avance, je suppose ? demanda le juge.

Elle ouvrit une main où reposait un lingot d'argent en forme de sabot, identique à celui que Han Po avait donné au prêtre taoïste une heure plus tôt.

– Ses vêtements viennent de chez le tailleur coréen, qui ne fait pas crédit non plus. Regardez ses bottes !

Ti n'eut aucune peine à les apercevoir, le jeune homme ayant étendu les jambes et posé les pieds sur une table basse pour être plus à l'aise.

– C'est du cuir de Mandchourie, le plus fin, le mieux ouvragé. Rien qu'avec ce qu'il a dépensé pour ça, il pourrait prendre pension chez moi pendant une semaine.

Ti en conclut qu'il ne leur restait plus qu'à identifier ce personnage et à lui demander d'où il tirait cette manne.

– Oh, mais je le connais très bien, dit la maquerelle. C'est le petit Xu Jun, le valet de M. Hou. Je l'ai vu maintes fois avec son maître quand celui-ci venait se délasser chez nous. Jusqu'à ce soir, il n'avait jamais dépassé le vestibule. Aujourd'hui, il est le roi !

– Pas pour longtemps, dit le juge.

Une expression de regret passa entre les cils ourlés de la tenancière.

– Je savais que cela ne durerait pas, dit-elle après avoir poussé un profond soupir. Votre Excellence ne pourrait-elle pas attendre demain matin, qu'il ait dépensé un peu plus d'argent ? Après tout, j'ai fait mon devoir, il me semble avoir mérité une récompense…

Ti lui répondit que cet argent était probablement volé et serait donc saisi, de toute manière, pour être restitué à ses véritables propriétaires.

– Virez-le tout de suite de chez moi ! dit la maquerelle, qui retrouvait des accents de commerçante outragée.

Les deux hommes sortirent dans le couloir et pénétrèrent sans frapper dans le cabinet galant où Xu Jun vivait les derniers instants de sa magnificence. « Je suis le magistrat de Pei-tcheou et je t'arrête ! » clama le juge, bien que ce genre de formule n'eût jamais donné que des résultats décevants sur les malandrins. De fait, le valet se redressa d'un bon et saisit une carafe en céramique, prêt à se défendre toutes griffes dehors. Tao Gan n'avait guère l'habitude des actions musclées. Il s'empêtra dans sa robe comme il tentait d'attraper son homme par le cou et s'étala sur le tapis sous les cris des trois prostituées. Revenu de sa surprise, le valet en profita pour se ruer vers la sortie. Le juge lui barra le passage, ce qui lui valut de se retrouver allongé dans le corridor, les quatre fers en l'air. Voyant comment tournait l'arrestation, Jolie-Rose lança un appel bref :

– Chu !

Alors qu'il franchissait le vestibule, Xu Jun pila tout à coup face à une montagne de chair du sommet de laquelle le contemplait sans aménité l'œil sombre du portier. Une énorme main s'abattit sur son épaule et l'obligea à plier les genoux dans une exclamation de douleur.

Ti découvrit le tableau après que son hôtesse l'eut aidé à se relever. Il devina que le rôle de cet employé indispensable consistait non seulement à attirer la clientèle, mais aussi à éviter qu'elle ne quitte les lieux sans s'être mise en règle avec la patronne. C'était le genre d'endroit où il était plus facile d'entrer que de sortir. Ti connaissait des prisons où l'on aurait gagné à employer un tel colosse.

Une fois le prévenu mis dans l'incapacité de fuir grâce à des liens qui lui entravaient les jambes et lui tordaient les bras dans le dos, Ti félicita aimablement Jolie-Rose pour la bonne tenue de son établissement, dont il n'avait pourtant fait que survoler les charmes. Celle-ci rougit jusqu'aux oreilles.

# IX

*Le juge Ti déjoue les silences d'un suspect ; il débusque une série de démons abominables.*

Le juge et Tao Gan conduisirent leur prisonnier au poste. Le capitaine des gardes n'en crut pas ses yeux :

– Votre Excellence pratique des arrestations elle-même ! s'écria-t-il comme si la déesse de la Justice en personne était apparue au milieu de Hohhot. Vous possédez tous les dons !

– C'est juste une question d'habitude, répondit le juge avec modestie. Quand les circonstances l'exigent, je sais me mettre au niveau de la situation.

Le suspect étant loin d'être sobre, il ordonna qu'on lui fasse avaler du thé bien fort pour le dégriser.

– Votre Excellence désire-t-elle que j'organise une perquisition chez les Hou ? demanda l'officier.

Ti réfléchit un instant. Il était douteux que le valet ait osé se promener chez ses maîtres dans cette tenue luxueuse.

– Je n'ai rien fait de mal ! glapit ce dernier. Vous ne pouvez rien contre moi ! Fouillez mon grabat si vous voulez, je n'ai rien à me reprocher !

Il fallait à tout prix découvrir son second domicile. Ti l'examina attentivement. Le jeune homme était élégamment vêtu, mais son habit exhalait un parfum inhabituel. Ce n'était pas la fragrance à deux sapèques à laquelle il s'attendait. Cela sentait le tissu fraîchement trempé dans les pigments.

– Tais-toi tant que tu veux, dit le juge. J'ai pu admirer la semelle de tes bottes neuves, tout à l'heure, quand tu te vautrais sur le sofa de la maison close. Elle a parlé pour toi.

Il le laissa cuver son vin sous bonne garde et regagna la grande salle.

– Envoyez quelques hommes dans le quartier des teinturiers et demandez au chef de bloc quelles sont les chambres à louer en ce moment, ordonna-t-il au capitaine. N'allez que dans celles situées au-dessus d'une teinturerie devant laquelle vous verrez une grande jarre de bleu qui a débordé. La chambre devra avoir été louée depuis peu par un jeune homme qui vient d'acheter des vêtements neufs. Qu'ils me rapportent ce qu'ils y trouveront.

Puisqu'ils avaient du temps devant eux, Ti fit acheter de quoi dîner à la taverne la plus proche et partagea son repas avec Tao Gan et l'officier. Il confia à ce dernier les notes prises chez le fourreur Han. Il convenait de rechercher le personnage décrit par dame Yang pendant sa transe : un homme grand, mince, doté d'une dent en or et marqué d'une cicatrice à la jambe gauche. Tchou Tchai promit de tout mettre en œuvre pour le débusquer.

Les soldats revinrent au moment où les dîneurs finissaient leur repas. Le juge prit place dans le fauteuil le plus confortable de la caserne, celui du capitaine, tandis qu'on forçait le valet à s'agenouiller sur le dallage pour l'interrogatoire. Il fut frappé par sa jeunesse. Ce Xu Jun ne devait pas avoir plus de vingt ans. Il était de constitution frêle, on avait du mal à l'imaginer sautant sur son patron, un homme encore robuste, pour lui enfoncer un poignard dans la poitrine. Ti posa sur la table le lingot d'argent confisqué à la mère maquerelle.

– Je veux savoir d'où te viennent les sommes que tu as dépensées ce soir.

– Je claque mon salaire comme je veux, répondit le valet, que l'alcool rendait insolent.

Le capitaine le frappa dans le dos et le somma de s'adresser avec respect à Son Excellence. Sur un signe du magistrat, un soldat vida sur la table un sac contenant des bijoux et des lingots qui s'éparpillèrent dans un cliquetis métallique.

– Tout cela vient de la chambre que tu as louée dans le quartier des teinturiers. Je suis sûr que ta patronne reconnaîtra ce qui a été volé à son mari la nuit du meurtre. Tu peux continuer à te taire, mais à ta place je réfléchirais : mes bourreaux de Pei-tcheou délieraient la langue d'une momie mongole. Dis-moi tout et tu t'épargneras la torture. Si tu mens, je n'aurai aucune pitié.

La vue des richesses étalées devant lui acheva de dégriser le voleur.

– J'avoue m'être servi dans les coffres de mon maître, dit-il en baissant les yeux. La nuit du meurtre, j'ai entendu du raffut dans sa chambre. Je suis allé voir ce qui se passait, et j'ai vu un homme en sortir à pas furtifs. J'ai poussé la porte. Le patron était sur le sol. Il ne respirait plus. C'est alors que j'ai perdu la tête. Les clés étaient toujours pendues à son cou, sous sa tunique. J'ai ouvert les cassettes et j'ai emporté leur contenu. Aux premières lueurs de l'aube, je suis allé prendre une chambre à l'autre bout de la ville pour cacher ma fortune.

Ti ne s'attendait pas à une telle impudence.

– Tu oses dire que tu n'as pas assassiné Hou Jingxian ? Il y a de quoi rire ! Qui donc l'a tué, dans ce cas ? Un esprit errant qui passait par là ?

– Le majordome Wei ! s'exclama Xu. C'est lui que j'ai vu quitter la pièce dans l'obscurité. J'ai bien reconnu sa silhouette, il n'y a pas de doute. Il a poignardé notre maître parce que celui-ci avait décidé d'envoyer le neveu de madame dans ses comptoirs des steppes. Wei Yin entretient une liaison coupable avec ce jeune homme, noble juge. Je dis la vérité. Que les mille diables du Tao me foudroient si je mens !

Voilà qui n'arrangeait guère le magistrat. Il avait à présent pléthore de suspects pour le meurtre, mais aucun aveu. L'un avait un mobile, l'autre avait le magot. Il voulait bien croire que le valet avait assassiné son maître pour s'approprier son argent. Mais pourquoi précisément cette nuit-là ? Cela n'expliquait pas comment le joueur de go avait eu vent de ce projet. Et s'il était au courant, pourquoi n'avait-il pas prévenu directement le retraité Hou au lieu de le laisser tuer ? La logique de tout cela lui échappait. Il sentait qu'elle existait néanmoins et que c'était elle qui avait décidé de l'enchaînement des faits, de leur date, de leur nature. Liu Yi avait tout compris. On l'avait hélas fait taire au moment où il s'apprêtait à en informer le magistrat. Une fois de plus, Ti n'avait plus à sa disposition, pour renouer les fils rompus de cette trame sanglante, que ses facultés de déduction et son sens aigu de l'observation. Il devina qu'il allait lui falloir un peu plus de temps pour parvenir à sa conclusion : l'adversaire auquel il s'affrontait était sûrement l'un des plus pernicieux de sa carrière. Comment imaginer que de tels crimes soient commis par hasard en une même ville, en quelques jours, sans êtres liés entre eux ? Si, comme il le craignait, une seule volonté était à l'origine de tout ce désordre, il avait affaire à un véritable monstre doublé d'un génie du mal. Ce n'était pas en tout cas le misérable domestique agenouillé en face de lui. Assassin ou voleur, le valet n'avait été qu'un pion dans un jeu qui le dépassait de beaucoup. Ce jeu, pour l'instant, dépassait aussi le magistrat, c'était là l'origine de ses plus grandes craintes.

Il ordonna qu'on jette cet individu dans une cellule d'où il ne pourrait communiquer avec le majordome.

– Votre Excellence ne doit pas s'inquiéter pour ça, répondit le capitaine. Notre prison est vaste et bien tenue. Certes nous n'y gardons en général que des ivrognes et de mauvais payeurs, mais nous ferons en sorte de nous montrer dignes de votre confiance.

Ti quitta le poste de garde en songeant qu'il y avait au moins dans cette cité un brave homme soucieux de le satisfaire.

Il ne s'était pas trompé. Le lendemain matin, dès son réveil, on le prévint que l'inconnu décrit par dame Yang avait été interpellé. Il se hâta de retourner au poste cueillir les fruits de ses investigations.

Les soldats qu'il rencontra à l'intérieur de la caserne affichaient un sourire satisfait. Un homme aux mains coincées dans une paire de pincettes l'attendait effectivement dans le cabinet du capitaine.

– Il a bien une dent en or ? demanda le juge.

– Mieux que ça, répondit l'officier, enchanté de ses résultats rapides. Ouvre la bouche ! ordonna-t-il à son prisonnier.

Ti aperçut non une, mais deux incisives rutilantes, d'une belle couleur dorée. Le capitaine retroussa le pantalon mongol que portait l'homme aux dents d'or. Une longue estafilade barrait la cuisse gauche.

– J'ai reçu un coup de sabre ! affirma le suspect, comme si cette assertion le disculpait en quelque manière.

– Silence ! lança Tchou Tchai. Ton signalement t'a trahi ! Son Excellence t'avait repéré depuis longtemps ! Tu ferais mieux d'avouer avant qu'on ne t'applique la torture !

Le prisonnier fut parcouru d'un frisson d'horreur.

– Si c'est comme ça, j'avoue, dit-il en guettant avec espoir la figure sévère du magistrat.

– À la bonne heure, dit l'officier, ravi de voir son enquête progresser à grands pas.

– C'est moi qui ai volé ce cheval au village du clan des Ours, l'automne dernier, reprit le délinquant, la mine basse. J'ai dit que les loups l'avaient dévoré. Je l'ai revendu dans la vallée. Avec l'argent, je me suis acheté une…

Le capitaine donna sur la table un coup violent du plat de la main.

– On se fiche de ce que tu as acheté ! s'exclama-t-il. Parle-nous plutôt de la femme du fourreur Han. Comment t'y es-tu pris pour l'ensorceler ?

Le voleur de chevaux fixa sur eux des yeux écarquillés par la surprise.

– La femme de qui ? Ensorcelé quoi ?

L'officier s'apprêtait à le rouer de coups. Le juge l'arrêta d'un geste.

– Dis-moi, sais-tu lire ? demanda-t-il.

– Oui, répondit le prisonnier, qui semblait totalement perdu. Je sais lire mon nom en caractères chinois. Et aussi celui de la déesse Bixia, parce qu'il est écrit à l'entrée du temple taoïste.

Ce n'était pas avec ce genre de bagage culturel qu'il avait pu consulter les traités où était enseigné l'art d'envoûter les âmes. Ti dut se rendre à l'évidence : cet homme avait bien des dents en or et une cicatrice à la jambe gauche, mais on ne pouvait guère lui reprocher davantage que d'avoir dérobé un cheval au clan des Ours. Le capitaine tâchait de suivre les réflexions du juge en scrutant avec anxiété les expressions qui se peignaient sur son visage.

– Ce n'est pas lui, déclara Ti d'un ton funèbre, consterné de voir s'effondrer ses espoirs de régler cette affaire dans la journée.

L'officier, en revanche, n'avait rien perdu de son enthousiasme.

– Ce n'est pas grave, noble juge ! dit-il en ouvrant une porte. Nous en avons d'autres en réserve !

Ti se tourna vers l'endroit indiqué. La pièce contiguë était pleine de suspects grands et minces, assis sur un banc.

– Est-ce qu'ils… commença le juge.

– Tous ! s'empressa de répondre Tchou Tchai avec un sourire plein d'optimisme.

Il fit défiler l'un après l'autre les détenus entassés dans le dépôt. Chacun exhiba une, plusieurs, voire toute une rangée de dents en or pour les plus riches. Ti ne s'était pas douté que la région était aussi fournie en dentistes qu'en filons du précieux métal. Ils avaient tous une bonne raison de porter une cicatrice ici ou là. C'était le plus souvent le résultat d'une chute de cheval ou d'un coup de corne de yak. Ti s'aperçut qu'on continuait d'en remplir la caserne à mesure qu'il les renvoyait chez eux après un bref entretien. Le capitaine se montra particulièrement heureux de lui en avoir trouvé un dont tout le devant de la bouche était impeccablement doré :

– Il est bien, celui-là, n'est-ce pas, noble juge ?

– Il ne s'agit pas d'un concours ! rugit le magistrat. Je ne vais pas sélectionner celui qui a le plus de dents en or ou la plus longue marque à la jambe ! C'est le coupable, que je veux !

L'officier le regardait d'un air désemparé. Ti comprit qu'il allait devoir aller chercher son suspect lui-même à travers la ville, comme d'habitude. Sa puissance de réflexion avait toujours été une meilleure alliée que les forces militaires, cela se vérifiait de nouveau.

Une fois dans la rue, il croisa des groupes de soldats qui forçaient les passants à soulever leur robe pour voir s'ils portaient une trace de blessure au mollet. Il poussa un soupir et pressa le pas. Une idée venait de lui venir pour réparer ce gâchis.

Une heure plus tard, le palanquin des Tchao déposait madame Première à l'entrée du quartier des acupuncteurs, apothicaires et autres masseurs, où les spécialistes des diverses disciplines médicales voisinaient avec les charlatans de toute espèce. On y trouvait des chamans et des sorciers qui soignaient à coups d'amulettes, de remèdes empiriques et d'incantations magiques. Elle se remémora les recommandations de son mari : dénicher un homme grand, mince, avec une dent en or – qui n'en avait pas ? – et sans doute un regard perçant, un air d'autorité, de la fourberie. Le programme était engageant. Jamais elle n'aurait accepté si elle n'avait eu à se faire pardonner les lubies de mariage dont leurs hôtes leur rebattaient les oreilles en toute occasion.

La servante toujours sur ses talons, elle alla directement au chef de bloc pour commencer à trier ce fatras de soigneurs de tous poils. C'était un petit bonhomme grisonnant qui avait confié son commerce d'herboristerie à son fils et occupait ses vieux jours en surveillant les allées et venues de ses voisins. Il connaissait le pâté de maisons comme sa poche pour y avoir passé sa vie entière.

Elle lui exposa les maux dont elle prétendait souffrir. Par souci de crédibilité, elle énuméra une interminable liste de douleurs qui la prenaient depuis les orteils jusqu'au crâne, tandis que le vieillard opinait d'un air navré. Elle avait sans doute forcé la dose, car il la dirigea vers un rebouteux à qui l'on adressait les cas désespérés et qui travaillait en étroite collaboration avec les pompes funèbres. Elle déclara préférer un praticien lié au taoïsme, ayant entendu dire que la religion de Lao Tseu faisait des miracles dans son genre de situation. Un médecin ayant étudié dans les livres lui convenait aussi. Elle voulait un lettré, de toute manière. Le chef de quartier reconnut bien là les manies des Chinoises aisées : qu'importe les aptitudes du guérisseur, pourvu qu'il possède une culture classique acquise dans une école où l'on bourrait le crâne des élèves avec de grands mots. Il n'avait jamais vu, pour sa part, un diplôme d'études confucéennes guérir quiconque. Mais, enfin, elle lui faisait pitié avec ses maux de toutes sortes, aussi eut-il la complaisance de lui donner une liste de gens à aller solliciter de sa part.

Après avoir récompensé le retraité de quelques

pièces, madame Première s'éloigna en boitillant sur ses orteils prétendument douloureux et s'en fut rôder devant les échoppes conseillées. La première était tenue par une femme, la deuxième par un petit gros, la troisième par un vieillard tout à fait édenté. Elle finit par entrer chez un homme qui ne présentait pas d'incompatibilité formelle avec la description, principalement parce qu'elle était lasse d'errer et qu'elle avait à présent réellement mal aux pieds.

Elle laissa son chaperon à la porte et alla s'asseoir sur le tabouret que lui indiquait le guérisseur, ce qui lui procura d'ores et déjà un profond soulagement. Les rangées de livres et les ustensiles disposés sur les étagères lui inspiraient confiance. L'endroit sentait bon les herbes médicinales, dont on voyait les pots ventrus alignés contre le mur. La boutique ressemblant à ce qu'elle connaissait, dame Lin ressentait moins fortement l'impression d'être exilée en pays barbare. Le guérisseur sortit d'un tiroir une poupée d'ivoire représentant une femme nue allongée. Elle désigna du doigt les points – nombreux – où elle était censée souffrir. Cette multitude de symptômes plongea le médecin dans la perplexité. Il prit un air pénétré pour exprimer ses impressions :

– Je crains que nous ne soyons en présence d'un dérèglement général. Vous avez bien fait de venir me consulter. Le Tao offre plusieurs pistes de guérison pour ce genre de cas.

– Vous avez étudié le Tao ? demanda-t-elle comme si cela avait été une charmante surprise.

Il sourit, découvrant une dent en or sur le devant de la bouche. Le bien-être qu'elle avait éprouvé depuis son entrée s'effrita. Un frisson glacé lui parcourut l'échine.

Elle trouva subitement les lieux un peu trop sombres et sa servante un peu trop loin. Cependant, l'homme n'avait pas cet air fourbe contre lequel son mari l'avait mise en garde. Il parlait d'une voix chaude et semblait savoir ce qu'il disait. Dame Lin était parvenue à étouffer ses appréhensions lorsqu'il se dressa pour saisir un livre placé en hauteur. C'est alors qu'elle aperçut une longue marque qui zébrait l'un de ses mollets. Quand il se rassit en face d'elle pour consulter l'ouvrage, elle arborait une mine décomposée : il s'agissait de la jambe gauche.

Le guérisseur se mit à marmonner à voix basse différentes formules tirées de son grimoire. Elle eut la certitude qu'il était en train de l'envoûter pour lui fourrer dans les entrailles un démon qui la pousserait à empoisonner son mari avant de se jeter dans la rivière. Lorsqu'il la pria de lui tendre la main afin qu'il pût prendre son pouls, elle poussa un cri et se rua à l'extérieur sous le regard interloqué du taoïste. À peine eut-elle mis le pied sur la chaussée qu'elle lançait un appel strident : « Au secours ! »

Le guérisseur crut qu'il avait affaire à une démente jusqu'au moment où il vit divers personnages surgir de tous côtés pour converger vers son échoppe. Il y avait là un ânier, un marchand de calebasses, un porteur d'eau et un échalas pourvu d'une verrue sur la joue. Ils se ruèrent sur lui, sortirent des cordes de leurs manches et le saucissonnèrent avant de le traîner à travers la ville en direction du poste militaire. Madame Première, quant à elle, était affalée dans le palanquin, où elle se faisait éventer vigoureusement par la servante. Elle tâchait de reprendre ses esprits, persuadée d'avoir échappé de peu à un tortionnaire démoniaque.

Tao Gan et ses trois soldats déguisés jetèrent leur prisonnier aux pieds du magistrat. Ils déposèrent sur la table le contenu du grand sac où ils avaient fourré en vrac les livres trouvés dans la boutique. Sans dire un mot, le juge répartit les ouvrages devant lui, en déchiffra les titres et entreprit de les consulter en tâchant de rassembler ses souvenirs. Au bout d'un temps assez long, il posa le doigt sur un chapitre consacré aux exorcismes du degré le plus élevé. Un sourire s'épanouit sur ses lèvres. Il leva les yeux sur l'homme agenouillé au milieu de la pièce. L'interrogatoire était inutile. Il imaginait fort bien ce que le guérisseur allait lui répondre et savait d'avance qu'il n'y aurait là que mensonges.

– Ainsi donc tu te nommes Bai Juyi… Connais-tu dame Yang, l'épouse du fourreur Han Po ? demanda-t-il pour la forme.

Bai Juyi répondit sur un ton d'innocence offensée qu'il n'avait jamais entendu ces noms et protestait contre l'arrestation arbitraire dont il venait d'être victime. Il était sur le point de traiter une hystérique quand celle-ci, prise d'une crise imprévisible, avait bondi hors de chez lui sans aucun motif pour ameuter le quartier. Ti s'amusa d'entendre de quelle façon il qualifiait sa Première.

« Bien sûr », dit le juge en se levant. Il n'attendait rien d'un personnage dont l'art nécessitait une parfaite maîtrise de soi. Il avait sûrement pris la peine de brouiller toutes les pistes entre sa victime et lui. La seule solution était de le confondre de manière irréfutable. Il ordonna aux gardes de ramener le suspect à sa boutique et de l'y tenir sous bonne garde. Puis il se dirigea vers la demeure de M. Han pour préparer le dénouement de cette affaire aussi complexe qu'abominable.

Le prêtre Tian Tchen venait justement de terminer une pénible séance de désenvoûtement dont sa patiente restait très éprouvée. Le plus difficile ayant été de maintenir le mari de l'autre côté de la porte. Dès que le juge fut arrivé, Han Po s'engouffra avec lui dans la pièce pour consoler sa femme, prostrée sur un fauteuil.

– Tout va bien se passer, maintenant, je suis là, dit le fourreur en tapotant la main de son épouse.

– Mais tout va bien, répondit celle-ci. Pourquoi ces mines d'enterrement ? Je ne comprends pas ce qu'on me veut.

Le fourreur était accablé.

– Tu ne te souviens donc de rien ? Voilà une heure que je t'entends pousser des cris et bousculer les meubles !

Ti interrogea Tian Tchen du regard.

– Le démon n'a pas été facile à débusquer, noble juge. Dame Yang est victime d'un ensorcellement des plus puissants. En suivant les règles qui ont présidé à son envoûtement, je suis néanmoins parvenu à comprendre par quel biais elle a été prise au piège.

Le juge prit place dans un fauteuil et le pria de lui exposer sa théorie.

– Celui qui s'est insinué dans son esprit a utilisé le rite consistant à plonger le patient dans un sommeil qui annihile la volonté. Comme vous le savez, cette technique a été conçue pour bouter les forces démoniaques hors du malade. Dans le cas présent, c'est l'inverse qui a été fait. Notre homme a installé trois mauvais génies à l'intérieur de dame Yang. Chacun d'eux répond à un nom. Lorsque ce nom est prononcé, celui qu'il désigne prend le pas sur la malheureuse et la force à exécuter des actes qu'elle n'aurait jamais commis sans cela. Votre Excellence désire-t-elle savoir de quels diables il s'agit ?

Ti fit « oui » du menton, bien qu'il s'attendît à une séance particulièrement pénible.

– Chaque fois que je prononcerai l'un de ces noms, vous verrez dame Yang se transformer. Ce ne sera plus elle que vous aurez devant vous, mais le diable qui habite son corps. Le premier de nos hôtes indésirables se nomme Kai-dutsi. Il s'agit d'un être violent et sournois qui déteste l'humanité entière. C'est le protecteur des assassins et des parricides.

Tandis qu'il terminait son discours, dame Yang s'était redressée sur son siège. Elle marcha tranquillement jusqu'à un meuble à tiroirs et ouvrit celui du dessus. Ti la vit prendre un objet qu'elle dissimula à l'intérieur de sa manche. Puis elle se dirigea vers son mari, qui n'avait pas quitté le prêtre des yeux. Au moment où elle brandissait sur Han Po une main armée d'un poignard effilé, le magistrat, beaucoup plus grand qu'elle, lui saisit le bras et l'obligea à lâcher son arme. Il fut étonné de la force déployée par une personne d'apparence si frêle. La malheureuse se débattit quelques instants, jusqu'à ce que Tian Tchen murmure quelques mots à son oreille. Elle se laissa alors tomber sur un fauteuil et resta inerte, les yeux dans le vide. Son mari la contemplait avec horreur.

– J'avais entendu parler de ces envoûtements, mais j'ignorais qu'ils étaient si puissants, dit le juge. Si ce diable se répandait, cette ville fourmillerait de fous furieux.

– Par bonheur, la procédure d'envoûtement est délicate et ne fonctionne qu'avec certaines personnes prédisposées, dont cette pauvre Yang Rong fait hélas partie. Souhaitez-vous rencontrer les deux autres habitants de ce corps tourmenté ?

Le juge fit signe que oui.

– Le deuxième démon a été mis là contre son gré. C'est un griffon des montagnes, un géant qui ne supporte pas d'être emprisonné dans l'enveloppe étroite d'un être humain. Aussi, lorsqu'il est invoqué, n'a-t-il rien de plus pressé que de pousser cette femme à se suicider afin d'être délivré de sa prison. Il se nomme Mitchu.

À ce mot, dame Yang bondit sur ses pieds et chercha à s'enfuir en direction de ses appartements. Comme le prêtre taoïste lui barrait le passage, elle dénoua la longue ceinture de soie qui lui ceignait les hanches et se la passa autour du cou pour s'étrangler, sous les yeux horrifiés de son époux. Une fois encore, Tian Tchen dut prononcer une formule magique pour chasser le griffon et calmer sa patiente. Il s'épongea le front du revers de sa manche.

– Notre très ancienne religion du Tao nous a permis d'identifier une grande partie des mauvais esprits qui hantent les hommes. Pourtant, nous aimerions parfois ne pas avoir à connaître leur existence. J'ai le regret de dire que le troisième démon est le protecteur des prostituées, Yeou-Ying-Kong.

Rien de spécial ne se produisit cette fois, du moins dans l'immédiat. Il sembla pourtant au juge Ti qu'une lueur particulière brillait dans les yeux de la possédée.

– Eh bien ! s'exclama le fourreur Han. Vous avez dû vous tromper. Ma femme n'est pas…

Le magistrat lui fit signe de se taire. D'un geste lent,

dame Yang était en train d'ouvrir sa robe, découvrant une poitrine joliment proportionnée. C'était indiscutablement une belle femme. Plus les instants passaient, moins elle dissimulait les agréments de sa personne. Elle finit par prendre sur son siège une pose provocante qui fit rougir les hommes présents.

– Arrêtez ça tout de suite ! s'écria Han Po en s'empressant de rattraper les pans de la robe pour en couvrir sa femme.

Il avait supporté la tentative d'assassinat et les pulsions suicidaires, mais l'exhibition luxurieuse dépassait ses facultés d'endurance.

– Quelle atrocité, dit tout bas le juge Ti, que la morale confucéenne n'avait pas préparé à un tel spectacle.

Le sorcier responsable de tout cela lui semblait mériter la mort la plus douloureuse, pour ce mauvais sort plus encore que pour les précédents. L'invocation de Yeou-Ying-Kong détruisait tout respect de soi chez sa victime. On pouvait tuer, on pouvait à la rigueur se suicider. Mais ce troisième envoûtement constituait un crime intolérable contre la pudeur. On atteignait là le cœur de la dignité chinoise. Cela lui semblait presque aussi horrible que si on avait forcé cette femme à étrangler ses propres enfants. Si sa Première se livrait à de telles abominations, ensorcelée ou pas, le juge préférerait se passer un sabre à travers le corps plutôt que de survivre à cet affront.

– Je vous promets de punir le suborneur avec la dernière sévérité, dit-il au mari éploré.

Ce dernier supplia le prêtre de lui garantir que son épouse n'avait aucune part de responsabilité dans ce dernier méfait, faute de quoi il se verrait forcé de divorcer au plus vite pour cause d'impudeur caractérisée. Tian Tchen lui jura que dame Yang n'y était pour rien et que lui-même se livrerait aux mêmes atrocités s'il était envoûté. Han Po recula d'un pas et déclara d'une voix blanche qu'il le croyait sur parole.

Ti était à peu près sûr de tenir son coupable. Il ne restait plus qu'à le confondre. Il ordonna de faire monter dame Yang dans un palanquin fermé et emmena tout le monde dans le quartier des médecins.

Lorsqu'elle vit la boutique du guérisseur, l'épouse du fourreur pâlit subitement.

– Je ne peux pas entrer ici, noble juge ! J'implore Votre Excellence de ne pas m'y forcer ! Quelque chose en moi me commande de fuir ces lieux !

Elle se jeta à ses pieds, qu'elle commença à tremper de ses larmes. Ti ordonna qu'on fasse sortir le prisonnier gardé à l'intérieur. Bai Juyi apparut sur le seuil, toujours ficelé et encadré de deux soldats. Quand elle le vit, bien qu'il prît soin d'éviter son regard, dame Yang poussa un cri et s'évanouit entre les bras de son mari.

– Eh bien, je crois que la victime vient de reconnaître son bourreau, dit le juge.

Dès qu'on l'eut débarrassé de son épouse, Han Po bondit au cou du suborneur pour l'étrangler. Il n'avait pas d'injures assez fortes à lui crier et il fallut trois hommes pour desserrer la prise.

– Laissez à la justice le soin de vous venger, lui recommanda le juge. J'ai à Pei-tcheou un exécuteur très doué. Il fait durer le supplice bien plus longtemps que vous ne pourriez l'imaginer. Ce Bai Juyi va regretter le jour de sa naissance.

Aux fenêtres, sur leur porche ou dans la rue, les habitants regardaient sans comprendre. Ti distribua à ses hommes les ordres nécessaires et reprit le chemin du poste militaire. Rarement il avait eu à ce point le sentiment que son travail était utile à la société. Il n'aimait pas assister aux exécutions publiques, bien que le règlement lui imposât d'être présent. Il eut la certitude que celle-ci lui causerait moins de dégoût qu'à l'accoutumée.

# X

*Madame Première se fait désenvoûter ; le juge Ti est poursuivi par une princesse morte.*

Lorsque la fouille chez le guérisseur Bai fut terminée, Ti fit comparaître le prévenu pour lui signifier les charges retenues contre lui. On avait trouvé de l'or au fond d'un pot à herbes médicinales. Des sommes comparables ayant disparu chez le fourreur Han, on pouvait supposer que Bai avait contraint dame Yang à les lui remettre en plus d'avoir fait d'elle son esclave. Les voisins affirmaient par ailleurs l'avoir vue entrer dans la boutique à plusieurs reprises. Ce que ne comprenait pas le juge, c'était pourquoi l'ensorceleur l'avait changée en assassin. Le suspect ne semblait pas décidé à l'éclairer. Il refusait d'avouer quoi que ce soit et se montrait presque souriant, comme si toute cette affaire n'avait été qu'un jeu. Quand il accepta enfin d'ouvrir la bouche, ce fut pour déclarer :

– Que Votre Excellence me pardonne, mais elle vient de commettre une tragique erreur. Le misérable Bai Juyi n'a pas appliqué de traitement honteux à l'honorable épouse du fourreur Han. Il met toute sa confiance dans le jugement éclairé de Votre Excellence.

Ti avait rarement vu pareil entêtement à nier l'évidence. Cette attitude le troublait. Quelle raison poussait cet homme à se taire ? Les bourreaux de Pei-tcheou allaient lui briser les os un à un pour obtenir ses aveux, ainsi que l'exigeait la loi. Puis il serait condamné et périrait dans d'atroces souffrances dès que le Secrétariat impérial aurait autorisé sa mise à mort. Confesser son crime sans retard lui éviterait au moins d'avoir le dos déchiré par les baguettes, et les doigts écrasés par les pinces.

Ti entrevit tout à coup une explication qui le glaça. Il posa sur le prévenu un regard neuf. Il n'avait plus devant lui l'infâme délinquant qui avait saisi l'occasion de profiter d'une de ses patientes, mais le maillon d'un plan d'une plus grande ampleur, dont les ramifications se perdaient dans les ténèbres de Hohhot.

Il le fit jeter en prison en recommandant de le placer sous bonne garde. Il ne voulait pas le voir s'échapper à la faveur d'une complicité, ni qu'on le tue pour s'assurer de son silence. Il l'aurait bien fait transférer sur-le-champ à Pei-tcheou pour le mettre à l'abri, mais il craignait d'avoir encore besoin de lui sur place pour débrouiller les zones d'ombre de cette affaire. Il eut une idée et rappela le capitaine pour lui murmurer ses directives :

– Le mieux serait de lui donner un compagnon de cellule habile qui gagne sa confiance. Choisissez le plus intelligent parmi ceux que vous avez. Promettez-lui une réduction de peine, et même la liberté si son crime n'est pas trop grand. L'infamie de ce Bai Juyi rend tous les autres forfaits risibles. Que votre prisonnier nous rapporte ses confidences et il aura droit à ma gratitude.

L'officier s'inclina et s'en fut vers sa prison en se demandant comment il allait pouvoir trouver un détenu plus fin que ce Bai, qu'on disait déjà habité par le génie du mal en personne.

Ti put se concentrer sur le meurtre commis chez les Hou. Un troisième homme avait un mobile : le neveu. Sans doute n'avait-il aucune envie d'être envoyé en exil loin de sa tante chérie. Il avait pu convaincre le majordome de tuer son oncle en échange de ses faveurs. Combien de cas d'amants poussés au crime par des épouses adultères Ti n'avait-il pas rencontrés ? Ces deux-là avaient même pu s'arranger pour que le valet découvre le défunt et s'empare de ses richesses, afin de détourner les soupçons sur lui !

Restait à savoir pourquoi le forfait avait eu lieu précisément cette nuit-là. L'assassin avait-il pensé que le renvoi du neveu lancerait la police sur la piste du majordome ? Mais pouvait-il prévoir que la lettre d'amour qui avait tout révélé tomberait entre les mains du magistrat en visite ? La découverte de ce message était-elle bien un hasard ? La maquerelle serait-elle dans le coup ? Ti sentait que les choses étaient plus compliquées que ça.

Le Juge avait promis au seigneur Tchao de partager son déjeuner, aussi rentra-t-il au château. Il découvrit un étrange spectacle en pénétrant dans sa chambre. Sa Première se tenait immobile dans un fauteuil tandis que le prêtre taoïste agitait autour d'elle un plumeau tout en proférant des incantations rituelles. Dame Lin ne se remettait pas de son tête-à-tête avec le répugnant envoûteur.

– Qu'est-ce que… dit le juge.

– Chut ! répondit son épouse. L'éminent religieux Tian Tchen invoque les cent premiers diables du Tao, pour être sûr qu'aucun d'eux n'a osé pénétrer en moi pendant que j'étais dans cette infâme boutique où vous m'avez envoyée.

Ce ne fut qu'une fois l'énumération terminée qu'elle put respirer librement. Ses traits s'étaient détendus, elle se sentait beaucoup mieux.

– Mon mari va vous régler vos honoraires, dit-elle en quittant la pièce pour aller se faire servir un rafraîchissement chez dame Ren.

Ti s'était résigné à ouvrir sa bourse lorsque le mage l'arrêta :

– Que Votre Excellence ne s'embarrasse pas de ces détails, dit-il d'un air matois. Je suis certain que le fourreur Han, dont vous m'avez procuré la clientèle, saura récompenser mes efforts au-delà de toute espérance.

En se rendant à la salle où allait être servi le déjeuner, Ti avisa dans un coin un autel votif richement paré. Une statue en bois peint représentant un homme ventru y trônait. Il supposa qu'il s'agissait d'une effigie de Confucius, comme les mandarins en possédaient parfois chez eux, et s'approcha pour réciter une petite prière au philosophe divinisé, dans l'espoir qu'il l'aiderait à résoudre les énigmes auxquelles il était confronté. Les tablettes suspendues de part et d'autre le détrompèrent : il était en présence de l'empereur Shun, ce roi mythologique crédité de l'invention du jeu de go. Des offrandes d'encens et de produits de luxe avaient été disposées dans des coupelles.

– Je me recueille devant lui avant chaque partie, dit le seigneur Tchao, qui venait d'apparaître dans son dos. Je lui demande de m'inspirer et je lui promets de me montrer digne de sa géniale création. Cela irrite mon épouse, elle l'appelle « le démon du jeu ».

Pour l'heure, il avait perdu son adversaire favori, et sa partie de go restait en suspens faute de combattant. Il se mit à regarder le juge avec insistance.

– Votre Excellence ne saurait me faire un plus grand honneur si elle acceptait de reprendre là où Liu Yi en était. Il ne faut jamais abandonner une partie ardemment disputée, cela porte malheur.

Ti avait assez d'énigmes à résoudre, il n'éprouvait nulle envie de gaspiller ses facultés de réflexion dans un passe-temps pour nobles désœuvrés. Il ne s'illusionnait pas non plus sur ses capacités dans le domaine du go et ne voyait aucune raison de se faire humilier par son hôte.

– Je suis sûr qu'il existe à Hohhot des joueurs bien plus qualifiés que moi, répondit-il.

– Il n'y en a aucun de votre rang. La personnalité du joueur est un élément fondamental de cet art. Ce sont de grandes âmes qui doivent se mesurer l'une à l'autre. Je n'ai pas l'intention de m'affronter avec un serviteur, un paysan ou un savetier, si fort soit-il. Ce serait une terrible faute de goût.

Ce n'était donc pas l'habileté du juge qu'il convoitait, mais sa dignité de premier magistrat du district. Ti le jugea vaniteux comme un paon.

– Votre Excellence a fait de longues et brillantes études classiques, reprit Tchao. Elle n'a pas son égal dans nos montagnes ! J'ai déjà du mal à trouver du personnel compétent, alors un fin lettré de la capitale !

Le juge le remercia de la haute opinion qu'il se faisait de lui. Il n'avait cependant pas l'intention d'être la roue de secours des divertissements de son hôte.

Ils prirent place en face l'un de l'autre pour un déjeuner privé. Entre les hors-d'œuvre et les plats chauds, Ti jugea nécessaire d'évoquer les cas qu'il avait traités durant la journée. Après tout, ces affaires intéressaient directement Tchao à plus d'un titre, même si ce dernier ne paraissait pas s'en soucier. Le retraité Hou, en plus d'être son administré, était son ami.

– Le majordome est certainement coupable, dit Tchao en proposant à son invité du riz parfumé. J'ai entendu dire que c'était un individu immoral. Ces êtres sont capables de tout. Votre Excellence devrait relâcher le valet, il n'est relevable que de quelques coups de bambou.

Ti passa au cas très scandaleux de dame Yang, qui présentait une importance morale évidente. Il exposa sa contrariété de voir le guérisseur Bai refuser d'avouer. Le meurtre du maître de go ne valait pas mieux : il ne tenait aucun suspect.

Tchao, qui l'avait écouté avec un intérêt poli, l'assura qu'il saurait punir les coupables une fois Son Excellence rentrée au chef-lieu du district. Il lui suggéra de reprendre sa tournée fiscale et de revenir le mois suivant avec sa fille pour les noces. Vu le peu d'ardeur déployée par le potentat local pour maintenir l'ordre avant son arrivée, Ti préférait terminer ces enquêtes lui-même. En outre, il estimait prudent de ne pas quitter Hohhot sans l'avoir dissuadé de maintenir ce mariage.

– Votre Excellence ne doit pas sous-estimer les capacités de nos militaires de Hohhot pour ce qui est de résoudre des problèmes épineux, dit le seigneur Tchao. Nous autres, peuples des montagnes, puisons une sagesse précieuse dans notre culture millénaire. Prenez l'histoire de la princesse Zhaojun, par exemple. Elle est en réalité pleine d'enseignement pour un chef comme moi.

Il lui exposa une autre version de la légende, selon laquelle l'empereur Han n'avait jamais rencontré sa concubine Zhaojun avant de l'offrir en mariage au roi des Huns. Elle n'était qu'une des femmes de son gynécée parmi des centaines d'autres. Il ne la connaissait que par un portrait peint à son arrivée. Or la jeune femme, contrairement à l'usage, avait omis de soudoyer le peintre pour qu'il la représente à son avantage. Celui-ci ne s'était donc donné aucun mal et le modèle s'en était trouvé enlaidi. Rebuté par cette vilaine peinture, l'empereur ne l'avait jamais choisie pour partager sa couche et n'avait donc aucune idée de son véritable aspect. Il n'eut pas de regret d'offrir un laideron au barbare si désireux de devenir son gendre. Ce ne fut qu'au départ de la jeune femme, lorsqu'elle vint s'incliner devant lui pour recevoir ses vœux, qu'il s'aperçut de son erreur. Il dut néanmoins tenir parole à ses nouveaux alliés des steppes lointaines et Zhaojun quitta son palais pour toujours. Le monarque reporta sa colère sur le peintre négligent, dont la tête roula à terre au moment où la concubine franchissait les fortifications de la capitale.

– Vous voyez qu'il y a là un conseil plein de sagesse à l'usage d'un seigneur tel que moi, conclut Tchao : ne pas se fier aux subalternes et punir sans pitié ceux qui vous ont induit en erreur.

Ti remarqua surtout qu'on ne plaisantait pas plus à la cour des Han qu'à celle des Tang.

Il était fâché de n'avoir aucune piste quant au

meurtre qui l'intriguait le plus : celui du maître de go. Les deux autres affaires l'avaient détourné de ce cas, qui était peut-être la clé de tout le reste. De retour au poste de garde, il étala sur la table les pièces à conviction pour les examiner de plus près. Il avait sous les yeux les vêtements tachés de sang et le couteau à manche en peau de requin trouvé dans la poitrine de Liu Yi. Un doute lui vint. Il fit un effort pour se remémorer la scène horrible au cours de laquelle dame Yang avait tenté de poignarder son mari sous ses yeux. Il avait saisi le bras de la possédée pour la désarmer. Sur le moment, dans la bousculade, la lame qu'elle brandissait n'avait pas retenu son attention. Son instinct lui disait à présent qu'il avait négligé un détail important. Il fourra l'arme du crime dans sa ceinture et se rendit chez les Han sans plus tarder.

Ce fut la petite servante Roseau qui lui ouvrit. Le maître était au chevet de son épouse, très éprouvée par les derniers événements. Le mage était en train de leur prodiguer d'ultimes conseils sur la manière de tenir les démons à distance. Ti s'installa dans la grande salle tandis que Roseau l'annonçait.

La décoration était principalement constituée de peaux arrachées à toutes sortes de grosses bêtes, qui pullulaient dans ces montagnes. Il y avait aussi de petits animaux naturalisés : belette, renard gris, et même une tête de cerf des steppes. Il contempla avec curiosité ces bestioles qu'il n'avait jamais vues et dont il ne croiserait jamais le chemin si l'administration renonçait à l'envoyer encore plus loin vers les limites du monde connu. Le sage taoïste vint le prévenir que la séance était finie et qu'il pouvait entrer.

Dame Yang se reposait dans son lit-cage, les traits

tirés. Elle savait à présent à quelles turpitudes elle s'était livrée et avait une idée de ce qu'elle avait subi sous l'emprise de son suborneur. Ti demanda si le mage leur avait conseillé des rites de purification.

– Nous avons surtout prévu un petit voyage à Peitcheou lorsque la date de l'exécution aura été fixée, répondit le mari, la mine sombre.

– Vous aurez des places réservées dans la tribune d'honneur, promit le magistrat.

Tian Tchen avait tâché de la débarrasser des trois entités maléfiques. Il assura qu'elle ne subirait de toute façon plus leur influence tant que nul ne prononcerait leur nom en sa présence. Comme il remettait à sa patiente une prière à l'efficacité prouvée, M. Han prit le juge à part pour lui demander si on ne pourrait pas faire envoyer ce prêtre à l'autre bout du pays : une fois le suborneur exécuté, il serait le seul à connaître les mots qui forçaient sa femme à obéir aux forces ténébreuses. Han Po l'aurait bien vu chasser de Hohhot sous un prétexte quelconque. Ti recommanda de lui remettre plutôt un don généreux pour l'entretien du temple de Lao Tseu.

Laissant le fourreur et le prêtre s'arranger entre eux, il retourna dans la pièce de réception où dame Yang avait tenté de poignarder son époux. Il se rappelait fort bien d'où elle avait tiré son arme. C'était un ensemble de casiers munis de poignées en bronze. Il tira de sa ceinture le couteau trouvé dans la poitrine du maître de go et le posa sur le meuble. Puis il ouvrit les tiroirs l'un après l'autre. Dans le troisième, il trouva non pas un, mais une dizaine de couteaux parfaitement identiques. Ils étaient alignés à côté d'autres outils tranchants, probablement des instruments utilisés par les fourreurs pour découper les peaux sans les abîmer. Il remarqua leurs beaux manches en peau de requin de couleur crème travaillée avec soin.

Il savait à présent qui avait tué Liu Yi : c'était Kaidutsi, l'inspirateur des parricides, par l'entremise de dame Yang. C'est donc le guérisseur Bai qui était derrière ce crime. Il avait réveillé le démon tapi à l'intérieur de la jeune femme et l'avait sommé d'aller mettre fin à la vie du maître de go. À l'heure dite, elle s'était rendue chez Liu Yi, qui lui avait ouvert en confiance, croyant à une bonne fortune. Une fois les faits commis, la pauvre ne se souvenait de rien. Elle était comme ces figurines en ombres chinoises que les bateleurs animaient sur les foires pour amuser les badauds. Bai lui avait ensuite commandé de tuer son mari, sans doute pour s'approprier leurs biens. Elle devait se suicider en cas d'échec pour éviter une enquête. Mais pourquoi un petit médecin avait-il fait assassiner un joueur de go sans fortune à qui rien n'avait été volé ? Liu Yi savait quelque chose sur le meurtre perpétré la veille chez le retraité Hou. En toute logique, ces crimes étaient reliés les uns aux autres. Ils répondaient à un mobile unique et devaient avoir été préparés de longue date.

Ti se garda d'annoncer à ses hôtes que la malheureuse s'était rendue coupable d'au moins un assassinat en plus de la tentative d'empoisonnement aux champignons vénéneux. L'heure était à la satisfaction générale. Le prêtre quitta la maison fort content : le fourreur l'avait couvert d'or dans l'espoir de lui faire oublier le nom des trois démons. Han Po ne tenait pas non plus à voir répandre de par la ville la nouvelle que sa femme s'était changée en furie lubrique.

Tandis que le commerçant consolait Lotus, Ti jeta

un coup d'œil aux affaires de cette dernière, rangées dans une série de coffres en cuir. Il y trouva une robe dont le bas avait roussi. Il était prêt à parier que Kaidutsi n'était pas étranger aux morts suspectes survenues à Hohhot avant son arrivée. Une maison avait été incendiée et une vieille femme poussée dans la rivière. Il eut la certitude que la personne qui avait provoqué tout cela était en ce moment même allongée dans le litcage derrière lui.

Le juge quitta la maison comme un somnambule, l'esprit occupé de pensées diverses. Les éléments du puzzle se mettaient en place lentement. Il se retrouva devant le poste militaire sans avoir fait attention où il allait. Le capitaine vint à sa rencontre, sourire aux lèvres.

– Comme Votre Excellence m'avait recommandé de trouver un compagnon de cellule intelligent pour faire parler Bai Juyi, j'ai eu l'idée de lui présenter ce que nous avions de mieux dans le genre : un joueur de go. Cet homme a été emprisonné pour dettes. Il encourt une longue peine, car il ne possède rien qui puisse être vendu pour rembourser ses fournisseurs. Mais ce n'est pas non plus un crime tel qu'il ne soit impossible à Votre Excellence de lui pardonner s'il nous rend le service que nous attendons.

L'officier avait un air finaud. Ti se demanda si ce pardon n'était pas justement ce sur quoi il comptait. Étant donné que les deux prisonniers passaient tout leur temps à jouer ensemble, il craignit aussi que l'abominable Bai convertisse l'autre à l'art du crime au lieu de lui faire ses confidences.

– Le problème, c'est que les parties se disputent en silence, remarqua-t-il.

Le capitaine paraissait très fier d'avoir dans sa prison un joueur capable de battre tous ceux qui se mesuraient à lui. Il partageait sûrement l'engouement général pour le jeu mis à la mode par son seigneur.

– Nous l'entraînons dans l'espoir de l'envoyer à la préfecture, confirma-t-il avec naïveté. Nous pensons nous cotiser pour lui payer le séjour.

Ti avait entendu dire que la folie du go s'était à ce point répandue dans l'armée que les soldats transportaient avec eux des jeux portatifs pour passer le temps lors des campagnes. C'était cependant la première fois qu'il entendait parler de gardes soucieux de financer la carrière d'un détenu.

– Si ses dons se confirment, nous l'adresserons ensuite au siège du gouvernorat de la province. Qui sait jusqu'où il pourra monter ? dit Tchou Tchai, des rêves plein les yeux.

Le juge entrevit les espoirs qu'on nourrissait autour de lui. Un excellent joueur pouvait se faire de puissantes relations. Tous savaient que le défunt Liu Yi avait été reçu à la Cour. Si leur protégé parvenait jusqu'aux cercles du pouvoir à Chang-an, il serait en mesure de favoriser l'avancement de ses protecteurs.

– Je dois remercier Votre Excellence de nous avoir amené ce Bai Juyi. C'est le premier qui parvient à tenir tête à notre champion. Ce sont les dieux qui nous l'envoient.

Ti était sur le point de lui rappeler que le guérisseur n'avait pas été mis là pour servir de challenger à leur poulain et que ces parties étaient censées servir à obtenir ses aveux. Un soldat accourut.

– Capitaine ! Il y a du grabuge dans la prison ! Deux prisonniers sont en train de s'entretuer !

– Ne me dis pas qu'il s'agit de…

– Si !

L'officier pénétra en hâte dans le bâtiment, suivi du magistrat, inquiet de savoir ce qu'ils avaient fait de son précieux dépôt. Le gardien tira l'énorme verrou qui fermait la lourde porte séparant le poste de la prison. C'était un bâtiment bas, édifié autour d'une cour sur laquelle ouvraient les cellules. Il était d'usage, la plupart du temps, de laisser les prisonniers déambuler à leur guise. On ne les enfermait que la nuit, hormis les plus dangereux ou les condamnés à mort. Les prisons chinoises étaient peu surveillées. On s'en évadait rarement parce que l'empire était bien organisé et qu'il était difficile à un inculpé d'échapper à la justice. Par ailleurs, les peines de longue durée s'effectuaient dans les mines ou à l'armée. Les geôles urbaines n'étaient que des lieux de transit où les délinquants attendaient les coups de bâtons ou les amendes qui suivraient leur jugement. Ils avaient en général plus à perdre qu'à gagner à essayer de s'enfuir.

L'espace commun présentait en outre l'avantage d'éviter au personnel des allées et venues permanentes entre les cellules et l'entrée. Comme les familles étaient priées d'assurer la subsistance de leurs proches emprisonnés, il se faisait un va-et-vient plusieurs fois par jour, surtout aux heures des repas.

Lorsque Ti pénétra dans l'enceinte, la cour était remplie d'hommes occupés à regarder deux de leurs compagnons qui tâchaient de s'étrangler l'un l'autre. Il reconnut le guérisseur Bai, allongé sur le sol. Le second, furieux, lui était inconnu. Le capitaine s'empressa de lancer des ordres pour qu'on les sépare. Les soldats firent pleuvoir les coups de bâtons sur les lutteurs, qui finirent par lâcher prise. Ti constata que l'envoûteur avait le don de se faire des ennemis partout où il passait. Avec le fourreur Han, cela faisait au moins deux personnes résolues à le tuer, dans cette bonne ville de Hohhot.

– Tricheur ! lança celui que Ti ne connaissait pas.

Le capitaine lui expliqua qu'il s'agissait du joueur de go sur qui reposaient leurs espoirs.

– Eh bien, il ne va pas nous être très utile, votre informateur, nota le magistrat.

De fait, les pugilistes furent enfermés dans des cellules éloignées. Ti observa le joueur par la lucarne de la porte. À peine assis sur son grabat, il s'était de nouveau penché sur son goban, sans doute pour élaborer quelque nouvelle stratégie. Le juge était en présence d'un obsédé. Il avait déjà eu l'occasion de remarquer que certains passionnés vivaient, pensaient, respiraient pour le go. En trichant, Bai Juyi avait commis le seul méfait impardonnable : il avait ébranlé l'univers intérieur de son compétiteur.

– Prenez garde que ces deux-là ne se retrouvent plus jamais ensemble, conseilla-t-il au capitaine. Cela se terminerait inévitablement par la mort de l'un ou de l'autre, et j'ai encore besoin de mon accusé, ne serait-ce que pour son procès.

L'officier promit de tout faire pour le lui conserver, bien qu'il regrettât visiblement la fin des exaltantes rencontres entre ses deux meilleurs joueurs.

Soucieux de changer de sujet, il demanda au magistrat, tandis qu'il le raccompagnait, s'il avait l'intention de visiter les curiosités locales. Il lui vanta particulièrement le tombeau de la princesse Zhaojun, héroïne au destin tragique.

– Ne me dites pas que vous avez, vous aussi, votre version de cette histoire ? répondit le juge.

Selon le capitaine, c'était délibérément que l'empereur des Han avait trompé le roi des Huns. Quand ce dernier, venu s'incliner devant lui à Chang-an, avait émis le désir insensé de devenir son gendre, la Cour n'avait pas songé un seul instant à lui proposer une princesse de sang impérial. Le stratagème avait consisté à lui présenter cinq concubines du gynécée dont Sa Majesté voulait bien se débarrasser, parmi lesquelles la fameuse Wang Zhaojun. On se disait avec raison qu'aux yeux du chef barbare n'importe quelle femme du palais un peu pomponnée aurait l'air d'une princesse. Fut-il la dupe de l'empereur, était-il assez fin diplomate pour feindre de croire ce qu'on lui disait, ou tomba-t-il amoureux de la belle jeune femme, nul ne le saura jamais. Le Hun emmena Zhaojun dans son royaume, elle devint sa favorite et lui donna un héritier, ou plutôt une héritière, car c'est sa fille, la princesse Yimuo, qui joua un rôle important à la tête de ce grand peuple.

– Zhaojun a permis le maintien de la paix entre ces deux nations pendant soixante-trois années, conclut-il avec la satisfaction du représentant de l'ordre qu'il était.

« Glissons sur les six siècles de guerre qui ont suivi », compléta Ti en son for intérieur.

– C'est pourquoi la princesse est toujours honorée dans nos temples, avec son beau manteau rouge.

– Oh, je sais ! répondit le juge.

L'image du fantôme au linceul sanglant entrevu au cimetière n'était pas près de quitter sa mémoire. Le capitaine prit congé à hauteur du portail.

– Votre Excellence ne doit pas s'inquiéter pour son prisonnier. Nous allons montrer à ces deux imbéciles la différence entre un jeu et la justice.

Ti était au contraire de plus en plus persuadé que tout cela était bien un jeu, et que la partie était loin d'être terminée.

# XI

*Le juge Ti découvre un secret épouvantable ; il examine une carte révélatrice.*

Ti était troublé de voir l'histoire de la princesse Zhaojun revenir régulièrement dans la conversation. N'y avait-il pas là un signe ? Son guide y avait fait référence, puis le spectre du cimetière, l'épouse du seigneur Tchao, le seigneur lui-même, et à présent le capitaine, comme s'ils s'étaient donné le mot. Le divin Confucius n'aurait pas agi autrement s'il avait souhaité attirer son attention sur un élément de l'enquête. Son devoir de magistrat était aussi d'être à l'écoute de ce que lui soufflaient les êtres invisibles.

Ses doutes et ses interrogations se multipliaient tandis qu'il déambulait dans Hohhot. Il avisa, sous un auvent, deux hommes penchés sur un échiquier qu'ils considéraient attentivement. Cette maison était celle où le seigneur Tchao avait fait annoncer une bonne nouvelle, le lendemain de son arrivée, alors que Ti se rendait chez le retraité Hou qu'on venait d'assassiner. Elle était toujours pavoisée de rouge, couleur du mariage et de la joie. Les deux joueurs devaient être le père de famille et l'un de ses fils. Les pions noirs et blancs recouvraient un cinquième du damier. Ils dessinaient les territoires que chacun des adversaires était parvenu à se constituer. « On dirait deux empereurs qui se disputent un pays », se dit le juge. Le go lui avait toujours paru tenir davantage de la stratégie militaire ou de la politique que de l'investigation policière, c'était la raison pour laquelle il s'y intéressait peu.

La ressemblance de ce goban avec la situation qu'il vivait depuis son arrivée le frappa tout à coup. Son regard alla du damier à la façade striée de banderoles rouges. Il tourna la tête : on apercevait un peu plus loin la demeure du retraité Hou. Il crut qu'il allait tomber à la renverse.

Il se mit à marcher de plus en plus vite, parcourant la ville comme un halluciné. Plus il avançait, plus ce qu'il voyait l'effrayait. Il avait l'impression d'être devenu fou, à moins que ce ne fût le monde autour de lui. Il se sentit minuscule. Il n'était plus qu'un misérable pion sur une grille, que des mains géantes déplaçaient à loisir.

Il lui fallut s'asseoir. Il se laissa tomber sur le premier tas de bois venu. Ses pensées se bousculaient. Le décor entier lui était devenu hostile en un instant. Il n'était plus dans une province éloignée, sur les frontières de l'empire chinois, il était dans l'esprit malade d'un dément qui forgeait l'univers à sa convenance, selon des règles dont lui seul avait conscience. L'assassin possédait à ce point le pouvoir absolu qu'il avait réduit autrui au rang de lentille sur un plateau de bois. À côté de lui, l'empereur des Tang, enfermé dans son palais, n'était qu'un doux rêveur sans influence sur la marche du monde. Plus il réfléchissait, plus Ti comprenait à quel point les événements récents n'avaient été qu'un songe dans un esprit tordu.

Ayant traversé toute la ville dans les deux sens, il se retrouva au poste de garde. Il pénétra à l'intérieur d'un pas nerveux et fit appeler le capitaine.

– Vous ! dit-il en pointant son doigt sur l'officier qui le regardait avec des yeux ronds.

Ti se dit qu'il devait avoir l'air d'un possédé – en réalité rien ne garantissait qu'il eût conservé la raison au moment où il avait compris qu'il avait affaire au pire criminel de sa carrière.

– Puisque vous vous intéressez tant à l'histoire de la princesse Zhaojun, vous allez m'accompagner. Je dois la voir immédiatement.

– Voir la princesse ? répéta l'officier tandis que le magistrat se dirigeait vers la sortie.

Ils empruntèrent deux chevaux de service déjà sellés et franchirent les limites de la ville en direction du tumulus. Tchou Tchai n'osait pas interroger le juge, qui s'était renfermé en lui-même et semblait plongé dans de sombres réflexions.

Ils laissèrent leurs montures au pied du gigantesque tas de terre pyramidal et entamèrent l'ascension le long de l'escalier raide et étroit qui menait au sommet. Le capitaine ne cessait de se demander ce qui poussait le mandarin à l'entraîner dans ses promenades d'agrément, mais il se garda bien de poser la moindre question. Bien qu'il eût peu l'habitude de ce genre d'exercice, Ti arriva en haut bien plus vite que la première fois. Il se tenait à l'intérieur du pagodon, le regard rivé sur le paysage, lorsque l'officier le rejoignit en soufflant et en toussant, la figure rouge.

Il eut quelques minutes pour reprendre son souffle. Le juge restait immobile, face à la ville en contrebas. Le capitaine contempla à son tour le paysage d'un œil satisfait.

– On a toute notre belle vallée devant les yeux,

depuis cette hauteur, dit-il pour rompre le silence. Quelle vue extraordinaire !

Le magistrat semblait beaucoup moins émerveillé par ce qu'il voyait.

– Par tous les dieux ! murmura-t-il entre ses dents.

Le capitaine le regarda avec perplexité.

– C'est le royaume du crime, ajouta Ti, fixant toujours la ville fortifiée. C'est son domaine, son terrain de jeu.

– Noble juge ? demanda le militaire. Vous vous sentez bien ?

Il voyait le magistrat tracer de grandes lignes dans l'air, la main tendue droit devant lui, comme s'il voyait des objets invisibles au commun des mortels. Ti tira de sa manche un petit rouleau de papier vierge et un fusain dont il se servit pour dessiner une sorte de grand carré barré de traits. Émergeant soudain de son recueillement, il appela le capitaine et se fit désigner certaines maisons, notamment celles du retraité Hou et de Liu Yi.

– C'est difficile à dire à cette distance, noble juge, bredouilla l'officier. Je crois que le défunt Liu habitait à côté de la pagode bleue, là-bas. Oui, c'est ça : ce doit être ce petit toit gris qu'on aperçoit sur la gauche.

Ti noircissait à présent des points à l'intérieur de son carré. Il finit par s'interrompre, la mine contrariée.

– Ça ne va pas, murmura-t-il. Ce n'est pas assez précis. C'est comme si je dessinais un paysage à travers le brouillard, expliqua-t-il au capitaine, j'en perds la moitié.

– Vraiment, noble juge ? répondit poliment le militaire.

Il se demandait où le magistrat voyait du brouillard : le temps était clair et l'air parfaitement limpide.

– Redescendons ! dit le juge. La solution est en bas !

– Ah bon ? fit Tchou Tchai.

Ti s'élança sur les petites marches, au risque de tout dévaler sur le dos. Une fois en selle, il demanda au chef des gardes s'il y avait un moyen de rejoindre au plus vite le château. L'officier le guida par les sentiers forestiers, puis ils coupèrent à travers champs.

Une fois rendus devant le portail en demi-lune, le magistrat lui ordonna de l'attendre. Tchou Tchai le vit pénétrer dans la résidence avec des airs de conspirateur. Deux éventualités s'opposaient dans son esprit : soit un complot d'une envergure sans pareille se fomentait à Hohhot, une tranquille petite ville qu'il connaissait comme l'ourlet de sa manche, soit ce magistrat avait pris un coup sur la tête et multipliait les actes incohérents. Seul le sens du devoir le retenait d'opter pour la seconde hypothèse.

Le capitaine s'interrogea ainsi jusqu'à ce que le portail s'entrouvre doucement, au bout d'une demi-heure. La silhouette du juge se glissa dans l'entrebâillement pour refermer sans bruit derrière elle, sous les regards perplexes du portier et des deux gardes postés là sur les ordres du propriétaire.

– Vite ! lança le mandarin. À la commanderie ! Il n'y a pas un instant à perdre !

Il avait découvert ce qu'il craignait : une tablette blanche supplémentaire était apparue sur l'échiquier géant. Une fois en ville, il demanda un plan détaillé de la cité qu'il étala sur une table.

Les murailles avaient été représentées avec soin, ainsi que les rues et même le contour des maisons particulières. Ti identifia immédiatement le poste de garde, près de la porte principale. Le capitaine désigna du doigt la demeure du retraité Hou et celle du maître de go. Le juge réclama une feuille de taille équivalente, sur laquelle il reporta à la règle de façon schématique les artères, qui se croisaient toutes à angle droit. Hohhot, comme nombre de villes chinoises, était conçue sur un plan simple. Le terrain plat de la vallée n'avait posé aucune difficulté. Elle était semblable en cela à la capitale, Chang-an, la Cité interdite en moins. Cette ordonnance parfaitement régulière correspondait à la fois à un souci de commodité et à la croyance des Chinois selon laquelle des règles évidentes gouvernaient le monde. Les fortifications rectilignes qui cernaient le tout avaient empêché l'agglomération de se développer de façon anarchique. Hormis un petit faubourg, la population s'était serrée à l'intérieur en ordre parfait, d'autant qu'il n'y avait aucune sûreté à bâtir sa maison à portée de razzia des barbares venus des steppes.

Ti avait devant lui un carré parcouru de lignes verticales et horizontales, il avait aussi sous les yeux l'explication de tous les désordres qui s'étaient commis à Hohhot ces derniers mois. Lorsqu'il eut reporté la carte sur une autre feuille en la réduisant à de simples traits, le capitaine le vit sortir de sa manche un papier plus petit, lui aussi strié. Des cercles vides ou pleins avaient été dessinés sur certaines intersections. Ti compara son relevé au plan de la ville et fit de petites croix sur certaines maisons.

– Je vais avoir à nouveau besoin de vous, déclara-t-il en considérant son travail.

– Je suis prêt ! répondit le militaire, bien qu'il ne vît guère en quoi il avait été utile jusqu'à présent.

Ti lui ordonna d'envoyer l'un de ses hommes à chacune des adresses qu'il venait de pointer.

– Ils devront d'abord observer la façade pour me rapporter ce qu'ils auront vu. Puis ils interrogeront les occupants. Je veux savoir si un événement particulièrement heureux s'est produit chez eux au cours des quatre derniers mois.

L'officier s'inclina et s'en fut répéter les ordres à ses subordonnés. Il ne put éviter de lire dans leur regard qu'une démence contagieuse était à leur avis en train de se répandre entre ces murs.

Dès qu'il fut de retour, le magistrat le pria de marquer sur la carte toutes les maisons dont un habitant était récemment décédé. Le capitaine fouilla dans sa mémoire. Il fit une croix sur la demeure de la femme qui s'était noyée dans la rivière, sur la maison qui avait brûlé, et sur quelques autres dont les familles avaient connu des déboires de même nature. Ti dessina un petit cercle autour de chaque croix.

– J'en étais sûr ! s'exclama-t-il, son regard allant et venant d'une feuille à l'autre.

À mesure que les soldats rentraient faire leur rapport, il ajouta à côté des cercles vides des cercles noircis au fusain correspondant aux adresses où ils s'étaient rendus. Les soldats le regardaient à présent comme un mage omniscient. La première de ces familles possédait une ferme qui avait été chargée de fournir les troupes en lait caillé, ce qui représentait pour ces gens un contrat mirifique. Dans la suivante, c'était un héritage inespéré qu'on venait de toucher. Et ainsi de suite jusqu'à la dernière. Quant à la façade, elle avait été ornée chaque fois de bannières ou de lampions rouges offerts par l'administration pour célébrer l'événement.

– Votre Excellence a un don de divination ! s'exclama le capitaine.

– Oh, non ! répondit le juge. Voyez-vous ce petit schéma que j'ai dessiné dans le jardin du seigneur Tchao ? C'est une partie de go qui se joue depuis des mois sur un damier géant. Il semble que nos joueurs se soient trouvé un échiquier encore plus grand !

Tchou Tchai se pencha sur les deux feuillets. À présent qu'il en connaissait le sens, le plus petit lui évoquait en effet un goban grossièrement tracé, avec ses pions clairs et sombres disposés par les deux adversaires. Il observa ensuite la copie du plan de Hohhot que le juge venait de faire, avec les cercles noirs et blancs qu'il y avait ajoutés d'après le rapport des soldats. La ressemblance était frappante : les taches formaient le même dessin sur l'un et sur l'autre.

– Les points blancs représentent les maisons en deuil, expliqua Ti. Les noirs, celles en liesse. Le premier point noir, je l'ai situé sans avoir besoin de vos hommes : il correspond à la maison où l'on prépare un mariage avantageux, généreusement arrangé par le seigneur Tchao. Ainsi que vos soldats viennent de me le confirmer, les façades de toutes ces demeures sont ornées de banderoles rouges qui proclament les réjouissances. Les autres sont barrées de blanc, couleur du deuil. Comprenez-vous ce qui se passe ? Hohhot n'est plus une ville : c'est un échiquier !

Le capitaine se pencha de nouveau sur la carte, les yeux écarquillés. Il poussa un soupir. Ils avaient le bonheur de se trouver sur un emplacement où le seigneur Tchao avait posé un pion rouge.

# XII

*Le juge Ti reconstitue une partie de go ; il donne l'explication de plusieurs meurtres.*

Les deux hommes en étaient là de leurs cogitations lorsque Tao Gan arriva du château.

– On ne s'inquiète pas de mon absence ? demanda le juge.

Son lieutenant le rassura : tout était tranquille. Le seigneur Tchao avait organisé un petit tournoi de go avec quelques amis. Ses grognements et ses mouvements d'humeur témoignaient de son regret d'avoir perdu le seul adversaire digne de lui. Tao Gan l'avait vu jeter un échiquier à la tête d'un de ses hôtes, qui avait commis le crime irréparable de perdre trop vite par absence de tactique.

– Notre ami aura bientôt de quoi exercer son esprit, je vous le promets, dit-il en lissant les longs poils de sa barbe.

Le moment était venu d'expliquer aux deux hommes ce qui se passait. L'un était avachi sur un siège, abasourdi. L'autre ignorait la raison de ces inquiétudes. Ti désigna la grille qu'il avait tracée de sa main et leur rappela les règles de bases du jeu : le but de toute partie était d'entourer le plus possible d'intersections vides par des pions que l'adversaire ne parviendrait pas à capturer. Le vainqueur était celui qui possédait le plus grand nombre de telles intersections, dites « points de territoire », une fois qu'on avait déduit du compte les pions faits prisonniers. Ti leur montra le plan de la ville :

– Hohhot constitue un damier de 9 par 9, plus petit que l'échiquier traditionnel qui compte dix-neuf lignes dans chaque sens et donc trois cent soixante et un points d'intersection, pratiquement un pour chaque jour de l'année. Comme le savent tous les passionnés, le go est un abrégé de l'univers ; cette idée aura sans doute influencé notre assassin jusqu'à lui faire perdre tout sens de la mesure. Nous allons maintenant dresser une liste chronologique des événements heureux et malheureux qui se sont produits ici ces derniers temps. Cela commence forcément par un motif de réjouissance.

– Pourquoi ça ? demanda Tao Gan, qui n'était guère familier de ce délassement pour fins lettrés.

Le capitaine, plus ferré que lui sur la question, se leva de sa chaise pour répondre :

– Parce que les noirs jouent toujours les premiers, dit-il d'une voix rauque. Si j'ai bien suivi le raisonnement de Son Excellence, les pions noirs sont représentés en ville par la couleur rouge, celle du bonheur.

– Exactement ! confirma le magistrat, ravi de constater qu'il n'était plus seul à subodorer ce qui se passait. La partie a donc commencé par un bonheur. J'ignore lequel. Ce qui est sûr, c'est que ces réjouissances ont été immédiatement suivies par un deuil, et que ce deuil a frappé une maison proche de la première.

Le capitaine évoqua la noyade accidentelle dans la rivière.

– C'est ce pion blanc, dit le juge en posant le doigt sur l'une des intersections.

– Vous voulez dire qu'il s'agissait déjà d'un meurtre ? s'écria l'officier.

– Dans ce cas et dans tous les autres, répondit le juge. Voilà des mois qu'il ne se produit plus rien de fortuit, dans cette ville. Un esprit malsain a pris la place des dieux pour décider du destin de chacun. Et ce destin se joue sur un goban situé dans le jardin du seigneur Tchao.

Le militaire éprouva le besoin de se rasseoir. Les conséquences de cette théorie lui donnaient le vertige.

– Si je comprends bien, dit-il, cela veut dire que le seigneur Tchao est l'un des deux joueurs. Il a décidé de tous ces accidents et de tous ces crimes.

– Pas exactement, dit le magistrat en agitant le doigt. Je ne pense pas qu'il ait choisi qui allait mourir.

– Qui d'autre, dans ce cas ? demanda Tao Gan.

– Son adversaire, bien sûr ! s'exclama le juge. Celui qui maniait les pions blancs ! L'honorable Liu Yi ! Avant d'être lui-même victime de cette partie sanglante qu'il disputait avec la mort ! Voyez-vous, il est de tradition que le joueur le plus faible prenne les pions noirs. C'est donc le seigneur Tchao qui a eu en charge la couleur rouge, celle de la joie. Le maître de go jouait avec les blancs : c'est lui qui désignait les maisons où un malheur devait survenir pour que des banderoles blanches marquent la façade et que leurs habitants troquent leur bonnet bleu, typique de cette région, contre une tenue de deuil immaculée.

Ses deux interlocuteurs fixaient des yeux le magistrat. Leur esprit avait du mal à accepter l'idée qu'un criminel ait pu pousser aussi loin sa passion meurtrière.

Le seigneur Tchao avait haussé l'assassinat au rang d'une construction intellectuelle, autant dire d'un art, comme l'était le go.

– Je comprends que cette partie ait duré si longtemps, reprit le juge. Lorsqu'il a remarqué la coïncidence entre ses coups et les deuils qui frappaient la ville, Liu Yi n'a plus osé placer le moindre pion sur l'échiquier. Contrairement au seigneur Tchao, il habite au cœur de la cité. Jour après jour, coup après coup, il voyait les façades se colorer autour de chez lui. Pour les joueurs de son niveau, le go est un art de vivre. La ressemblance entre Hohhot et un damier a fini par lui sauter aux yeux comme à moi. Les fortifications figurent les bords du plateau. La ville est de forme carrée et quadrillée à angles droits. Voyons, dit-il en se tournant vers l'officier, le seigneur Tchao a-t-il fait effectuer des modifications d'envergure, ces dernières années ?

Le capitaine confirma qu'il avait fait abattre une vaste maison, sur l'emplacement de laquelle on en avait construit trois plus petites, parfaitement alignées. Il avait assumé tous les frais de ces transformations et avait pris soin de reloger les habitants. Il avait aussi fait édifier deux bâtiments dans les angles, ce qui avait eu pour conséquence de parfaire l'aspect rectiligne de la cité.

– Il a en quelque sorte sculpté Hohhot pour qu'elle soit telle qu'il la souhaitait, conclut Ti. Sa résidence se situe à l'extérieur de la partie, un emplacement idéal. Tchao Xiang est semblable aux dieux : hors du jeu, dont pourtant il manipule les pièces selon une logique connue de lui seul. Les habitants restent tranquilles et neutres jusqu'à ce que l'un des adversaires décide de jouer sur leur case, et leur destin bascule alors du jour au lendemain.

Ce système avait une limite que Tao Gan ne manqua pas d'entrevoir :

– Comme cette partie dure depuis longtemps, noble juge, il a bien dû se produire des deuils ou des mariages incontrôlés qui ont bouleversé la ressemblance entre la ville et l'échiquier.

Le magistrat se tourna vers l'officier, qui cherchait dans sa mémoire.

– Je me souviens, dit ce dernier. Quand le mari de la boulangère est mort, le seigneur Tchao lui a offert une maison hors de la ville, avec un potager et quelques bêtes. Nous l'avons aidée à déménager. Et quand les Tchong ont marié leur fils, le seigneur a décrété qu'il devait s'en aller à l'armée, ce qui a annulé les festivités.

Ti regardait ses feuillets d'un air pensif. « Bravo, auguste seigneur, murmura-t-il dans sa barbe. Il n'y a pas de défi que vous ne puissiez relever. Je compte néanmoins vous en lancer un qui risque de vous poser quelques difficultés. »

– Ce que je ne comprends pas, noble juge, dit Tao Gan, c'est pourquoi le seigneur Tchao s'est privé de son adversaire. Car c'est lui qui a fait assassiner Liu Yi, n'est-ce pas ?

– Il s'est vu contraint de casser son beau jouet, dit le juge. Maître Liu avait des doutes, mais il lui fallait des certitudes. La mise en cause d'un seigneur local tout-puissant n'est pas une mince affaire, surtout quand on n'est en fin de compte qu'un étranger comme l'était Liu Yi. Le soir où je suis arrivé à Hohhot, il a décidé de jouer un coup décisif. C'était une véritable provocation. Il a vu dans ma présence une occasion à ne pas manquer. Il comptait me raconter toute la vérité dès qu'il aurait eu de quoi prouver ses dires. Lorsque le seigneur Tchao l'a engagé devant ses hôtes à reprendre la partie, il a posé son pion, une tablette blanche, couleur du deuil, sur l'emplacement du goban correspondant à la demeure de l'un des invités, un commerçant riche et autoritaire pour qui il n'éprouvait guère d'estime : le retraité Hou. Voilà pourquoi il a fait cette allusion déplacée au trépas possible de ce convive, durant le souper qui a suivi. Le lendemain matin, ayant appris le meurtre de Hou, ses derniers doutes se sont envolés. Il tenait sa preuve : j'avais été témoin de la partie qui s'était jouée la veille et j'étais en mesure de prendre l'enquête en main. Alors que je me rendais chez le défunt Hou pour constater les faits, mon palanquin s'est arrêté dans une maison proche du lieu du crime, que le seigneur Tchao venait de favoriser : c'était l'emplacement correspondant à son propre pion rouge de la veille, qu'il lui fallait marquer à l'intérieur de la ville. C'est en voyant aujourd'hui les deux façades, l'une bariolée de blanc et l'autre de rouge, que la vérité m'a sauté aux yeux. Malheureusement, j'ai été si accaparé par l'enquête sur le meurtre de Hou que j'ai omis d'aller voir maître Liu immédiatement. J'ai surpris dans la soirée, au château, une querelle entre lui et un homme qui était sûrement le seigneur Tchao. Ce dernier l'aura fait venir pour continuer la partie, et Liu aura été incapable de lui dissimuler le dégoût qu'il lui inspirait, ce qui a scellé son sort. Le go est une façon de voir le monde, pas de le détruire. Leurs deux conceptions du jeu étaient inconciliables. Tchao est comme un élève qui trahit son maître et utilise à des fins néfastes l'art qu'on lui a transmis. Il est le vivant cauchemar de tout véritable adepte du go. Il a perverti ce jeu pour le modeler à l'image de son esprit pervers. Une fois percé à jour, il lui fallait éliminer Liu, qui risquait de tout me révéler – ce qu'il s'apprêtait à faire, puisque sa dernière préoccupation fut d'écrire une lettre par laquelle il sollicitait une entrevue. Après l'avoir fait tuer, le seigneur Tchao a lui-même ajouté sur son échiquier un pion blanc dont l'emplacement correspondait à la demeure du défunt.

Tao Gan restait perplexe.

– Cependant, noble juge, je ne vois pas comment le seigneur Tchao a pu perpétrer ses forfaits, alors que sa résidence est surveillée jour et nuit par des gardes et qu'elle se situe hors la ville, laquelle est fermée du crépuscule à l'aube.

– C'est là une nouvelle manifestation de son génie : il a commandé ces crimes à distance, sans jamais se salir les mains. C'est pourquoi nous devons le pousser dans ses retranchements. Je veux le forcer à commettre une faute qui me donne une raison de l'appréhender.

Les deux hommes ne pouvaient détacher leur regard du plan de Hohhot.

– À présent, reprit le juge, il n'a qu'un désir : retrouver un concurrent digne de lui pour reprendre la partie. Quelqu'un à qui il ait envie de s'opposer, un noble, un mandarin. Nous allons lui donner cette satisfaction. Je suis sûr que le seigneur Tchao est très intéressé par les ragots sur la population, n'est-ce pas, capitaine ?

Ti savait déjà que la patronne du Pavillon-Bleu renseignait la police sur les petits travers de leurs concitoyens. Bien qu'embarrassé, Tchou Tchai admit que le seigneur les avait en effet priés, voici quelque temps, de tenir des tablettes sur les habitants de Hohhot. C'était là, selon lui, une excellente manière de faire régner l'ordre. La méthode était, paraît-il, en vogue à la capitale.

– Peut-on les voir, ces tablettes ? demanda le juge.

– Hélas non, répondit l'officier. C'est le seigneur Tchao qui les conserve. À présent, il doit avoir des renseignements sur à peu près tout le monde en ville.

Le juge Ti se vit fort contrarié, jusqu'au moment où il remarqua l'expression de plus en plus gênée du militaire.

– En vérité, il se peut que j'aie pris quelques notes avant de les lui remettre… dit-il en sortant une liasse de papiers d'une boîte à archives posée sur un rayonnage.

Tchou Tchai avait copié les renseignements concernant les familles les plus en vue. Ti constata une fois de plus que l'espionnite était un mal contagieux. Le dossier contenait notamment une fiche sur le clan Hou. On y avait fidèlement transcrit les indications livrées par la maquerelle. Les mœurs du majordome et sa liaison avec le neveu du patriarche y étaient décrites noir sur blanc. Ti fut horrifié de voir des faits d'ordre strictement privé aboutir dans les archives de la force publique.

– Rien sur la maîtresse de maison ? demanda-t-il.

– Rien, noble juge. Il n'y a qu'une ligne sur le valet Xu, qui a des dettes de jeu.

– Des dettes de jeu, tiens donc… répéta le magistrat.

Il réfléchit quelques instants avant de briser le silence consterné qui s'était abattu sur la pièce.

– Je dois à présent affronter le dragon en son palais de jade, déclara-t-il.

Il retourna sans tarder au château, s'attendant à devoir mener un combat feutré mais sans pitié.

La lumière dorée de l'après-midi magnifiait le domaine, la splendide allée, les jardins merveilleux, hantés de rochers aux formes tourmentées et de pins artistiquement tordus, la massive demeure aux colonnes rouges. C'était bien le palais de jade du roi dragon. Une résidence de rêve dont chaque recoin recelait des sortilèges impénétrables. Son hôte vint à sa rencontre du plus loin qu'il l'aperçut.

– Noble juge ! Je suis content de vous voir !

– Et moi autant que vous, seigneur Tchao, je vous assure. Avez-vous trouvé un partenaire pour votre partie de go ?

La mine du maître de maison se rembrunit.

– Hélas non, répondit-il en levant vers le magistrat des yeux de chien battu.

– Dans ce cas, je ne puis refuser plus longtemps sans me montrer impoli. Je prendrai avec joie la suite du défunt. Bien que mes compétences soient infiniment plus faibles que ce maître éminent, je dois vous en prévenir.

Ce n'était pas une formule de rhétorique : Ti n'aimait guère ce jeu, l'avait pratiqué de manière très épisodique et ignorait complètement comment il allait s'en sortir. Il devait non seulement éviter l'humiliation, mais aussi orienter la partie dans le sens qui lui conviendrait, ce qui nécessitait une grande habileté. Sans quoi la ville de Hohhot connaîtrait un carnage effroyable.

La joie de Tchao éclata comme un rayon de soleil dans un ciel d'orage.

– Je savais que je pouvais compter sur Votre Excellence ! Vous me tirez d'un grand embarras. L'idée de laisser cette partie en suspens m'était insupportable. Aucun de mes administrés n'est capable de reprendre le flambeau. Je les ai mis à l'épreuve, tout à l'heure : ce sont des sots qui n'entendent rien à l'art sublime du go. Il ne suffit pas de savoir déplacer ses pions, il faut en partager l'idéal. Seul un être supérieur tel que vous peut saisir la portée de ce qui se joue sur un damier.

– Oh, soyez sûr que je la saisis, répondit le juge. Je la saisis très bien.

Son hôte était trop à son exultation pour sentir l'allusion contenue dans ces propos.

Le juge trouva dame Lin à sa toilette. Elle était occupée à polir ses ongles interminables, l'un des ornements les plus importants d'une femme de la noblesse, puisqu'ils proclamaient le fait qu'elle n'avait pas à travailler. Il déposa sur un meuble un petit goban et ses pots à jetons empruntés à la collection de leur hôte.

– Au fait, j'ai trouvé un obstacle qui empêche totalement notre alliance avec ce clan, dit-il.

– Ah, tiens ? fit sa Première en considérant d'un œil satisfait la courbure de ses ongles.

– Le futur beau-père est un meurtrier qui a fait tuer plusieurs innocents à travers sa ville de Hohhot. Cela constitue une infraction à la loi qui entre tout à fait dans les causes d'annulation de fiançailles, ne croyez-vous pas ?

Madame Première le contempla avec consternation. Jusqu'où son mari était-il allé pour éviter ce mariage ?

– J'espère que vous ne nous ferez pas chasser d'ici à coups de pierres, dit-elle. Ce n'est pas en inventant n'importe quel prétexte que vous nous sortirez de ce mauvais pas. Des meurtres, rien que ça !

– Je passe sur ceux qui ont précédé notre arrivée, reprit le juge. Depuis que nous sommes ici, notre cher hôte a commandité l'assassinat du retraité Hou et du maître de go, deux personnes avec lesquelles il m'a fait dîner au préalable !

Comme son épouse restait dubitative, il entreprit de lui expliquer de quelle manière le futur beau-père de leur fille s'y était pris.

– Le meurtre du retraité Hou s'est décidé durant la soirée donnée en mon honneur, le jour de mon arrivée. Tchao Xiang avait une cible : la maison du vieil homme. Il lui fallait une victime, un assassin et un mobile qui pousse ce dernier à se jeter sur sa proie.

– Je ne comprends pas un mot de ce que vous me dites, rétorqua madame Première, glacée.

– Peu importe. Sachez que notre hôte, un homme vraiment charmant, oblige sa police à tenir des fiches sur ses concitoyens. C'est en les consultant qu'il a identifié les maillons faibles de la maison Hou. Il y avait d'abord le majordome, amoureux du neveu de madame.

– Pardon ? fit dame Lin.

– C'était une option intéressante, mais il lui aurait fallu du temps pour le convaincre d'estourbir son patron. Les sentimentaux ne font pas des tueurs très efficaces, ils manquent de sang-froid. Tchao connaissait en revanche une autre personne, dans la maison, qui avait un urgent besoin d'argent et sauterait peut-être sur l'occasion. Il l'a donc contactée pour lui proposer un marché.

– En pleine nuit ? s'étonna madame Première. Avec le château surveillé par la garde et les portes de la ville qu'on ne peut faire ouvrir sans donner son identité ? S'il avait envoyé quelqu'un, les soldats l'auraient su et l'un d'entre eux vous l'aurait dit !

– Il n'a pas eu besoin d'envoyer qui que ce soit, dit le juge, dont les yeux pétillaient de malice. Vous ne comprenez pas ? Il a fait porter le message par la victime elle-même ! C'est le malheureux M. Hou qui a transmis à son assassin l'ordre de l'exécuter ! Un coup remarquable, je dois bien l'admettre. Ce Tchao est un joueur redoutable, je me demande comment je vais me débrouiller pour gagner cette partie de go.

– Voulez-vous dire que Tchao Xiang a remis à son invité une lettre par laquelle il priait le destinataire d'assassiner le porteur ?

– En quelque sorte. Au moment de nous séparer, il a offert au retraité Hou un vase en bronze pour sa collection. Ce vase était dégoûtant : on avait dû le recouvrir de boue sur ses ordres pendant le dîner. Il savait que M. Hou remettrait l'objet à son valet dès son retour pour qu'il le nettoie. En procédant à cette tâche, le jeune homme a trouvé à l'intérieur un message qui lui était adressé.

– Un billet qui lui disait : « Tuez donc votre patron, vous me ferez plaisir » ? Ils sont obéissants, les gens de Hohhot !

– Un message qui lui suggérait le moyen de rembourser ses dettes et d'accéder à la fortune en un coup de poignard. Et qui lui promettait l'impunité complète en cas de souci. De la part de la personne chargée de faire régner l'ordre dans toute la vallée, c'était comme un oracle divin. Je ne m'étonne plus d'avoir les pires difficultés à obtenir les aveux de mes suspects : ils attendent tous que leur commanditaire les tire d'affaire. Et si je n'arrive pas à frapper ce complot à la tête, j'ai tout lieu de croire que leur espoir ne sera pas déçu ! Le valet avait un mobile, la promesse de n'être pas poursuivi, et disposait en plus d'un coupable tout désigné en la personne du majordome ! Sans moi, le seigneur Tchao se serait empressé d'instruire à charge contre Wei Yin et l'affaire serait déjà terminée.

Madame Première était dubitative.

– Je reconnais que, si ce que vous dites est exact, notre hôte s'est fort mal conduit. Mais vous parliez de plusieurs meurtres.

– Il a ensuite fait tuer le maître de go. Ce coup-là était plus délicat : Liu Yi n'avait à son service qu'une gouvernante qui le vénérait. Tchao s'est servi une nouvelle fois des renseignements qu'il disposait sur les petits travers de ses administrés. Il savait par la maison de passe que sa future victime avait une faiblesse pour les belles jeunes femmes. Or Tchao en avait justement une sous la main, qui ne pouvait rien lui refuser. Il s'en était déjà servi pour commettre d'autres crimes : pousser une vieille dame dans la rivière et mettre le feu à une maison.

– Dites-moi, y a-t-il autre chose que des délinquants, dans cette bonne ville ? dit sa femme, qui se demandait dans quel nid de serpents elle était tombée.

– J'ai en prison un autre suspect qui ne veut rien me dire : votre cher ami le guérisseur Bai.

Madame Première sursauta à ce nom. La simple évocation du charlatan lui donnait envie de réciter les prières dont le prêtre taoïste lui avait assuré qu'elles protégeaient des envoûtements.

– Cet horrible individu a ensorcelé dame Yang, l'épouse du fourreur Han, dont il a fait sa marionnette. Sous l'emprise conjointe de Yeou-Ying-Kong, dieu de la luxure, et de Kai-dutsi, patron des assassins, Bai l'a envoyée chez le maître de go après la tombée de la nuit, à une heure où la gouvernante du vieillard était couchée. Liu Yi a dû croire que c'était son aura d'esprit supérieur qui lui valait cette bonne fortune. De même que Hou avait porté son ordre de mort à son propre assassin, Liu a introduit chez lui celle qui venait le tuer. Elle l'a poignardé avec l'un des couteaux de son mari, ce qui m'a permis de faire le lien entre ce meurtre et elle.

– Nous sommes dans une adorable petite cité, dit dame Lin. Nous devrions la quitter au plus tôt et n'y jamais remettre les pieds. Peut-on au moins connaître le motif de ces atrocités ?

– Oh, c'est très simple, dit son mari avec un air mystérieux : le seigneur Tchao voulait remporter une partie de go.

La perplexité de sa femme se mua en ahurissement.

– Vous ne me croyez pas ?

– Si, si, dit-elle en se levant pour ouvrir le lit. Pour l'heure, vous allez vous coucher. Nous reprendrons cette conversation demain matin, quand vous serez reposé. Je crains que l'agitation de ces derniers jours ne vous ait exténué.

Ti avait d'autres projets.

– Je n'ai pas le temps de dormir. J'ai besoin de m'entraîner. Une petite partie ? proposa-t-il en désignant l'échiquier et les deux pots à jetons qu'il venait d'apporter.

Dame Lin se résigna à lui servir de partenaire puisque l'avenir de leur fille semblait dépendre d'un jeu de société qu'elle avait toujours cru inoffensif.

# XIII

*Le juge Ti se trouve un précieux assistant ; il se voit forcé de défendre la tête d'un assassin.*

La soirée s'était prolongée assez longtemps pour que Ti pût se faire une idée de son habileté au go. Les trois parties qu'il avait disputées contre son épouse ne lui laissaient guère d'illusions : il avait été battu trois fois à plate couture. Certes sa Première avait plus que lui le loisir de s'entraîner avec les compagnes secondaires, tandis qu'il employait son temps à faire régner l'ordre et la justice dans les districts confiés à son administration. Sa conclusion était qu'il aurait mieux valu qu'elle affronte le seigneur Tchao plutôt que lui ! Encore n'était-il pas sûr que les talents de dame Lin suffisent à dérouter son adversaire. Pour battre ce dernier, il allait avoir besoin de tout le renfort possible.

Dans la bibliothèque de son hôte trônait en bonne place un exemplaire très défraîchi du *Parfait manuel du go*, qu'il passa plus d'une heure à parcourir avec avidité. Ce livre était la panacée, à condition de pouvoir mettre à profit les innombrables conseils qu'il énonçait. Le seigneur Tchao avait dû se plonger maintes fois dans cet ouvrage et le connaissait sûrement mieux que lui. Ti frémit à l'idée de devoir affronter une à une les tactiques compliquées décrites au long des chapitres. Tchao allait lui servir la technique du *Parfait manuel* à la façon d'une armée d'archers pilonnant une ville assiégée. Au bout de trois coups, le juge n'aurait plus aucune chance de gagner ; la suite serait une interminable mise à mort, au propre comme au figuré.

Un vieux grimoire ne pouvait suffire à rétablir l'équilibre entre les blancs et les noirs, encore moins à assurer la victoire du bien sur le mal. Ti songea qu'il faudrait au moins invoquer le dieu du go tapi à l'intérieur de cet ouvrage pour le supplier de manipuler les pions à sa place. Seul le guérisseur Bai aurait peut-être pu accomplir un tel miracle !

Le magistrat revit en pensée l'ignoble ensorceleur aux prises avec cet autre prisonnier, dans la cour de la prison. Une idée lui vint. Il s'habilla pour sortir et commanda aux porteurs du palanquin de le conduire au cercle de go de Hohhot, là où se réunissaient les meilleurs joueurs de la cité.

Le cercle était en fait un salon de thé coquet, situé dans un quartier huppé. Il portait une enseigne « Aux Cinq Dragons ». Un bas-relief en bois avait été accroché au-dessus de la porte : on y voyait deux de ces bêtes fantastiques encadrant un goban. À cette heure matinale, il n'y avait là que le tenancier, occupé à balayer entre les petites tables et les tabourets dévolus aux passionnés de stratégie. Il avisa le visiteur en train de contempler la sculpture et s'approcha.

– D'après la légende des cinq dragons, expliqua-t-il, un dragon noir et un dragon blanc se disputèrent pour savoir qui d'entre eux était le plus puissant. Ils créèrent le go pour se départager. Les dieux envoyèrent alors un troisième dragon observer la partie et lui ordonnèrent de ne rentrer faire son rapport qu'une fois qu'elle serait terminée. Étant immortels, ils étaient infiniment patients. Ils jouent depuis des milliers d'années, et les dieux envoient un nouvel observateur à chaque millénaire. Actuellement, trois dragons regardent le jeu, et le quatrième devrait être envoyé d'ici quelques années.

Le juge constata que ce jeu avait envahi jusqu'à la mythologie chinoise.

– Le monde est un jeu de go dont les règles ont été inutilement compliquées, conclut le gardien.

Dès que le magistrat se fut présenté, son interlocuteur, très ému, voulut lui baiser les mains. Il nourrissait un ardent désir de voir le « père et mère du peuple » saisir au collet l'assassin du célèbre joueur, et appela mille malédictions sur l'impie qui avait osé priver leur ville d'une personnalité chérie de tous.

– C'est une perte irréparable, noble juge. Sa mort nous prive de celui qui faisait l'orgueil de notre confrérie. Jamais plus nous n'aurons parmi nous un spécialiste aussi brillant.

Ti espérait néanmoins qu'il restait parmi eux un joueur de talent.

– J'ai besoin des conseils du meilleur d'entre vous pour m'assister dans une partie difficile, expliqua-t-il.

Le gardien était entraîné à deviner les intentions de ses interlocuteurs, c'était une déformation due au jeu auquel il consacrait sa vie.

– S'il s'agit de la partie laissée en plan par notre maître vénéré, nous avons tous été disqualifiés, noble juge, répondit-il en hochant la tête avec regret. Le seigneur Tchao a affronté hier, l'un après l'autre, les meilleurs membres de notre société. Les plus chanceux s'en sont tirés sans recevoir le damier à la figure. Je crains qu'aucun d'eux ne soit en mesure de vous épauler. Sauf peut-être…

Il s'interrompit. Le nom qu'il s'apprêtait à prononcer n'était pas digne du magistrat.

– Sauf ? répéta le juge, plein d'espoir.

Il se doutait de ce qu'on allait lui proposer. Il avait eu la même pensée avant de quitter le château, mais avait espéré qu'on lui recommanderait un individu plus fréquentable.

– Il y a bien quelqu'un qui a fait preuve de certaines facilités pour ce jeu. Oh, ce n'est pas un habitué. Nous l'avons invité quelquefois, bien qu'il ne soit pas du même rang que notre clientèle. Si je n'ose en parler à Votre Excellence, c'est que cet homme ne fait pas partie des notables de Hohhot. C'est un repris de justice. Il est actuellement emprisonné pour un vol commis sur l'un des membres de notre petit groupe. On ne plaisante pas avec ce genre d'affaire, de par chez nous. Il n'est pas près de reparaître à l'air libre.

Le moral du magistrat en prit un coup. On lui avait dit que cet homme était en prison pour dettes ! Le vol était un délit beaucoup plus grave.

Selon le gardien, ce Hsu Sung-nien était une sorte de prodige. Il était pratiquement illettré et avait appris les règles en regardant jouer les gens dans la rue. Dès qu'on lui avait permis de disputer une partie, on s'était aperçu qu'il maîtrisait les arcanes du go de façon extraordinaire. Son intelligence semblait avoir été conçue pour cela. Il était rapidement devenu un joueur acharné et hors du commun.

– J'ai ouï dire que certains membres de notre confrérie sont allés lui rendre visite en prison pour continuer de l'affronter.

Ti prit congé sans plus tarder. Il avait deux mots à dire au capitaine.

Lorsqu'il pénétra dans le bureau de l'officier, celui-ci s'empressa de fermer la porte derrière lui et s'adressa au juge à voix basse. À présent qu'il savait quelle abomination s'y jouait, il ne voyait plus la ville de la même façon. Il n'osait plus rien dire ni rien faire de crainte que la nouvelle se répande. Comment empêcher les habitants d'exprimer leur colère de la manière la plus violente s'ils l'apprenaient ? Nul doute qu'ils s'en iraient brûler le château des Tchao. La garde serait impuissante à les contenir ; bien heureux si le poste militaire ne subissait pas un sort identique ! Ce serait l'anarchie, la rébellion ! La région était acquise à l'empire de fraîche date. Le gouvernorat leur enverrait l'armée et ils auraient une guerre civile sur les bras. Le passe-temps pervers de leur seigneur risquait de mettre toute la province à feu et à sang. Il en avait perdu le sommeil, l'appétit et sa joie de vivre.

– Il ne tient qu'à vous que ce secret reste entre nous, affirma le juge. Je m'emploie pour ma part à résoudre ce problème dans les plus brefs délais. Il importe de conserver entre nous une étroite collaboration. J'ai justement quelques remarques à vous faire à ce sujet.

Le capitaine lui assura qu'il pouvait compter sur sa plus parfaite obéissance. Le juge fronça le sourcil.

– Dites-moi, vous m'avez raconté que le dénommé Hsu Sung-nien était chez vous par suite de ses dettes. Or on m'apprend qu'il s'agit d'un voleur ? Vous ne m'aviez pas dit non plus que vous organisiez des rencontres officieuses entre vos murs. Tout cela me paraît peu réglementaire.

L'officier se lança dans des explications embarrassées.

– Si nous avons autorisé ces visites, c'est que la réputation de notre pensionnaire a franchi les murailles de sa prison. Certains estiment qu'il a l'étoffe d'un champion.

Il ajouta qu'à son avis une injustice avait été commise à son encontre. Ce Hsu avait effectivement de menues dettes, mais ce n'était pas cela qui avait provoqué son incarcération. Pour rembourser ses fournisseurs, il avait commis une légère entorse à la loi, qui avait été considérée comme une indélicatesse par le seigneur Tchao.

– Peut-on savoir le genre de délit qui choque la morale de notre auguste seigneur, si à cheval sur les bonnes mœurs quand il s'agit d'autrui ?

Pour se procurer des fonds, Hsu avait intéressé une partie. Or le seigneur Tchao avait expressément interdit qu'on mêlât le vil argent à ce jeu sublime. Il considérait que cela pervertissait la philosophie du go. Cette transgression lui avait paru une faute impardonnable.

– Il a fait jeter cet homme en prison pour avoir misé quelques pièces ? s'étonna le magistrat.

Le capitaine était gêné. Bien qu'il connût les épouvantables turpitudes commises par son seigneur, il conservait encore pour lui un respect servile qui l'empêchait de le décrier à son aise.

– Notre seigneur est très bon, très généreux, mais il est aussi très susceptible. Si Hsu n'a bénéficié d'aucune mansuétude de sa part, c'est parce qu'il a eu l'outrecuidance de le battre lors de l'unique partie qu'ils ont disputée ensemble au cercle.

Ti bondit sur ses pieds.

– Il l'a battu ? C'est pour cela qu'il est en prison ?

– Pas exactement, noble juge. J'ai cru comprendre qu'il avait commis une autre erreur irréparable. Non seulement il l'a battu, mais il l'a fait en utilisant une tactique non répertoriée par les annales. C'est cela qui a provoqué la fureur de son adversaire. Le seigneur Tchao a saisi le premier prétexte pour lui faire payer son outrecuidance. Il y a de ces fautes de goût qui peuvent coûter plus cher qu'un délit ou même qu'un crime.

Ti en était bien persuadé. Combien de courtisans ou de hauts fonctionnaires avait-il vu chasser du palais, du temps de son emploi aux Archives impériales, pour crime de mains moites ou de mauvaise haleine ? Ce Hsu était l'homme qu'il lui fallait. Lui seul pourrait contrer les techniques exposées par le *Parfait manuel du go*. Il avait en outre des raisons de vouloir se venger de celui qui l'avait fait emprisonner. Ti comptait bien lui en fournir le moyen.

Il réclama qu'on lui amène sur-le-champ le délinquant. En attendant, il s'efforça de se composer une attitude afin de ne pas avoir l'air aux abois. Il s'installa de l'autre côté de la table, sur laquelle il étala quelques papiers pour faire croire qu'il avait consulté des documents. Il respira profondément et donna à son visage une expression de juge inflexible.

Le capitaine revint en compagnie du prisonnier que Ti avait aperçu la veille dans la cour. Hsu Sung-nien était une sorte d'échalas à la mine ténébreuse. On avait dû l'arracher à l'une de ses interminables parties pour qu'il ait l'air aussi contrarié.

– N'aie pas peur, dit Ti : tu n'as rien à craindre de ma part.

Le capitaine poussa le prisonnier devant le bureau. Il s'apprêtait à le faire mettre à genoux quand Ti fit signe de le faire asseoir sur un tabouret, ce qui était un grand honneur. Le juge s'éclaircit la voix.

– Hum. Comme tu le sais peut-être, je suis ici en tournée de collecte fiscale. J'ai souhaité mettre mon séjour à profit pour alléger la charge que constituent les trop nombreux détenus de cet établissement. J'ai donc examiné leurs cas. Le tien m'a paru de faible gravité. Aussi suis-je disposé à arranger tes affaires pour te permettre de quitter ces lieux plus vite que tu ne pouvais l'espérer.

Comme le capitaine lui donnait un léger coup dans le dos pour solliciter une réponse, Hsu articula entre ses dents qu'il était honoré de l'intérêt que Son Excellence voulait bien lui porter. Il ajouta avec amertume qu'il serait déjà sorti depuis longtemps si le seigneur Tchao considérait les problèmes de ses administrés avec la même attention.

– Oui, bon, enfin, dit le juge, contrarié qu'un prévenu ose critiquer le seigneur en sa présence. Quoi qu'il en soit, j'envisage la possibilité de t'accorder ma grâce. Es-tu content ?

Hsu répondit sans ciller que son cœur débordait d'allégresse.

– Bien, dit le juge. J'ai entendu dire par ailleurs que tu te débrouillais assez bien dans un petit jeu de société qui connaît actuellement une certaine vogue. Il se trouve que je m'y suis mis récemment, moi aussi. Tu accepterais sûrement de me donner quelques conseils ?

Le détenu assura qu'il s'en ferait un devoir. Le juge

tira de sa manche le papier sur lequel il avait noté la partie en cours. Le détenu observa le dessin durant quelques instants, sans réaction particulière.

– Peux-tu m'aider à comprendre cette partie ? demanda le juge, qui en avait un peu assez de devoir lui arracher chaque mot.

L'homme affirma qu'il le pouvait. Mais n'ajouta rien de plus. Ti s'attendait à l'entendre lui expliquer la tactique employée par chacun des joueurs. Voyant que rien ne venait, il décida d'appâter sa proie.

– Je saurai me montrer reconnaissant pour ton aide. J'ai entendu dire que tu avais des dettes. Je pourrais te faire accorder une avance par la commanderie et l'on priera tes fournisseurs de se montrer patients.

– Votre Excellence est trop bonne, répondit Hsu.

Il resta tout aussi immobile et muet que précédemment. Ti fit un geste discret. Le capitaine saisit sa badine et en frappa le détenu entre les omoplates.

– Alors ? rugit Tchou Tchai. Son Excellence attend ! Dis-lui ce qu'elle veut savoir !

Ti fit un signe d'apaisement, comme si l'officier avait dépassé ses ordres.

– Ce n'est qu'un petit problème de go sans importance, reprit-il sur un ton bon enfant. Tu me ferais plaisir en le résolvant pour moi, puisqu'il paraît que tu as un certain talent dans ce domaine.

– Ce n'est pas un petit problème sans importance, répondit Hsu, subitement volubile. C'est une configuration inextricable et il me faudra autre chose que de l'argent pour la résoudre.

La curiosité du magistrat était piquée.

– Que te faut-il ?

– La tête de Bai Juyi, lâcha le détenu aussi simplement que si on lui avait demandé l'heure.

Les deux fonctionnaires furent d'abord soufflés par cette réponse inattendue. Dès qu'il fut revenu à lui, le capitaine leva sa badine pour en assommer l'impertinent :

– Comment oses-tu manquer de respect à Son Excellence avec tes insolences ? Prosterne-toi devant ton magistrat, larve putride ! Baise ses souliers pour implorer son pardon !

Le papier sur lequel était notée la partie de go était toujours posé sur la table, sous les yeux du détenu. Celui-ci le désigna du menton :

– L'homme qui joue avec les noirs est un joueur d'exception, impitoyable et malin. Quant à celui qui a les blancs, c'est Liu Yi, le maître venu de la capitale.

Ti était abasourdi. Il fit signe au militaire de suspendre ses coups.

– Comment le sais-tu ?

– Les noirs se sont livrés à une manœuvre sournoise. Seul un maître du plus haut niveau pouvait parer une telle attaque. La réponse a été tout aussi brillante. En revanche, les deux derniers coups des blancs sont incohérents. Il s'est passé quelque chose qui a empêché Liu de poursuivre dans le sens qu'il avait défini dès le début. Je suppose que cela a un rapport avec l'imminence de son trépas, survenu il y a deux jours.

Ti était estomaqué. L'avant-dernier pion blanc avait en effet été posé dans le seul but de défier Tchao d'assassiner le retraité Hou. Quant au dernier, il correspondait à la résidence de Liu Yi et n'était lié à aucune stratégie. Ce Hsu avait lu les événements récents dans la partie de go aussi clairement que dans un livre. Cet homme faisait usage, dans le domaine du jeu, de la même puissance de déduction que Ti lorsqu'il s'agissait de débusquer des criminels. Il aurait fait un enquêteur de génie s'il avait consacré son intelligence à l'exercice de la police plutôt qu'aux échecs. Ses exigences étaient cependant inacceptables.

– Pourquoi veux-tu la mort de ce Bai ? demanda le juge. Sa vie appartient à la justice. Il s'est rendu coupable d'un crime infâme qu'on ne peut laisser impuni.

– Je n'en doute pas, noble juge. Cet être immonde est capable du pire. J'ignore ce qu'on lui reproche, mais le crime qu'il a commis envers moi n'est pas moins grave. Il s'est permis de tricher. Il s'est efforcé de me faire perdre mes moyens en me fixant de ses yeux démoniaques. Il a provoqué en moi des absences qu'il a mises à profit pour modifier la configuration des pions. Sa tête doit tomber et je veux que ce soit de ma main.

– Je ne peux t'accorder sa tête, répondit Ti. Mais je t'assure que je ferai en sorte qu'il paye ses forfaits d'une manière pire que tout ce que tu pourrais lui infliger.

Il lut dans les yeux de Hsu que ce dernier en doutait fort. On l'avait maintenu en prison pour avoir déplu à son seigneur. Il était bien placé pour ne plus porter foi en l'équité du système judiciaire. Il resta un long moment silencieux sans regarder quiconque, les yeux perdus dans le vide. Ti devina subitement ce qu'il était en train de faire : il calculait les coups qui lui permettraient de parvenir jusqu'à Bai. Il était en cela tout à fait semblable à l'assassin que Ti voulait détruire. C'était bien l'allié dont il avait besoin. Au terme de sa réflexion, la collaboration avec le juge parut offrir de meilleures ouvertures. Hsu fit mine de se détendre :

– Dans ce cas, je servirai Votre Excellence pour le plaisir d'être utile à un si grand magistrat, répondit-il avec un sourire fallacieux.

Ti le félicita de ses bonnes résolutions. Il lui remit le papier et l'envoya méditer là-dessus dans sa cellule.

Une fois seul avec le juge, le capitaine exprima sa vive satisfaction :

– Ce ruffian s'est enfin rendu aux arguments de Votre Excellence ! J'étais prêt à lui faire subir la bastonnade pour le dérider.

Ti n'était pas du tout du même avis.

– Ne vous y trompez pas : son seul but est de se jouer de moi pour fomenter le meurtre qu'il projette. Bai a de quoi s'inquiéter : un tel ennemi est plus dangereux que la justice impériale. Je serais étonné qu'il parvienne jusqu'au terrain d'exécution.

Pour l'heure, la mise hors d'état de nuire de Tchao Xiang lui importait plus que la sauvegarde d'un malandrin. Il était prêt à risquer la vie de Bai Juyi pour gagner sa partie de go. Il vit que ses raisonnements commençaient à ressembler à ceux de son adversaire. Sans doute était-ce de bon augure pour la suite de l'affrontement.

# XIV

*Le juge Ti prépare un traquenard ; il reprend une partie de go au pied levé.*

Le juge Ti attendit patiemment la réponse du joueur de go, penché sur la carte de la ville qu'il avait déployée devant lui. Au bout d'une heure, un soldat lui apporta un message que le prévenu l'avait sommé de transmettre sans délai à Son Excellence. Il avait indiqué le coup à jouer d'une étoile tracée au fusain.

La joie que ressentit le magistrat à tenir sa réponse laissa très vite place à de l'inquiétude. Ce mouvement n'avait pour lui guère de sens, il devait s'en remettre à celui qui le lui conseillait. Une autre question, en revanche, relevait de sa responsabilité. Il se hâta de repérer l'emplacement correspondant sur le plan de Hohhot. Il y avait là des innocents qui allaient subir les foudres de leur seigneur. C'était à son tour de réfléchir à la manière de parer les actions de son adversaire.

Ces préparatifs lui prirent un long moment. Restait à garantir son seul atout. La prison était peu sûre. Si Tchao Xiang avait le moindre soupçon de leur stratagème, il n'hésiterait pas à faire mettre Hsu à mort par l'un ou l'autre des prisonniers, faciles à soudoyer. Ti ignorait si un tel spécialiste était en mesure de reconnaître la manière d'un homme auquel il ne s'était opposé qu'une fois. Le mieux était de libérer Hsu aussi discrètement que possible.

Il consulta le capitaine sur le lieu où leur protégé serait le plus en sécurité. Il fallait aussi l'empêcher de leur fausser compagnie, bien que le juge ne fût pas trop inquiet sur ce point : sa volonté d'assassiner Bai le retiendrait dans les parages.

L'officier proposa de le loger chez ses parents, qui occupaient une petite maison près des remparts. Les lieux étaient assez confortables, et si on postait un garde devant l'unique entrée il lui serait difficile de s'en aller.

Ti ordonna donc qu'on tire le détenu de sa cellule. On lui rendit ses affaires. Il semblait désabusé.

– Je vois que tout le monde est aimable avec moi, maintenant.

– C'est parce que tu as fait ce que j'attendais de toi. J'ai décidé de t'installer dans un endroit plus agréable en attendant de pouvoir annuler les charges qui pèsent sur toi. Un soldat va te conduire dans une maison où tu pourras prendre tes aises. Je compte sur toi pour ne pas en bouger avant d'en avoir reçu l'autorisation.

– Oh, moi je ne la quitterai pas, promit le joueur. J'espère surtout que Votre Excellence a pris des dispositions pour empêcher les assassins d'y entrer.

Ti le regarda avec étonnement. Hsu était impassible, hormis un léger sourire plein de sous-entendus.

– Votre Excellence me fait disputer une partie de go contre le seigneur Tchao, qui est un homme dépourvu de scrupule, ainsi que je l'ai déjà vérifié à mes dépens. Je remarque que son adversaire précédent, Liu Yi, personnage bien plus important que ma misérable personne, est décédé de mort violente dans des circonstances mystérieuses. Je doute que le seigneur Tchao ose s'attaquer directement à Votre Excellence. Il aura moins d'hésitation à me faire couper le cou s'il s'aperçoit que je suis derrière ses habiles réponses. C'est une partie mortelle que je suis en train de jouer, j'ai mis ma vie dans la balance.

Encore une fois, ce Hsu désarçonnait complètement le magistrat. Jamais Ti n'avait rencontré un homme capable de lui décrire avec une telle acuité ce qui était en train de se passer. Combien de temps lui faudrait-il pour comprendre que la partie se jouait en réalité dans la ville de Hohhot ? Ou bien le savait-il déjà ?

– As-tu jamais pensé à entrer dans la police ? demanda le magistrat. Tu pourrais t'y faire un assez bel avenir.

Lui-même aurait bien eu besoin d'un adjoint si clairvoyant. Le sourire du joueur se teinta de dédain.

– Votre Excellence me flatte. Cependant, j'ai entendu dire que les meilleurs stratèges font aussi de belles carrières s'ils parviennent à se faire connaître des mandarins qui gouvernent l'empire. On m'a raconté le cas de certains qui, partis de rien, s'étaient vu couvrir d'honneurs et d'avantages.

Ti avait eu connaissance, lui aussi, de pareilles destinées. La Cour, les nobles, les lettrés, l'administration ne mettaient rien au-dessus de l'intelligence et de la mémoire. C'était sur ces critères qu'étaient recrutés les hauts fonctionnaires dont il faisait partie. L'habileté au go était presque aussi appréciée que la faculté de disserter sur les maximes de Confucius, dont les interprétations et commentaires étaient appris par cœur au prix de longues années d'études classiques. Quelques joueurs particulièrement doués avaient égalé ou même dépassé l'élite des tâcherons qui avaient conquis leur place au terme d'examens sévères. Les études étaient coûteuses, mais le go était accessible au tout-venant des purs génies. Hsu avait raison de croire en sa bonne étoile. S'il parvenait à quitter Hohhot, nul ne pouvait prévoir jusqu'où il se hisserait. Ti aurait préféré, cependant, qu'il montrât de plus grandes qualités humaines à côté de sa puissance intellectuelle. Mais ce n'était certes pas sur sa bonté et son altruisme qu'il serait jugé par les amateurs de stratégie.

Il recommanda au capitaine de le faire surveiller jour et nuit avec autant de discrétion que d'efficacité. Sa mort aurait été davantage qu'un contretemps, cela aurait été la destruction d'une œuvre d'art inestimable. Hsu s'inclina devant le magistrat et suivit son gardien d'un pas que Ti estima un peu trop détaché. Il aurait aimé pouvoir ouvrir ce corps pour contempler les pensées qui s'y développaient : combien d'entre elles étaient-elles contraires aux intérêts du juge ? Sans doute plusieurs, et, contraires à la morale, la plupart.

Il lui restait un acte à accomplir pour que son piège soit complet.

– Une dernière chose, dit-il au capitaine. Faites donner quelques coups de bambous au valet des Hou, ce Xu Jun, et relâchez-le. Ne gardez que le majordome Wei. C'est lui que je vais inculper.

Bien qu'étonné par cet ordre qui démentait les propos précédents du magistrat, le capitaine s'inclina et s'en fut annoncer au jeune domestique que sa peine pour le meurtre de son maître serait la même que dans le cas d'un vol à l'étalage.

Puisqu'il savait ce qu'il devait jouer, Ti rentra au château satisfaire les désirs du seigneur Tchao. Ce dernier était précisément installé sur la terrasse du goban, où il s'était fait servir le thé.

– J'espérais que Votre Excellence viendrait me rejoindre ! dit-il joyeusement en se levant pour accueillir son hôte. Je ne sais quel pressentiment me disait que vous alliez arriver.

– J'ai fait une petite promenade pour m'éclairer l'esprit, répondit le juge en prenant place devant la table à thé.

Il sirota le liquide rouge en faisant semblant d'observer le damier formé par le carrelage. Rien n'avait bougé depuis la veille. Les tablettes blanches ou noires formaient toujours le même dessin bicolore. Il le connaissait à présent presque par cœur, à force de l'avoir scruté pour compter les avanies advenues à la malheureuse population de Hohhot. Il avait l'impression de voir de minuscules habitants aller et venir sur l'échiquier. Ils vaquaient à leurs occupations sans se douter du danger qui les menaçait. Il y avait des artisans sur le seuil de leur échoppe, des marchands ambulants, des femmes à leur lessive, des enfants en train de s'amuser. N'importe lequel d'entre eux pouvait voir son avenir rayé d'un trait de plume, sa vie basculer, ou au contraire ses ennuis se dissiper parce que quelqu'un avait décidé de poser un pion à l'intersection de deux lignes droites.

Tchao attendit patiemment jusqu'au moment où il estima qu'il pouvait relancer la conversation.

– On ne saura jamais avec certitude à quelle intelligence hors du commun nous devons ce jeu extraordinaire. Selon une légende moins connue, il aurait été inventé sous le règne de l'empereur Kwei, il y a deux mille cinq cents ans. L'un de ses vassaux l'aurait imaginé pour distraire son suzerain. Ce vassal serait aussi l'inventeur des cartes à jouer, ce qui suffit à ruiner la légende. Comme l'a écrit je ne sais plus quel poète, « seul un dieu peut à la fois maîtriser le hasard et la loi ».

Ti sentit que Tchao l'observait. Il fit semblant d'être absorbé dans la réflexion. En réalité, il ne perdait pas un mot du discours que lui tenait son adversaire. Sans doute ce dernier espérait-il le déconcentrer. Il ignorait que le juge était en train d'analyser sa façon de penser dans l'espoir de trouver le défaut de sa cuirasse qui permettrait de le jeter en prison.

– Pour moi, reprit Tchao, ce sont les dieux qui ont offert ce divin délassement aux hommes pour leur donner une idée de la vie qu'ils mènent au ciel, à jouer avec nous, pauvres mortels, depuis les hauteurs inatteignables où ils habitent.

« Nous y sommes, se dit le juge en affectant de plisser le front sous l'effet d'un profond effort intellectuel. Encore un peu de patience et il va se trahir. » Tchao changea hélas de sujet, comme s'il s'était rendu compte qu'il approchait de trop près ses véritables préoccupations.

– Je devrais peut-être faire venir un moine bouddhiste, dit-il d'une voix nonchalante. J'ai entendu dire que ce jeu exerçait également une grande fascination sur eux. Quand Votre Excellence sera retournée à Peitcheou, j'aurai bien besoin d'un nouvel adversaire digne de moi.

« Cela n'aura donc jamais de fin ! » se dit le juge. Tchao Xiang avait déjà des projets pour le remplacer ! Allait-il consommer les experts en go comme des brochettes de sauterelles grillées, et faire subir indéfiniment à sa population les conséquences de ses lubies criminelles ?

– Je ne suis pas étonné de voir les religieux s'intéresser au go, reprit Tchao. Votre Excellence aura remarqué qu'il ne s'agit pas d'un simple jeu de stratégie. Il engendre une rare qualité de mystère, il s'élève au rang d'un art de vivre, d'une morale, d'une sagesse. Pour qui accorde de la valeur à ce jeu, elle ne peut être qu'absolue.

Ti ne doutait pas que sa passion lui tînt lieu en effet de morale et de sagesse. Cette autosatisfaction commençait à l'énerver. Résolu à mettre fin au suspens, il se leva, se dirigea vers le coffre où étaient entreposées les tablettes blanches, et en saisit une. Elle était pesante. De l'une des faces dépassait une pique aiguisée. Il marcha jusqu'à l'endroit que lui avait désigné Hsu et enfonça la pointe métallique dans l'un des trous ménagés à chaque intersection de lignes. Un nouveau pion blanc prit place sur l'échiquier, une nouvelle famille allait subir les déboires réservés par un dément à ceux qui se trouvaient sur son chemin.

Tchao considéra la manœuvre d'un œil appréciateur. Il leva les sourcils sous l'effet d'une délicieuse surprise.

– Si Votre Excellence continue de jouer avec un tel brio, cette partie risque de durer des mois ! commenta-t-il avec gourmandise.

Ti s'inclina pour agréer le compliment. Hsu l'avait bien conseillé.

Ce fut au tour de Tchao. Il lui fallut un bon quart d'heure de réflexion avant de poser à son tour une tablette noire sur le damier. Ti fit mine d'examiner le résultat, bien que cela ne lui parlât pas du tout. Il félicita poliment son adversaire. Il lui était cependant impossible de répliquer à l'instant, d'abord parce qu'il n'avait aucune idée de ce qu'il fallait faire, et ensuite parce qu'il ne souhaitait pas déclencher sur Hohhot une hécatombe incontrôlable.

– Puis-je suggérer de laisser passer une bonne nuit de sommeil avant de poursuivre ?

Bien que Tchao fût un peu déçu de voir sa partie s'interrompre si tôt, il était trop content d'avoir à nouveau un adversaire à sa mesure pour se formaliser de ses *desiderata*.

Ils allèrent dîner. Il y avait de la cuisse de yak confite, un mets que Ti ne risquait pas de déguster dans les provinces du centre où il vivait habituellement.

Tchao l'ayant interrogé sur l'état de ses enquêtes, qui semblaient par ailleurs le cadet de ses soucis, Ti l'informa qu'il avait résolu le meurtre du retraité Hou : il avait conclu à la culpabilité du majordome. Il laissa passer quelques instants pour observer les réactions de son commensal, qui n'en marqua aucune. Ti conclut qu'il avait donc fait libérer le jeune valet Xu, qui avait seulement profité du décès pour se servir dans les biens de son maître.

– La veuve n'a pas porté plainte, c'est une affaire d'ordre privé, expliqua-t-il. Le trésor de son mari lui a été restitué, elle est dans de bonnes dispositions. J'ai par ailleurs assez de cas tortueux à traiter dans cette ville pour prêcher l'apaisement. Quelques coups de bambous pour lui apprendre à voler ses maîtres m'ont paru suffisants. J'espère que vous m'approuvez ?

Tchao était songeur. N'importe quel être sensé se serait insurgé contre la légèreté de la punition.

– Je ne peux louer assez la sagesse de Votre

Excellence. Je n'aurais pas agi autrement. Il est évident que le majordome est coupable. Dès que j'ai su sa liaison avec le neveu de sa patronne, j'ai compris qu'il avait commis le meurtre. Le désordre des mœurs engendre inévitablement celui de la morale et porte en général aux plus grands crimes.

« Et tu sais de quoi tu parles », commenta en lui-même le magistrat.

# XV

*La mort d'un savetier occupe le juge Ti ; il se découvre un nouvel adversaire.*

Le juge Ti avait à peine quitté le moelleux matelas de son lit-coffre, le lendemain, que le seigneur Tchao se fit annoncer, telle la déesse de l'aube sur son canard argenté. Un accident mortel avait eu lieu en ville. Un savetier avait reçu l'un de ses outils sur la tête. Son hôte précisa qu'il ne se serait pas donné la peine de mentionner ce menu fait si Son Excellence n'avait été en train d'enquêter sur les décès de toutes sortes survenus ces derniers temps.

Ti nota qu'il ne se passait guère de matin, dans ce bourg, sans qu'on vienne lui apprendre la brutale disparition d'un concitoyen. Hohhot était plus dangereux que les coins les plus mal famés de la capitale.

Pour toute réaction face à ces événements tragiques à répétition, Tchao annonça qu'il allait faire porter à ces petites gens les décorations de deuil qui leur permettraient de recevoir dignement leurs amis, parents et voisins lors des condoléances, ainsi qu'un rouleau d'étoffe pour se confectionner des habits blancs. Ti loua sa sollicitude :

– Vous êtes réellement un père bienveillant pour votre population.

Tchao répondit avec modestie qu'il faisait de son

mieux pour se faire apprécier, ce qui était d'ailleurs parfaitement réussi. Le juge annonça qu'il devait se rendre en ville pour régler les affaires en cours, mais qu'il reviendrait au plus vite reprendre leur partie de go.

Il courut tout droit au poste militaire. Le capitaine, qui l'attendait, lui présenta le soldat déguisé qu'il avait envoyé sur les pas du valet Xu, conformément à ses ordres. Ti se fit servir du thé bien fort pour écouter confortablement le rapport de son espion.

– Hier soir, dit l'officier, j'ai annoncé à Xu Jun que Votre Excellence le condamnait à recevoir dix coups de bambous pour le vol qu'il avait commis lors du décès de son patron. J'ai recommandé au bourreau d'avoir la main légère afin de ne pas l'estropier. Puis je l'ai fait jeter dehors. Il est resté un moment devant le poste, à masser ses épaules endolories, sans doute aussi parce qu'il était ébahi de s'en être sorti à si bon compte. Puis il s'est éloigné, Tcheng sur ses talons. Ce dernier avait revêtu une tenue passe-partout, comme vous le voyez.

Tchou Tchai fit signe à son subordonné de poursuivre le récit.

– Je ne crois pas qu'il m'ait repéré, dit le petit homme à l'air finaud qui se tenait devant le juge. J'avais pris soin d'enfiler une blouse d'artisan prêtée par mon beau-frère. Je l'ai suivi jusqu'au quartier des teinturiers. Il est entré dans la maison où nous avons perquisitionné il y a quelques jours, celle où il avait loué une chambre.

– Il lui est impossible de se présenter devant la veuve qu'il a volée, commenta le capitaine. Il a tout perdu : son travail, qui lui assurait le gîte et le couvert, et son butin, que nous lui avons repris. Tout Hohhot saura bientôt qu'il s'est servi dans les affaires de son maître alors que celui-ci gisait dans son sang. Il va devoir quitter la ville pour aller s'employer dans un endroit où nul ne le connaît. Et sans argent les voyages sont presque impossibles. Comment franchir les montagnes ? À moins d'avoir une monture, cela ne peut se faire en une journée. Il devra donc dormir en route. Il lui faut au moins de quoi se payer un manteau fourré, des bottes solides et quelques nuits chez l'habitant.

– Je me suis mis en embuscade dans la ruelle, reprit le soldat Tcheng. J'ai fait semblant de mâcher une noix d'arec. Xu est d'abord ressorti pour s'acheter à manger au coin de la rue. Un peu plus tard, il est sorti une deuxième fois avec un paquet sous le bras. Il est allé chez un prêteur, où il a échangé quelques vêtements contre une fiasque de vin et une longue corde.

Le juge Ti sursauta :

– Il voulait mettre fin à ses jours ! J'espère que tu l'en as empêché !

– C'est aussi ce que je me suis dit, confirma Tcheng. L'homme n'a pas grand-chose devant lui, sa réputation est perdue, la mort a dû lui paraître une issue logique, la seule digne de sa situation, à mon avis. Il est rentré directement à sa soupente. J'ai hésité un moment sur ce que je devais faire. Le vin était sûrement destiné à lui donner le courage d'accomplir son geste. J'ai donc supposé que j'avais un peu de temps devant moi avant de prendre une décision. J'étais sur le point d'aller chercher de l'aide quand j'ai vu arriver un personnage que je n'aurais pas pensé voir dans un pauvre quartier de petits artisans.

– Un serviteur du château ! s'exclama le magistrat.

– Exactement, noble juge. Il n'était pas revêtu de leur livrée habituelle, mais j'ai bien vu d'où il venait aux bottines en cuir noir qu'ils portent tous et à sa façon de se faire un chignon compliqué à l'aide d'un ruban jaune, qui est la couleur du seigneur Tchao.

– Bien, très bien, dit le juge, satisfait de voir que le capitaine n'avait pas choisi son adjoint le plus stupide pour cette mission.

– Je suis donc resté devant la teinturerie pour voir ce qui allait se passer. Le domestique est resté environ une demi-heure. Il a regardé à droite et à gauche, comme s'il se méfiait. Puis il est reparti d'un bon pas en direction de la porte de l'ouest, certainement pour rentrer au château.

– Faisait-il nuit à ce moment ? demanda Ti.

– Pas tout à fait, noble juge. J'ai grignoté des légumes marinés achetés au même endroit que le valet Xu et j'ai continué d'attendre. Quand il a fait complètement noir, j'ai redoublé d'attention pour que mon bonhomme ne me file pas sous le nez. Votre Excellence avait prévenu que c'était durant la nuit que les faits intéressants risquaient de se produire.

– Eh bien ? demanda le magistrat avec impatience.

– Les crieurs venaient d'annoncer l'heure du porc [1] quand j'ai vu une ombre se glisser hors de la bâtisse. L'individu n'avait pas de lanterne, mais j'ai bien reconnu la silhouette du jeune Xu à la lueur de la lune. Il a quitté le quartier des teinturiers avec des allures de voleur. Puis il s'est arrêté près d'un tas d'ordures abandonnées contre un mur. Il en a retiré un gros bâton qu'il a dissimulé sous sa tunique avant de continuer

1. De 21 heures à 23 heures, l'heure chinoise durant 120 minutes.

son chemin et de pénétrer dans la rue des artisans du cuir.

Ti inclina la tête avec satisfaction et lui fit signe de poursuivre.

– Il a regardé les enseignes qui signalent les différents commerces. Tous étaient fermés, à cette heure tardive. Il est allé droit sur la boutique du savetier. Il n'y avait personne dans les parages, comme Votre Excellence l'avait ordonné. Mais j'ai aperçu la figure d'un de mes collègues à une fenêtre en face. Xu a frappé à la porte. Une lampe s'est allumée à l'intérieur. Il a dû prétexter une réparation urgente, car on lui a ouvert. Au bout d'un court moment, je l'ai vu ressortir seul. Il avait l'air nerveux. Il s'est mis à courir, ce qui l'aurait fait remarquer s'il y avait eu une patrouille. Mais Votre Excellence avait interdit à la garde de se montrer, aussi n'a-t-il rencontré personne jusqu'à la taverne où il s'est engouffré et dont il n'a pas bougé. Je suis entré derrière lui et me suis assis de façon à le surveiller. Il avait de nouveau de l'argent : il s'est fait servir plusieurs brocs de mauvais vin. Lorsqu'il est rentré se coucher, il tenait à peine debout, j'ai cru que j'allais devoir l'aider. Il est remonté dans sa chambre et s'est probablement effondré sur son lit.

– Parfait, dit le juge. Qui a découvert le meurtre ?

– La femme du savetier, juste après son départ. Nous avons aussitôt fait prévenir le personnel du seigneur Tchao que le malheureux avait reçu l'un de ses outils sur la tête, ce qui l'avait tué sur le coup.

– Un domestique du château vient d'apporter les décorations de deuil, compléta le capitaine. La boutique arbore à présent les bannières blanches. À ce rythme, notre ville sera bientôt entièrement pavoisée de rouge et de blanc !

Ti n'était qu'à moitié content. Il avait permis à la partie de se poursuivre, mais ne tenait pas encore de preuve formelle contre le principal coupable. On pouvait toujours mettre les serviteurs du château à la torture pour leur faire dire ce qu'ils savaient. Certes ils portaient les messages meurtriers de leur maître. Mais savaient-ils réellement ce que ces billets contenaient ? C'était peu probable. Et quand bien même ! La dénonciation d'un potentat local par un ou deux de ses esclaves plairait peu à la hiérarchie. Ce genre de témoignage n'était pas assez consistant pour envoyer un homme si puissant au champ des exécutions. Ti devrait argumenter sans fin, et son verdict aurait toutes les chances d'être cassé par le ministère au nom de la paix sur les frontières. Il espérait mieux. Il lui fallait affoler Tchao Xiang au point de lui faire perdre la tête, pour qu'il commette une imprudence fatale.

Ti se fit conduire chez les parents du capitaine, où Hsu était reclus. L'officier l'accompagna lui-même, flatté d'être utile au magistrat au point de prêter sa maison pour les besoins d'une enquête si importante. Ils adoptèrent un itinéraire en zigzag de façon à semer d'éventuels espions, pour le cas où Tchao aurait eu des doutes. Il convenait de ne pas mener eux-mêmes les assassins à leur cible !

C'était une petite bâtisse en bois à deux étages qu'on devinait bas de plafond. Le capitaine ouvrit en grand pour laisser passer son supérieur. Ti eut la surprise de trouver la famille entière assemblée derrière la porte, comme si tout le monde s'était tapi là pour le voir arriver. Tchou Tchai lui présenta toute la parentèle, émue et ravie de rencontrer un fonctionnaire d'un rang si élevé. Ils s'inclinèrent devant lui à tour de rôle, multipliant les courbettes, les sourires avenants et les paroles de bienvenue, tandis que les dames lui proposaient de piocher dans des corbeilles de friandises. S'il restait une tradition avec laquelle on ne badinait pas, à Hohhot, c'était l'hospitalité. Il fallut prodiguer à chacun quelques mots de politesse, complimenter la maîtresse de maison sur la bonne tenue de son foyer, le père sur sa descendance nombreuse, s'intéresser aux progrès des garçons, qui voulaient tous devenir fonctionnaires comme Son Excellence, et s'extasier devant la mine de l'ancêtre octogénaire qui avait tout d'une sorcière mongole.

Lorsqu'il eut réussi à se débarrasser de ses admirateurs, Ti emprunta l'échelle qui menait à l'étage où l'on avait logé son protégé. Il le trouva dans une chambre modestement meublée d'un grabat et d'un coffre en bois grossier. Hsu était penché sur un damier, ce qui devait constituer l'occupation de ses journées.

– J'espère que tu te fais à ton nouvel environnement, dit le juge. Tes hôtes sont des gens charmants.

Hsu désigna le goban ; à condition d'avoir de quoi jouer, il ne s'ennuyait jamais.

– Je suis content de toi, poursuivit Ti en s'asseyant sur le lit. Tu t'es surpassé.

– Je pense à ce qui va arriver à l'ignoble Bai, cela stimule mon imagination, répondit le stratège d'une voix sinistre.

Il était aussi froid que les torrents courant dans la montagne. Ti sentit un frisson lui parcourir le dos. Il y avait quelque chose d'inhumain dans cette force de calcul imperturbable. Il ne percevait pas l'âme de cet homme. Les sentiments n'entraient pas en ligne de compte. C'était comme si l'intelligence, pour se développer, avait pris leur place, les réduisant à rien parce qu'ils gênaient. Son esprit s'était développé dans un seul sens. C'était un être incomplet, mutilé, exclusivement orienté vers ce qu'il faisait le mieux. En cela, il était le jumeau du seigneur Tchao. Ti se demanda combien de criminels sans scrupules pourraient être découverts à l'intérieur de ces cercles de go.

Il fallait à présent discuter de la parade à opposer à leur ennemi. Le plus simple était de dire toute la vérité à Hsu pour qu'il adapte ses coups à la configuration de la ville. Ti lui tendit le papier sur lequel il avait noté la position choisie par son adversaire. Le joueur considéra un instant le feuillet avant de hocher la tête.

– Pas mal, murmura-t-il. Notre seigneur est porté par l'enthousiasme, sa passion lui donne de l'audace. C'est aussi là, sans doute, que réside sa faiblesse.

– Je vais te confier un grand secret, dit le magistrat.

Hsu ne leva pas les yeux de son damier, où il avait entrepris de reproduire la partie en cours au château, à l'aide de ses lentilles blanches et noires.

– Le seigneur Tchao fait assassiner les gens dont les maisons correspondent aux pions posés par Votre Excellence, je sais, répondit-il de son timbre monocorde. Lorsqu'on m'a conduit ici, j'ai eu l'occasion d'observer les changements qui s'étaient produits de par les rues. J'imagine que les gens ne s'en rendent pas compte parce qu'ils vivent dedans et que cela se fait petit à petit. Jamais je n'avais vu autant de façades en deuil dans une même ville. Le trajet m'a permis de reconstituer mentalement la zone inférieure de votre partie. Trois blancs, deux rouges, encore un blanc. À ce propos, j'ai un peu extrapolé sur la stratégie du seigneur Tchao. Je déconseille à Votre Excellence de s'installer à l'auberge de la Grue-Cendrée, il risque de s'y produire bientôt un grand malheur.

Il avait énoncé tout cela comme s'il ne s'était agi que de prédire l'arrivée des nuages sur la vallée. Ti eut l'impression d'être lui-même un pion que se disputaient deux joueurs dépourvus du moindre sentiment, sinon unc furieuse envie de gagner à tout prix.

– Puis-je demander à Votre Excellence qui elle a sacrifié la nuit dernière ?

Ti le regarda avec horreur. Pouvait-il supposer que le magistrat avait laissé Tchao assassiner de nouveaux innocents pour faire avancer son enquête ?

– Un savetier, répondit-il. J'ai sacrifié un savetier. Ce n'est pas une grande perte, n'est-ce pas ?

– C'est Votre Excellence qui doit en juger, répondit le joueur de go sans quitter des yeux ses lentilles monochromes.

Ti leva les yeux au ciel. Il entreprit de lui raconter le stratagème qu'il avait mis en place.

– Par l'intermédiaire d'un serviteur de confiance, Tchao a fait parvenir un message et de l'argent à l'immonde personnage qu'est l'ancien valet des Hou. Il devait éliminer le savetier dont la boutique correspond au nouveau pion blanc que j'ai moi-même posé hier. Xu Jun n'était plus à un meurtre près. Comme on lui promettait encore une fois l'impunité et une bourse bien remplie, il a vu là une façon d'améliorer sa situation. Son premier crime lui avait coûté dix coups de badine sur les omoplates, la proposition avait de quoi le tenter ! Il s'est donc rendu à l'adresse indiquée pour assommer sa victime et faire passer son acte pour un accident. La difficulté, pour moi, était de convaincre Xu qu'il avait bien commis un meurtre. Car, contrairement à ce que tu as l'air de penser, je ne suis pas homme à sacrifier des gens quand ça m'arrange. Je fais encore la différence entre des pions et des êtres humains ! Sans quoi je serais l'égal du criminel que je poursuis, et toute cette enquête n'aurait aucun sens !

Il s'était énervé malgré lui. L'absence de scrupules de son interlocuteur et son impassibilité l'agaçaient.

– Encore une fois, c'est vous qui voyez, noble juge, répondit ce dernier avant de déplacer l'une de ses lentilles noires.

Le juge fit un effort pour recouvrer son calme.

– J'ai supposé que le valet Xu serait nerveux. Il a beau en être à son deuxième méfait, ce n'est tout de même pas un tueur chevronné. Je me suis dit qu'il se jetterait sur la moindre occasion de se tirer d'affaire à peu de frais. Si la mort du savetier se produisait sans qu'il ait rien à faire, il accepterait cette bonne fortune comme un don du ciel. J'ai donc ordonné aux soldats de mettre sur pied une petite mise en scène. L'un d'eux a pris la place de l'artisan. Il a ouvert au tueur, qui s'est présenté sous un prétexte quelconque. Une fois à l'intérieur de l'échoppe, Xu n'a plus eu la maîtrise de ce qui se passait : il s'est fait manipuler sans s'en apercevoir. Mon homme l'a fait asseoir dans un coin, comme s'il était au théâtre, et c'est bien une représentation qui a été donnée sous ses yeux. Le faux artisan a déclaré qu'il lui fallait un outil particulier. Il est monté sur une échelle et s'est penché pour attraper quelque chose. Xu devait déjà serrer le poing sur le bâton qu'il dissimulait sous sa tunique. Brusquement, mon savetier a poussé un cri et est tombé de son échelle, juste sur un piolet qui se trouvait là. Quand Xu s'est penché sur lui, la pointe du piolet dépassait de sa poitrine, au milieu d'une mare de sang. Il n'a pas cherché à réfléchir davantage. Il a quitté la boutique, a refermé derrière lui, et a pris ses jambes à son cou tandis que la femme du défunt poussait des cris d'effroi derrière lui en faisant semblant de découvrir le drame. Il est allé fêter ça à l'auberge, ou noyer sa nervosité dans l'alcool, ou commencer à dépenser les largesses de son commanditaire, je ne sais. Quoi qu'il en soit, mon plan a parfaitement fonctionné.

Hsu le considérait avec un certain étonnement.

– Votre Excellence est-elle sûre d'avoir besoin de mes petits talents pour mener sa partie de go ?

– Absolument, répondit le juge. Je n'y connais rien et je n'ai pas l'intention de dépenser mon temps ni mon énergie pour tenter de m'améliorer. Je ne peux pas gérer ces deux questions simultanément. Tchao, lui, n'a pas le choix, et c'est pourquoi j'espère bien parvenir à le contrer. À présent, je compte sur toi pour trouver la parade idéale.

– C'est fait, dit le joueur en déposant une lentille blanche sur le bord du damier.

Ti se pencha pour voir. Il déroula la carte de Hohhot qu'il avait apportée. Il haussa les sourcils : Hsu avait posé son pion sur l'intersection correspondant à la prison.

– Ça ne va pas du tout, dit-il.

– C'est la meilleure tactique, rétorqua le joueur. Si vous jouez la prison, il deviendra très difficile à Tchao de gagner. Je suis curieux de voir quelle sera sa réaction lorsqu'il aura perdu la partie la plus importante de sa vie… ou de la vie des autres.

Le regard de Ti allait du goban à son plan et inversement.

– Comment veux-tu qu'il envoie le valet Xu assassiner quelqu'un là-bas ? Il va s'arranger pour soudoyer l'un des prisonniers, voire plusieurs. Et pourquoi pas une émeute ? Ça va être un massacre ! Je souhaite le désorienter, pas le lancer dans un bain de sang ! De plus, le poste de garde est mon quartier général, je ne peux pas le livrer au désordre.

Hsu haussa les épaules.

– Peut-être Votre Excellence devrait-elle choisir elle-même son prochain mouvement. Le go n'est pas si difficile, après tout. Du premier coup d'œil, un bon joueur repère des formes, des surfaces, des territoires, des frontières, des zones d'influence, de bonnes et de mauvaises configurations, des équilibres, et l'harmonie globale qui se dégage de tout cela. Rien qui ne soit hors de portée d'un si brillant mandarin.

Ti contempla l'échiquier, sur lequel il ne vit rien de tout cela. Il indiqua qu'il avait quand même besoin d'assistance.

– Dans ce cas, vous devez faire ce que je vous ai dit, conclut le joueur sur un ton sans appel.

Ti avait l'impression de disputer deux parties : une contre Tchao, dans les jardins du château, et l'autre contre son propre conseiller, qui tentait de le manipuler.

# XVI

*Le juge Ti joue une partie contre la mort ; il perd.*

Ti se hâta de rentrer au domaine, où Tchao Xiang devait l'attendre impatiemment. Pour la première fois, il remarqua la ressemblance des arbustes disposés le long de l'interminable allée avec des personnes figées dans des attitudes du quotidien. L'un avait l'air d'une femme enceinte, l'autre d'un mendiant… Il eut l'impression d'une foule changée en arbres par quelque mage redoutable. C'était exactement ce qui était en train d'advenir à la cité : ses habitants avaient été transformés en pions pour le plaisir d'un génie malsain qui régnait en maître sur la contrée. Cette demeure était à l'image de son propriétaire, hantée par une passion maléfique, décalée, en marge des règles qui gouvernaient le reste du monde, fascinante et mortifère.

Le juge se rendit à la terrasse dallée, bien décidé à ne pas laisser Tchao reprendre son petit jeu de la veille. Ce dernier se lança une fois encore dans des considérations sur l'universalité du go tandis que le magistrat faisait mine de peaufiner sa stratégie.

– Votre Excellence aura sans doute remarqué qu'il s'agit d'un art d'occupation de l'espace où deux adversaires luttent à la vie à la mort, de la même manière que les espèces vivantes combattent pour préserver leur territoire dans le monde réel.

– Vous devriez composer un traité, marmonna Ti sans quitter le goban des yeux.

Il hésita jusqu'au dernier moment. Il se sentait incapable de définir une stratégie personnelle. À force de les fixer, les pions commençaient à tourner devant ses yeux. Pressé d'en finir, il se résigna à agir ainsi que Hsu le lui avait conseillé.

Tchao se montra plus déconcerté que la première fois.

– Votre Excellence a du style, c'est indéniable ! Un style très peu conforme à ce qu'on apprend dans les manuels, mais bien supérieur à tout ce que j'ai vu dans ma pauvre ville, hormis chez le défunt Liu Yi, qui était l'incarnation même du classicisme.

Il appréciait le coup comme on le faisait ordinairement d'un alcool fin ou d'un plat élaboré.

– Votre Excellence fait preuve de souplesse. Elle sait se remettre en cause, c'est une qualité précieuse pour le joueur de go. Pardonnez mon insolence, mais je n'aurais pas cru qu'un magistrat puisse avoir l'esprit aussi agile. Je suis de plus en plus honoré de voir mon fils entrer dans votre alliance.

« Sur mon cadavre », pensa le juge Ti en grimaçant un sourire qui n'avait rien d'avenant.

La position du pion blanc ne laissait guère de place à l'équivoque. La prison était un bâtiment important, sa localisation facilement repérable. Ce choix posait à Tchao un problème inédit. Il était trop obnubilé par ses actes criminels pour voir qu'il était en train de perdre. La stratégie du juge allait le forcer à redoubler d'imagination pour semer la mort sur Hohhot.

Ti ne savait pas trop à quoi s'attendre et c'était bien ce qui le dérangeait. L'urgence était de préparer le poste de garde pour parer à toute éventualité. Il retourna en ville organiser la résistance.

Il commença par renforcer la surveillance devant la teinturerie où logeait le valet Xu. Si ce dernier venait rôder de ce côté, on lui mettrait le grappin dessus sans tergiverser. Il recommanda aux soldats de surveiller étroitement les prisonniers et leurs visiteurs, y compris ceux qui livreraient comme chaque jour les repas. On ne pouvait empêcher l'un d'eux d'avertir son parent emprisonné qu'il avait fort à gagner s'il massacrait l'un de ses camarades.

Il demanda au gardien en chef s'ils avaient là des pensionnaires violents capables des pires exactions. Il y avait quelques brutes épaisses interpellées pour trouble à l'ordre public au cours de rixes. De toute façon, qui d'entre eux résisterait à la tentation d'une grosse somme ou d'une remise de peine ? Ti ordonna qu'on les enferme tous dans leurs cellules. La nourriture devait être déposée à l'entrée et répartie par le personnel.

Tandis que l'on appliquait ses directives, il alla se recueillir dans le bureau du capitaine. Rarement il s'était senti si seul. Il avait en charge le salut de cette ville, qu'il devait assurer sans que quiconque s'en doute. Le bâtiment résonnait des bruits qu'il avait provoqués : il entendait les portes claquer sur les détenus qu'on avait renvoyés dans leurs cachots, les pas précipités de geôliers inquiets, leurs bottes de cuir frappant les dalles, les appels d'une salle à l'autre, les verrous qu'on tirait ici et là… Il tâcha d'oublier tout cela pour réfléchir.

Une épouvantable idée lui vint. Si Tchao voulait que la prison prenne le deuil, ce n'était pas un détenu qui devait périr, mais un soldat, du rang le plus élevé possible. L'idéal aurait été de le tuer lui, magistrat de Chang-an – mais dans ce cas Tchao aurait perdu pour la seconde fois son adversaire. C'était donc le capitaine qui devait mourir. Et dans ce cas, point n'était besoin de le trucider sur place ! Et il restait là, assis sur sa chaise, à attendre un meurtrier qui ne viendrait pas !

– Où est votre capitaine ? rugit-il dans le couloir.

On lui répondit qu'il était reparti chez lui pour le déjeuner. Ti se rua hors du poste de garde. Il parcourut les rues à toutes jambes vers la maison où il était allé visiter Hsu le matin même. Il imaginait fort bien que l'officier avait hâte de discuter avec les siens de l'événement du jour, l'irruption d'un haut magistrat dans leur humble demeure. Et si Tchao faisait empoisonner toute la maisonnée ? Jamais le juge ne se le pardonnerait. Peut-être avait-il présumé de sa capacité à régler cette affaire de façon subtile. Devait-il appliquer à Tchao ses propres méthodes et lui faire tordre discrètement le cou pour épargner à Hohhot de nouveaux tourments ? Sa morale confucéenne s'y refusait. Il avait toujours choisi la voie longue et difficile de l'intelligence et de la loi, il ne pouvait accepter de se diminuer à ses propres yeux, même si cette éventualité offrait de meilleures chances de succès. Quand on choisit les armes du mal, c'est toujours le mal qui gagne ; il n'avait pas fait douze années d'études classiques pour se conduire en criminel.

Il s'arrêta soudain. Cela n'était pas logique : si la

famille de l'officier mourait, cette maison se retrouverait elle aussi en deuil, et cela ferait un pion blanc surnuméraire sur le damier de l'horreur. Il s'était trop hâté, ses jambes avaient pris le pas sur la réflexion, il courait précisément là où on l'envoyait !

Il ne savait plus à quel dieu se vouer. Il était essoufflé et peinait à rassembler ses idées. Il se laissa tomber sur le premier rondin venu pour faire le point.

Il avait négligé un autre aspect du problème. Une autre volonté s'était introduite dans cette partie de go. Ils n'étaient plus deux à jouer, ils étaient trois. Hsu était assez intelligent pour infléchir le jeu à son avantage. Or il avait une obsession : tuer Bai, qui s'était permis de tricher lors des parties qu'ils avaient disputées en prison.

Ti comprit tout à coup que le dernier pion blanc ne répondait pas à une stratégie pour battre Tchao : il répondait à la vengeance désirée par Hsu. C'était Bai qui était visé. Mais par quel biais ?

Puisqu'il avait parcouru plus de la moitié du chemin, Ti alla vérifier que son conseiller était toujours chez le capitaine. Il en profiterait pour vérifier que la famille entière n'était pas en train d'agoniser autour de son déjeuner.

Il ne prit pas la peine de frapper et surgit comme un diable dans la salle commune où les convives étaient attablés. Tout le monde tourna vers lui des yeux pleins de surprise. Les Tchou se levèrent prestement pour s'incliner devant le magistrat, qui les gratifiait d'une seconde visite dans la même journée. Déjà les femmes s'avançaient avec leurs corbeilles de friandises pour l'inviter à partager leur modeste repas. Ti tâcha de voir si l'officier se trouvait parmi eux.

– Tchai est-il ici ?

Ils firent des mines étonnées.

– Oh non, noble juge, répondit le chef de la famille. Mon fils a répondu à l'ordre exprès de Votre Excellence. Il ne se serait pas permis de différer d'un instant, bien que ma femme ait préparé son mets préféré pour célébrer ce jour où Votre Excellence nous a comblés d'honneurs. C'est une cassolette de choux. Nous ferez-vous l'honneur d'y goûter ?

Sur l'injonction du magistrat, le père expliqua qu'un homme qu'ils ne connaissaient pas avait transmis un ordre de Son Excellence : le militaire devait interroger séance tenante et sans témoin l'un des détenus. « Par tous les dieux ! » pensa le magistrat. Tandis qu'il accourait ici, l'officier traversait la ville en sens contraire, sur un ordre fallacieux envoyé par l'assassin. Il parcourut une nouvelle fois la pièce du regard. Point de Hsu en vue.

– Où est votre invité ?

On lui avait porté à manger dans sa chambre, qu'il n'avait pas souhaité quitter. Ti gravit l'échelle aussi vite qu'il le put. Le réduit où il s'était entretenu avec le joueur de go était vide. Le damier était toujours au centre du lit. Les pions avaient été agencés de manière à former le caractère signifiant « Adieu ». Ti eut la conviction d'être en train de perdre sa partie. Il n'avait pas montré plus de libre arbitre que les malheureux habitants de Hohhot, ballottés vers le bien ou vers le mal au gré de volontés extérieures.

En lui faisant poser son pion sur la prison, Hsu avait indiqué à Tchao que c'était là qu'il devrait frapper. Le seigneur allait forcément faire tuer le capitaine. Son meilleur assassin était le guérisseur Bai. Hsu avait dû tenir le même raisonnement. Il avait certainement prévu une manœuvre pour que Bai ne survive pas à cette péripétie.

Le juge dévala l'échelle et traversa la salle sous le regard interloqué de la petite famille. Les Tchou s'étaient fait une idée toute différente du métier de magistrat. La réalité leur paraissait beaucoup plus athlétique.

Ti traversa une nouvelle fois la ville en toute hâte pour retourner à la prison. Le sang qui battait à ses tempes stimulait ses pensées. Bai avait sûrement reçu un autre message lui enjoignant d'assassiner le capitaine quand celui-ci se présenterait pour l'interroger dans sa cellule. Comment pouvait-il espérer tuer l'officier et s'en tirer ? « Je suis le plus stupide des hommes ! » se dit le juge lorsque la réponse lui apparut. Perdu pour perdu après l'inculpation pour viol sur la femme du fourreur Han, sa seule chance était d'obéir aux ordres de son seigneur. Le meurtre du capitaine lui vaudrait la reconnaissance de son maître, qui le ferait échapper une fois le poste de garde complètement désorganisé par l'assassinat de l'officier supérieur. Si l'administration provinciale s'émouvait de ces erreurs à répétition, Tchao Xiang aurait beau jeu de signaler que c'était Ti qui avait ces questions en charge. La faute retomberait sur lui, magistrat incapable. C'était complet !

Comment Hsu comptait-il s'assurer que Bai n'en sortirait pas vivant ? Toute la question était là. Ti interrompit ses réflexions en arrivant devant la commanderie.

– Les dieux soient loués, vous êtes vivant ! s'exclama-t-il en apercevant l'officier, qui s'entretenait avec l'un des gardiens.

– Il se passe ici des choses curieuses, dit le capitaine.

Il était accouru dès qu'il avait reçu l'ordre verbal par lequel Ti lui intimait d'aller recueillir la confession de Bai en tête-à-tête.

– Et un pressentiment vous a empêché d'y aller ! conclut le magistrat, qui peinait à reprendre son souffle.

– Un pressentiment ? répéta le capitaine. Pas du tout. Je discutais avec cet imbécile, qui dit qu'il m'a déjà fait entrer tout à l'heure !

Ti se figea.

– Je vous assure, noble juge ! se défendit le geôlier. J'ai ouvert au capitaine il y a un quart d'heure à peine. Il souhaitait s'entretenir avec un détenu. Je l'ai conduit jusqu'à sa cellule. À présent il ne s'en souvient plus !

Le juge sentait une sueur froide couler le long de son échine.

– Dis-moi qu'il y est toujours, parvint-il à articuler.

– Ah non, noble juge. Le capitaine est reparti peu de temps après. Il est sorti sans dire un mot. Et le voilà qui revient et me redemande la même chose !

– Je te dis que ce n'était pas moi ! cria l'officier, excédé. Tu vas faire croire à Son Excellence que je perds la tête ou que je joue un double jeu !

Ti aurait préféré douter de l'honnêteté du militaire. Ce qu'il entrevoyait était beaucoup plus inquiétant.

– Conduis-nous à cette cellule, ordonna-t-il.

Le gardien tira l'énorme verrou qui bloquait la porte de séparation. Ti s'engouffra dans la cour, les deux autres sur ses talons. Son guide lui désigna l'une des portes qui entouraient l'esplanade à ciel ouvert. Le juge constata que la barre de fermeture était en place. Il fit signe d'ouvrir. Le réduit était éclairé par une lucarne en hauteur. Un tas de paille et un tabouret constituaient l'unique mobilier. Le regard du magistrat tomba sur un damier posé à même le sol. Cette vision confirma ses pires appréhensions. Un corps était étendu sur une couverture. Il n'avait pas bougé à leur entrée. À mieux y regarder, on voyait le manche d'un sabre court dépasser de sa poitrine, exactement à l'emplacement du cœur.

– C'est à vous, cette arme-là, n'est-ce pas ? dit le juge au capitaine qui se penchait à côté de lui sur l'objet macabre.

Il retira la lame de la blessure. Elle appartenait bien à l'équipement réglementaire des officiers. Ils en recevaient trois de tailles différentes, dont le prix était retenu sur leur solde par petites mensualités. Le sceau en forme de dragon ne laissait aucun doute : c'était bien une fourniture impériale. Le capitaine porta machinalement la main à sa ceinture. Le sabre qui y était pendu était du grand modèle.

– Je jure à Votre Excellence que je n'y suis pour rien ! glapit-il. Ces gardiens auront été ensorcelés ! C'est un complot !

Ti garda le silence quelques instants. Il était atterré.

– Je vous crois, répondit-il enfin. Ce n'est pas vous qui avez tué cet homme. C'est moi. C'est mon incommensurable stupidité.

Il quitta la prison d'un pas traînant et monta au bureau de commandement, où il se fit servir le thé. Il était clair que Hsu s'était servi dans la garde-robe de l'officier. Il s'était confectionné une fausse moustache. Le visage dissimulé par les ailettes du casque, il avait des chances de réussir à se faire passer pour son hôte.

À force d'étudier la partie de go, il avait fini par comprendre comment pensait le seigneur Tchao. Il avait deviné ce qui allait se passer et avait précédé les événements.

Lorsqu'on lui eut servi son thé, le juge se décida à éclairer la lanterne du capitaine, qui se morfondait en face de lui.

– Quand vous êtes arrivé chez vous pour déjeuner, Hsu s'est glissé dehors par la fenêtre de sa chambre. Revêtu d'un de vos uniformes, il s'est présenté à la prison, où on lui a ouvert. Il a profité de l'état d'agitation dans lequel se trouvait le poste pour atteindre sa victime. Vous étiez le seul assassin que personne n'aurait songé à arrêter.

Ti se garda d'ajouter que, pendant ce temps, lui-même courait la ville, affolé par la catastrophe qu'il sentait poindre et qu'il tentait désespérément d'empêcher. Il s'était fait avoir comme un enfant. Le capitaine, rassuré de se voir innocenté, tâcha de le consoler.

– D'un autre côté, noble juge, ce qui vient de se produire n'est pas si catastrophique : ce n'est qu'un condamné à mort qui a été assassiné.

Ti faisait une mine d'enterrement.

– La mise en échec de la justice est toujours une catastrophe, répondit-il.

En réalité, la blessure subie par son amour-propre le faisait cruellement souffrir. Il avait en outre perdu son conseiller dans le domaine du go, qui se promenait désormais dans la nature en tenue d'officier.

– Je vais faire fouiller la ville de fond en comble ! promit Tchou Tchai dans un regain d'énergie. Je promets à Votre Excellence que ce ruffian n'aura pas un trou de souris où se cacher !

– Il n'en aura pas besoin, répondit le juge d'une voix lasse. Vous ne comprenez pas sa manière d'agir. Il a toujours un coup d'avance. Il anticipe chaque fois sur notre prochain mouvement. Croyez-vous qu'il va vous attendre tranquillement ?

L'officier le regardait avec des yeux ronds.

– Voyons. Que feriez-vous si vous aviez un urgent besoin de quitter cette ville, capitaine ?

– Eh bien… Je prendrais l'un des chevaux de notre écurie. Il me suffit de me présenter, il y en a toujours un de prêt pour les officiers. Par le Tao ! s'exclama-t-il avant de bondir hors de la pièce.

Ti savait déjà ce qu'il allait lui apprendre à son retour : le palefrenier prétendrait lui avoir remis une monture une demi-heure auparavant. Son capitaine allait piquer une belle colère. Et si Hsu n'avait pas agi de la sorte, il lui restait encore la possibilité de réquisitionner n'importe quel animal de par la ville, grâce à son bel uniforme clinquant. Ou de se joindre à une caravane en partance, trop heureuse de se voir protégée par un soldat en armes. À l'heure qu'il était, il devait déjà approcher des montagnes et n'aurait qu'à les franchir pour refaire sa vie ailleurs.

Ti s'en voulait terriblement. Il avait souhaité se servir d'un homme sans scrupules pour confondre un criminel. Le résultat était qu'il n'y avait plus dans cette affaire que des assassins de tous côtés : Tchao, Bai, Xu, Hsu… Charmante petite cité. Le crime y fleurissait comme les chrysanthèmes à l'automne. Il sentit le désespoir l'envahir. « Je suis un crétin, pensa-t-il. C'est mon père qui avait raison. Je ne suis même pas assez bon pour faire régner un semblant d'ordre dans une petite ville de province ! »

Le courage lui revint lorsqu'il eut terminé sa théière, malgré la figure sinistre du capitaine à son retour des écuries. Il importait à présent de satisfaire l'autre esprit démoniaque impliqué dans ce jeu de dupes. Il ordonna à l'officier de rester cloîtré dans son bureau. L'homme était si honteux de s'être fait berner qu'il n'avait de toute façon aucune envie de sortir. Un soldat irait annoncer au seigneur Tchao que son capitaine avait été assassiné par le détenu Bai Juyi. Il ordonnerait aux gardes de pavoiser le bâtiment aux couleurs du deuil officiel de l'administration. Il fallait aussi taire la mort du guérisseur. Ti avait déjà une idée pour se débarrasser du corps tout en accréditant leur mise en scène.

Restait la tâche la plus humiliante. Il devait à présent choisir ses prochains coups en combinant le damier et la carte de la ville. Il avait perdu son meilleur atout pour contrer le seigneur Tchao. Ce dernier avait fini de s'extasier sur la subtilité de sa stratégie. Ti n'avait aucune idée de ce qu'avait prévu ce serpent de Hsu.

Le capitaine se proposa pour l'assister. Les officiers se servaient du go comme préparation à la stratégie militaire, il avait plus d'entraînement que le magistrat. Ils se penchèrent longuement sur les deux quadrillages. Ti finit par prendre une résolution radicale. Il fit une croix à l'endroit où il comptait poser son prochain pion, sous l'œil éberlué de l'officier.

« Au diable les finasseries ! » se dit-il comme il quittait d'un pas pressé le poste de garde. Il allait tailler dans le vif, à sa manière. On verrait ce qu'on verrait.

## XVII

*Le juge Ti aide un défunt à suivre ses propres funérailles ; il bouleverse une partie de go.*

Ti retourna au château, bien décidé à poursuivre sa partie sans l'aide du mauvais génie qui lui avait fait payer trop cher son assistance. Il voulait se prouver qu'il n'avait pas besoin d'un assassin pour en traquer un autre. Hsu lui avait montré la voie : il allait poursuivre dans ce sens jusqu'à ce que la bête se rende. Il fit prévenir le maître des lieux qu'il était disponible, et celui-ci le rejoignit sur la terrasse dallée.

Tchao ne prononça pas un mot au sujet des événements récents. Pourtant, Ti eut la conviction que la nouvelle de la mort du capitaine lui était déjà parvenue. Convaincu d'avoir trop tergiversé, il posa résolument un pion blanc sur l'une des intersections. Tchao considéra le résultat avec un étonnement évident. Il répliqua au bout de quelques minutes. À sa grande surprise, le magistrat, sans avoir paru réfléchir, se leva de nouveau, alla choisir une deuxième tablette et en enfonça la pointe dans l'un des trous. Il venait de jouer deux fois de suite, cela n'était encore jamais arrivé.

La perplexité de Tchao Xiang atteignit son comble, non par suite d'une quelconque stratégie pleine de finesse, mais parce que Ti avait pris soin de poser ses pions aux emplacements qui procureraient à son compétiteur le plus d'embarras. Il avait joué le temple taoïste et la maison close.

Complètement obnubilé par sa « partie de Hohhot », Tchao ne vit pas que les coups du magistrat étaient absurdes. C'était sur la carte de la cité que jouait Ti. Il avait laissé de côté la véritable partie de go, qui après tout n'avait guère d'importance. C'était à la dimension de l'univers que Tchao voulait se confronter, et c'était sur ce terrain que le juge comptait le mettre en échec. Les défis qu'il lui lançait devenaient ardus. Si un pion avait été posé sur sa propre demeure, Tchao aurait-il hésité à exécuter son épouse pour prendre le deuil blanc ? Combien de coups comme ceux-ci fallait-il lui assener pour lui faire perdre la tête ? Ti le laissa à son effarement et quitta la terrasse sans un mot.

La magnifique résidence était entourée, comme en général les maisons patriciennes situées à la campagne, d'une promenade couverte dont le toit était soutenu par de fines colonnes rouges en bois. Dans la partie située devant ses appartements, le juge trouva sa Première et Tao Gan, qui l'attendaient visiblement. Cela faisait plusieurs jours qu'il ne leur avait pas fait part des développements de son enquête. Ils étaient inquiets.

– Puisque vous êtes là, vous allez m'aider, annonça-t-il avec des airs de conspirateur.

Il n'avait aucune envie de leur expliquer de quelle manière il s'était fait berner par un joueur de go plus pervers que prévu. En revanche, il avait justement besoin d'assistance pour la manœuvre qu'il méditait. Il les entraîna du côté de la terrasse et posta dame Lin en embuscade à quelques pas, dans l'allée. Les deux hommes pénétrèrent sur l'échiquier désert et commencèrent à déplacer les pions.

– Le seigneur Tchao va être furieux ! prévint Tao Gan.

– C'est bien là-dessus que je compte, chuchota le magistrat. Je n'ai pas l'intention de continuer à me prêter gentiment à ses lubies meurtrières. Je compte faire tout ce qui est en mon pouvoir pour l'affoler. Je vais lui montrer qu'il n'est pas réellement le roi des dieux sur sa montagne sacrée, en train de contempler de haut les misérables mortels qui s'agitent sur la terre.

Une exclamation féminine leur parvint depuis l'autre côté des massifs de fleurs.

– Quelle bonne surprise ! s'écria madame Première de manière à être entendue d'eux.

Ils se figèrent, des tablettes dans les mains.

– J'espérais justement vous rencontrer, poursuivit dame Lin.

– Vraiment ? répondit une voix masculine.

– Je brûlais d'évoquer avec vous les détails du mariage. Savez-vous que mon mari est très excité ? Il me disait encore tout à l'heure le plaisir que lui procurait cette alliance avec un esprit aussi remarquable que le vôtre.

Leurs pas s'éloignèrent dans l'allée.

– Un esprit remarquable… grogna le magistrat. S'il se tire de cette affaire, je veux bien lui donner toutes mes filles en mariage, et mes concubines en prime !

Il saisit une tablette d'un geste rageur et la posa au hasard sur l'échiquier. Ils occupèrent les minutes suivantes à en ajouter d'autres. Ils furent bientôt en eau. Ces rondelles sculptées étaient pesantes. Il fallait aussi prendre garde à ne pas s'enfoncer leur pique dans le pied en les manipulant. La pointe pénétrait dans l'orifice aussi facilement que le poignard dans la poitrine de la victime désignée par ce geste. Lorsqu'ils eurent fini, le dessin formé par les pions ne ressemblait plus du tout à ce qu'ils avaient trouvé en arrivant.

Au matin suivant, Ti fut étonné de ne pas voir devant son lit un serviteur venu lui annoncer une catastrophe. Il s'habilla en hâte et se rendit sur la terrasse du goban. Il y avait de tous côtés des tablettes renversées, comme si une personne les avait jetées avec fureur. Sur le damier, la partie en cours avait été scrupuleusement reconstituée. Pour autant qu'il s'en souvînt, aucun pion ne manquait. Il avait entendu dire que les meilleurs joueurs étaient capables de mémoriser des parties entières dans le bon ordre. Il venait d'en avoir la démonstration. Tchao avait tant réfléchi sur ce dessin qu'il le connaissait par cœur. Vu le désordre qui régnait en ces lieux, la facétie du magistrat avait dû le plonger dans une colère noire. Il avait dû prendre cette insolence comme une déclaration de guerre. Ti retourna dans ses appartements à petits pas pour ne pas éveiller l'attention.

Dès qu'il eut avalé sa collation matinale, il partit pour Hohhot afin de vérifier que personne n'était mort à cause de lui. Il passa d'abord au temple taoïste, puis à la maison close, qu'il avait fait remplir de soldats aux aguets. S'il ne s'était rien passé chez les prêtres de Lao Tseu, c'était que le malfaiteur envoyé par Tchao s'était d'abord attaqué au Pavillon-Bleu. Les guetteurs avaient remarqué l'ancien valet des Hou alors qu'il cherchait un moyen de pénétrer discrètement à l'intérieur.

– Avez-vous appliqué mes instructions ? demanda le juge.

Soucieux d'éviter de nouvelles effusions de sang, il avait ordonné de l'appréhender s'il tentait quoi que ce soit. Xu Jun avait donc eu la surprise de voir tout le personnel de la maison de passe lui sauter dessus dès son arrivée. On avait trouvé sur lui deux poignards, un bâton solide et un lacet à étrangler.

– Je vois qu'il était en train de se spécialiser dans sa nouvelle activité, constata le magistrat.

On l'avait mis au secret dans la cellule la plus isolée. Nul doute qu'une petite conversation avec le mandarin ou avec ses bourreaux lui ferait confesser ses crimes. Ti remit cette séance à plus tard : l'emploi du temps de sa matinée était déjà chargé.

Si les pions blancs avaient épargné la ville, les pions noirs de Tchao avaient en revanche été dûment enregistrés. Les événements heureux pleuvaient sur Hohhot. On s'en félicita devant le magistrat, qui en fut ravi, étant indirectement à l'origine de ces avantages. Mieux valait taire que ses actes auraient aussi bien pu déchaîner une tempête meurtrière.

La cité connaissait par ailleurs une sorte de dérèglement des sentiments. Certains faisaient la fête alors que leurs voisins pleuraient leur mort, et cet ordre de choses pouvait s'inverser du jour au lendemain. Elle était prise d'hystérie. Le dieu tutélaire des murs et fossés semblait devenu fou. Ti se retrouvait dans la peau d'un « médecin pour la ville », quoique sans grimoire ni onguents pour l'aider.

Il termina sa tournée par le poste de garde, dont la façade était barrée de grandes bannières blanches où il était écrit : « Honneur à celui qui tombe au service de son empereur, il a trouvé la voie vers la félicité éternelle. » Une ombre encapuchonnée était en train de considérer l'effet, plantée de l'autre côté de la rue.

– Belle épitaphe, n'est-ce pas ? dit le juge.

Il avait reconnu le capitaine à sa carrure. Bien qu'il eût préféré que celui qu'on pleurait se cachât un peu mieux, il ne pouvait le blâmer d'avoir voulu contempler les ornements dédiés à sa glorieuse disparition. L'officier écrasa une larme du revers de la main.

– C'est tellement beau, noble juge ! dit-il avec une profonde émotion. Je regrette presque de n'être pas vraiment mort. Mes hommes sont de braves gens. Ils ont bien fait les choses. Je leur ferai donner une gratification.

Ti poussa un soupir d'agacement.

– N'oubliez pas que c'est votre assassin qui a financé ces décorations. En outre, cela peut très bien vous arriver un jour, ne désespérez pas.

L'idéal militaire était si bien ancré dans l'esprit du capitaine qu'il n'envisageait pas de plus belle fin que de sacrifier son existence terrestre pour la satisfaction de son empereur. Ti ne doutait pas que de telles convictions fussent très utiles à l'empire. Quant à lui, sa modestie s'accommodait très bien d'une fin tardive dans la demeure somptueuse que lui aurait value une très longue existence au service de Sa Majesté. Il prit l'officier par le bras pour l'arracher à la contemplation attendrie de ses banderoles funéraires. Il était hors de question qu'on le reconnaisse. Ti imaginait trop bien la réaction des habitants de Hohhot s'il faisait une réapparition-surprise le jour de son inhumation. On crierait au fantôme, ce serait une panique indescriptible. La croyance dans les revenants était l'un des piliers de la religion populaire. Il ne souhaitait pas avoir sur les bras, en plus du reste, une affaire de résurrection.

La grande salle de la commanderie était occupée par le somptueux cercueil que l'administration offrait à un soldat de son rang, mort pour la défense de ses concitoyens. Des emblèmes impériaux avaient été disposés de part et d'autre, ainsi que des encensoirs et des candélabres en bronze chargés de bougies votives.

– C'est trop ! s'écria le capitaine, au comble de l'émotion. Je n'en mérite pas tant ! Je n'ai fait que mon devoir !

Il commençait à énerver le magistrat. Comme le maintien de l'illusion les obligeait à mener ces funérailles jusqu'à leur terme, la famille du disparu arriva à son tour, en grand deuil blanc. Le tableau leur fit à eux aussi un effet extraordinaire. Ils fondirent en larmes dans les bras les uns des autres.

– Voyez ma mère comme elle pleure ! s'écria le mort, qu'il fallut empêcher d'aller se lamenter avec le reste de la parentèle.

Les Tchou défilèrent pour s'incliner devant le catafalque. Ti présenta ses condoléances aux père et mère. Ils lui répondirent entre leurs sanglots qu'il les comblait d'honneurs depuis son arrivée, ce qu'il estima complètement incohérent. Quatre hommes soulevèrent la belle boîte en bois précieux pour la porter jusqu'au char qui attendait devant le poste.

– Ça a l'air lourd, s'étonna le défunt. Qu'est-ce qu'il y a dedans ?

– Le corps du guérisseur Bai. C'est le meilleur moyen de nous en défaire. Nous faisons d'une pierre deux coups.

Le capitaine eut une moue de dégoût. L'idée que cet horrible personnage recevait les hommages dus à un héros de l'empire le révulsait. Autre déception, le seigneur Tchao, qui aurait dû assister en personne à la cérémonie, s'était contenté de déléguer son intendant, muni d'une bannière à son nom.

– Il aurait pu se déplacer ! s'indigna l'intéressé. C'est un malotru que Votre Excellence aura grand mérite à mettre au pas ! C'est tout de même à son service que j'ai péri ! Voilà les puissants et leur reconnaissance !

– Chut ! fit le juge. Je vous trouve très bavard, pour un cadavre. La mort vous a délié la langue. Vous oubliez qu'il est de notoriété publique qu'assister à l'enterrement de quelqu'un qu'on a tué porte malheur. Il craint que votre fantôme ne revienne le tourmenter nuit après nuit. Quoiqu'à mon avis sa conscience ait été la première à succomber, dans cette affaire.

Le cortège s'ébranla en direction du cimetière, situé hors les murs. Outre les pleureuses professionnelles et le double rang de soldats en armes, on avait organisé un défilé de petits enfants tenant chacun une fleur blanche en signe de tristesse publique. Cette vue arracha des sanglots à l'officier, que Ti dut soutenir.

Ils atteignirent bientôt le cimetière où le juge avait aperçu le spectre de la princesse Zhaojun lors de sa première visite. Un rite taoïste avec plumeaux à démons et clochettes fut célébré devant l'un des nombreux pagodons de pierre. On ouvrit la trappe afin d'y introduire le coffre oblong, qu'on plaça à côté de ceux contenant les précédents défunts de la lignée. L'apitoiement de l'officier se changea en irritation à voir un immonde individu inhumé en compagnie de ses ancêtres.

Lassé d'assister à ces épanchements, Ti s'écarta de quelques pas. Il aperçut un peu plus loin, entre les arbres, une silhouette qui ne lui était pas inconnue. Une femme suivait les funérailles d'un air navré. Des pleurs s'écoulaient le long de ses joues blafardes. Elle était revêtue d'un long manteau rouge à capuche. Il devina que la princesse était de retour.

Il dut contourner plusieurs tumuli pour la rejoindre. Lorsqu'il y fut, l'ectoplasme s'était évaporé. Ne restait plus de lui que ce parfum capiteux respiré par Ti la fois précédente. « Bien, se dit-il. Cela fait deux fantômes rien que pour cet enterrement. Il y aura bientôt plus de morts que de vivants, dans cette assemblée ! » En vérité, il n'était plus tout à fait sûr d'avoir eu affaire à une véritable revenante. Un nom commençait à poindre dans son esprit. Il se promit de vérifier son hypothèse à la première occasion.

La cérémonie terminée, il distribua quelques ordres et retourna au château. Il était d'humeur sombre et ce n'était pas à cause des funérailles auxquelles il venait d'assister. Il lui fallait se rendre à l'évidence : Tchao ne serait jamais pris, jamais on ne réunirait assez de preuves pour le faire condamner. Des complices que Ti avait identifiés, Bai était mort et enterré, et Xu Jun ne savait rien des motifs de son commanditaire. C'était à lui de frapper le coup décisif s'il voulait arriver à un résultat.

Sur la terrasse du goban, Tchao faisait un visible effort pour se dominer. Il tâchait de se conduire comme si rien ne s'était passé.

– Je dois avouer que Votre Excellence m'a surpris, dit-il sur un ton pincé. Je m'attendais certes à ce qu'elle manie les pions avec maestria. Je ne soupçonnais pas qu'elle développerait des techniques aussi inventives.

Ti avait décidé de jouer son va-tout. Il avait cherché quel était le seul acte susceptible de déstabiliser cet esprit glacé. Il se leva et marcha lentement jusqu'au coffre aux pièces blanches, choisit une tablette et revint la poser n'importe où sur l'échiquier. Tchao Xiang resta un instant silencieux.

– Ce n'est pas un très bon choix, si je peux me permettre, dit-il, déçu. Votre Excellence a dû se tromper. Allez, reprenez votre pion, je vous accorde le privilège de réparer cette erreur.

Au lieu de déplacer sa tablette, Ti alla en prendre une autre et la posa à côté de la précédente sans attendre que son adversaire joue à son tour. Ce dernier le regardait fixement, interloqué. Ti se dirigea cette fois vers le coffre aux rondelles noires, en saisit une et la plaça elle aussi sur l'échiquier. Il venait de jouer avec un pion qui n'était pas à lui. Tchao faisait une mine de catastrophe.

– Je ne comprends pas… balbutia-t-il. Votre Excellence est-elle en colère contre moi ? Ai-je fait quelque chose qui lui a déplu ?

Pour toute réponse, Ti souleva l'une des tablettes rivées dans le dallage et la jeta au loin. Comme il s'apprêtait à recommencer, Tchao céda à la panique. Il rejoignit le magistrat et retint son geste en posant une main sur son bras, ce qui était d'une impolitesse inconcevable. Ti lui lança un regard méprisant.

– Noble juge, vous ne pouvez pas me traiter ainsi !

On aurait dit une concubine venant d'apprendre son renvoi.

– Vous ne vous êtes pas gêné pour traiter vos concitoyens de façon bien pire, répondit le juge d'une voix sèche.

Il continua d'ôter les pions du damier pour les lancer dans le jardin. Perdant toute contenance, le seigneur Tchao le repoussa violemment pour l'empêcher de malmener son jouet.

– Cet échiquier est ce que j'ai de plus précieux ! cria-t-il. Je vous interdis de bouleverser cette partie ! Vous ne montrez aucun respect !

Ces propos n'empêchèrent pas le juge de remonter sur le goban, résolu à en venir aux mains si nécessaire.

– Vous avez manipulé les habitants de Hohhot, dit-il en saisissant une nouvelle tablette au hasard. Votre but était de cerner les blancs avec les rouges à la faveur des mariages, des deuils et de tout ce que vous pouviez imaginer. Votre fortune et votre amoralité vous y ont aidé. Vous avez joué une partie de go contre les aléas de l'existence et contre la volonté propre de vos pions. C'est la plus triste chose que j'aie jamais vue durant toute ma carrière de magistrat.

– Lâchez cette tablette ! cria Tchao.

Au lieu de lui obéir, le juge la jeta dans les buissons, arrachant un cri de désespoir à son adversaire.

– Si vous avez fait poster des gardes nuit et jour devant votre résidence, reprit Ti, ce n'est pas pour ma sécurité, mais pour vous disculper des meurtres que vous commettiez, puisqu'il vous était impossible de quitter cet endroit sans être vu. Vous êtes un assassin qui n'a jamais mis le pied chez ses victimes. En cela, vous êtes le plus méprisable que je connaisse.

Comme Ti continuait son œuvre de destruction de la partie de go, Tchao l'envoya rouler sur le dallage, mais ne put l'empêcher de reprendre sa tâche dès qu'il se fut relevé.

– Après avoir tué le maître Liu Yi, dit le juge, vous avez posé un pion blanc supplémentaire sur le damier, à l'emplacement correspondant à sa maison : c'était la seule différence entre l'état de la partie laissée par le vieil homme et ce qu'elle était devenue le lendemain matin. Ce détail fut le premier de ceux qui m'ont conduit à comprendre que vous aviez fait de votre ville un vaste échiquier sanglant.

– Il n'est rien d'impossible à qui a choisi la voie du go ! clama Tchao, désespéré de voir ses tablettes s'envoler les unes après les autres.

– Il y a quelque chose de pire que de jouer sa vie sur une partie de go, rétorqua le mandarin, imperturbable : c'est de jouer celle des autres.

Tchao se posta devant lui pour l'empêcher de se pencher sur les tablettes. Il paraissait aux abois, non à cause d'un quelconque crime, mais parce que son univers, qui se résumait à un échiquier rempli de pions noirs et blancs, était en train de se désagréger.

– J'ai disputé la plus grande partie de go de tout l'empire ! s'exclama-t-il comme s'il plaidait pour une noble cause. Une partie à la dimension d'une cité entière !

– C'est la plus mauvaise qu'il m'ait été donné de jouer, dit le juge en s'écartant pour rejoindre un groupe de tablettes encore enfoncées dans le sol. La stratégie est déplorable, pour autant qu'il y en ait une.

– La vie est une partie de go ! glapit Tchao, au bord des larmes.

– Vous avez tué des gens, à Hohhot ! rétorqua Ti.

– Il y a des gens, à Hohhot ? Non, noble juge. C'étaient des pions ! On ne peut pas me reprocher d'avoir sacrifié des pions sur un échiquier !

Ti envoya dans le jardin une tablette supplémentaire. Tchao sembla chercher des arguments pour le faire cesser.

– Il y a eu des pertes, certes, admit-il. Comme dans toute guerre ! Rien de grand ne se fait sans que des hommes meurent !

Le juge eut un peu de mal à ôter la tablette suivante, qui était coincée.

– Que vouliez-vous que je fasse ? reprit Tchao. Il n'y a rien, ici ! Cette résidence est une enclave d'harmonie dans un océan de médiocrité ! Je n'étais pas fait pour vivre chez les éleveurs de yaks !

– Vous pouviez trouver d'autres distractions sans les massacrer, répondit Ti sans se détourner de son travail.

Il avait eu ce qu'il souhaitait. Il attendait à présent que le seigneur se soit calmé pour lui annoncer que la partie était terminée. Il avait prévu de le faire arrêter par sa propre garde. En ce moment même les soldats devaient bloquer le portail de la résidence.

Comme s'il avait répondu à un appel du magistrat, le capitaine se présenta en grand uniforme à l'entrée de la terrasse pour se saisir de l'inculpé. Muet et blafard, ce dernier vit se dresser devant lui le spectre du militaire qu'il venait de faire assassiner. Il semblait revenu d'entre les morts pour le persécuter. Les récits populaires étaient pleins des sévices que des âmes en peine injustement meurtries faisaient subir à leur tourmenteur. L'état nerveux où Tchao se trouvait ne lui permit pas de reprendre ses esprits. Son visage se déforma en un rictus d'horreur. Si ses victimes avaient trouvé moyen de s'échapper des enfers, celui-ci ne serait que le premier d'une longue suite. Il poussa un cri et s'enfuit à travers les jardins sous le regard courroucé du revenant. Dans l'allée, il se trouva nez à nez avec un garde en uniforme, comme si le spectre avait été capable de se matérialiser sur son chemin. Il bifurqua, mais un autre lui barra la route un peu plus loin. Éperdu, il retourna sur la terrasse, où le juge l'attendait, debout au milieu du goban dévasté.

– Faites quelque chose ! implora Tchao sans cesser de fixer la créature d'outre-tombe.

Lorsque celle-ci fit un pas dans sa direction, il recula, les traits ravagés par l'effroi. Il se prit les pieds dans les tablettes éparpillées de tous côtés, trébucha et tomba à la renverse en poussant un hurlement. Il y eut un bruit sec, comme celui d'un pieu s'enfonçant dans un sol meuble. Tchao Xiang eut un soubresaut, puis demeura inerte, les yeux grands ouverts, remplis d'épouvante. Ti et le capitaine s'approchèrent, surpris de ne pas le voir se relever. Une pointe métallique dépassait tout juste de sa poitrine. Il s'était effondré sur la pique acérée d'un de ses pions. Une flaque de sang apparut sous son vêtement et s'élargit sur le damier, changeant une à une les pièces blanches et noires en pièces rouges.

– Est-il… demanda l'officier, ébahi de voir son seigneur épinglé comme une sauterelle grillée sur une baguette de cuisinier.

– Cette fois la partie est vraiment terminée, dit le juge.

Après avoir tué tant de gens pour la mener, son adversaire venait d'y mettre fin par sa propre mort. Ti était déçu. La justice n'y trouverait pas son compte : c'était probablement la fin que le joueur aurait voulue si on lui avait donné le choix.

# XVIII

*Le juge Ti restaure l'ordre à l'aide de récits magiques ; il s'entretient avec un fantôme.*

Ti avait plusieurs affaires de meurtres à régler avant de quitter la ville. Il aurait été logique de reporter cette tâche à son retour au yamen de Pei-tcheou. Il lui était cependant difficile d'abandonner la population de Hohhot dans l'état de désarroi où elle se trouvait. Jamais on n'avait vu une telle concentration de deuils et de réjouissances. La triste fin du seigneur Tchao avait achevé de tout désorganiser, l'équilibre de la cité était compromis. Le juge ne pouvait renoncer à restaurer l'ordre au plus vite. Les habitants ne se rendraient pas au chef-lieu de district pour recueillir ses conclusions. Il décida de donner une audience publique sur place.

On improvisa un tribunal dans la plus grande salle qu'on pût trouver. C'était un entrepôt de fourrures de l'importateur Han, vide entre deux passages de caravanes, que son propriétaire prêta volontiers pour l'occasion. Il y régnait une odeur musquée de belettes et de renards. Des charpentiers érigèrent une estrade à l'aide de quelques planches. Tao Gan donna des instructions pour faire installer la table recouverte d'un tapis rouge, les ustensiles emblématiques de la magistrature, et l'on pendit de longues banderoles à l'effigie de dragons venues du poste de garde, où était proclamée la suprématie impériale sur toutes les créatures de l'empire, même surnaturelles.

Les crieurs annoncèrent que Son Excellence allait donner une audience unique à titre exceptionnel pour conclure sa visite. Cette proclamation suscita la curiosité à travers la petite ville. Certes, l'aura dont bénéficiaient les hauts fonctionnaires avait un peu pâli, ces derniers jours : les citadins avaient tous pu voir leur juge, reconnaissable à sa robe verte, parcourir les rues en tous sens comme un égaré, occupé d'on ne savait quoi, aussi affairé qu'un vulgaire marchand. Ils n'avaient rien compris à ce qui s'était passé, hormis que les désordres n'avaient jamais été si grands que depuis l'arrivée du magistrat, et qu'on n'avait jamais vu autant de morts suspectes en si peu de temps. Mais cette audience était un événement extraordinaire, aussi se rendirent-ils en nombre à l'entrepôt pour voir Son Excellence siéger dans les relents de fouines et de visons.

Le juge, surmonté de son chapeau noir à ailettes empesées, était assis derrière sa table à nappe rouge. De chaque côté, debout, se tenaient son lieutenant et le nouveau capitaine de la garde, droits et la mine sévère. Si le respect de la profession avait pâti des allées et venues du mandarin, le décorum et la solennité en restaurèrent une bonne part. Le public, impressionné, se pressait jusque contre les murs. La veuve du retraité Hou, le fourreur Han et son épouse se tenaient au premier rang, à la requête du magistrat.

Ti avait longuement réfléchi à ce qu'il allait dire. La mort du seigneur avait été proclamée le jour même, sans plus de détails. La nouvelle avait suscité un vif émoi. Tchao Xiang avait toujours protégé son peuple, il avait affecté de se dépenser pour le bien d'autrui, il mourait aimé et admiré. Il avait par ailleurs œuvré de tout son pouvoir pour le rapprochement avec les Tang. Ti se voyait mal expliquer à présent à ses concitoyens que Tchao n'avait vu en eux que des sujets d'amusement qu'on pouvait se permettre de sacrifier sur un coup de tête. C'était une plongée un peu trop violente dans la culture millénaire chinoise qui leur avait apporté l'art du go. L'alliance avec l'empire n'y résisterait pas. Mieux valait faire un effort de diplomatie pour présenter les faits sous un jour acceptable.

La pièce résonnait des discussions entre les citadins, qui se tassaient pour trouver de la place. Ti chercha des yeux son tching-t'ang-mou, « le bois qui met la crainte dans la salle », un bâton très dur qu'on ne manquait jamais de poser sur la table avant chaque audience. Comme la ville n'en possédait pas, Tao Gan l'avait remplacé en toute hâte par le premier objet qu'il avait trouvé, une clochette du genre de celles qu'on pendait au cou des chevreaux à leur première sortie de l'étable. Incrédule, le juge agita la clochette pour réclamer le silence. Elle n'émit qu'un son fluet et cristallin qui se perdit dans le brouhaha. Il se tourna vers son lieutenant, qui fit un geste d'impuissance.

– Si je frappais ta tête avec ça, dit le juge, peut-être l'un de ces deux objets creux rendrait-il un son convenable ?

Soucieux d'éviter l'expérience, Tao Gan se mit à frapper très fort dans ses mains. Les conversations se turent bientôt tandis que l'attention se concentrait sur l'homme en vert assis derrière son tapis rouge.

Ti décréta tout d'abord que les forfaits survenus

avant son arrivée, ainsi que le meurtre du maître Liu Yi, avaient été commis par trois démons. Baissant la voix, il pria dame Yang de se boucher les oreilles.

– Il s'agit de Mitchu, Yeou-Ying-Kong et Kai-dutsi, des créatures maléfiques bien connues, que les prêtres du temple taoïste ont parfaitement identifiées.

Il jeta un coup d'œil inquiet à celle qui se bouchait les oreilles à quelques pas de lui, craignant qu'elle n'arrache ses vêtements avec lascivité avant d'assassiner le plus de monde possible pour finalement se suicider. Il n'en fut rien, soit qu'elle n'eût pas entendu, soit que les rites de désenvoûtement du mage Tian Tchen eussent porté leurs fruits. Il expliqua à un public effaré comment ces divinités s'étaient fait ouvrir la porte du malheureux joueur de go en empruntant une forme féminine, et l'avaient ensuite assassiné, conformément à leur nature violente. La théorie n'aurait pas ravi les juristes de la capitale. Mais, dans ces régions plus empreintes de superstitions que de philosophie confucéenne, elle était tout à fait conforme à l'idée qu'on se faisait des forces régissant l'univers.

Pour ce qui était du meurtre du retraité Hou Jingxian, Ti fit comparaître le valet Xu, proprement enchaîné.

– Xu Jun, tu as déclaré que ton patron était déjà mort lorsque tu es entré dans sa chambre. C'est faux, puisque le corps bloquait la porte, le lendemain matin, quand le majordome Wei l'a découvert. Tu as donc menti. Je te somme d'avouer ton crime devant tout le monde !

La menace de tortures et la vue des outils de fourreur coupants et compliqués disposés un peu partout aidèrent le jeune homme à fournir cet effort. C'était la fin d'une prometteuse carrière de tueur à gages. Ti assura qu'il recevrait à Pei-tcheou le juste châtiment de son méfait. Au regard de la loi, ce meurtre constituait une trahison impardonnable du lien entre maîtres et serviteurs. Il y avait là une circonstance aggravante que le ministère sanctionnerait sans nul doute d'une peine de mort lente. Ti conclut que le majordome Wei Yin était lavé de tout soupçon. Dame Bu Feiyan, soutenue par son neveu, s'inclina en manière de remerciement. À présent que le patriarche était mort et que les causes de son décès étaient élucidées, ces trois-là allaient pouvoir reprendre leur petit train-train en toute tranquillité. Le juge savait fort bien ce qui se passait dans ce genre de cas : on marierait le neveu à une jeune fille peu encombrante afin de respecter les convenances, ce qui ne l'empêcherait pas de poursuivre son idylle avec le chef de ses domestiques. Dame Bu s'ensevelirait dans un veuvage plein de dignité, que son goût pour les serviteurs au physique avenant pimenterait certainement de façon discrète.

Ti glissa sur l'assassinat du guérisseur Bai Juyi dans sa cellule, parce qu'en parler ne l'arrangeait pas, le meurtrier étant hors de portée. En privant l'État d'une exécution publique exemplaire, Hsu Sung-nien avait offensé la justice impériale, ce qui était beaucoup plus grave que le meurtre qu'il avait commis. La chose, si elle était connue, retomberait sur la tête du magistrat. Celui-ci jugeait donc plus sage et plus commode de ne pas l'ébruiter, se souciant peu de tendre à sa hiérarchie des baguettes pour le flageller. Seule une conduite sans tache lui permettrait d'échapper à ces régions dont la désolation le déprimait, aussi « réussite » et « exemplarité » étaient-ils désormais ses maîtres-mots.

Ti put enfin conclure cette audience, à laquelle ses

approximations et l'évocation de démons en tous genres donnaient plus de parenté avec un conte populaire qu'avec un jugement régulier. L'assistance, en revanche, était conquise. Les gens de Hohhot retournèrent à leurs occupations avec une bien meilleure idée des hauts fonctionnaires impériaux, sans se douter le moins du monde des dangers qu'ils avaient courus durant les quelques semaines où leur seigneur les avait pris pour des pions sur un échiquier.

Ti rentra au château, où madame Première était en train de superviser la préparation de leurs bagages. Il alla s'entretenir avec la veuve de Tchao Xiang, à qui il devait présenter ses condoléances.

Elle l'attendait dans la grande salle, revêtue d'une robe blanche parfaitement immaculée. Il ne put s'empêcher de songer qu'elle avait rejoint le goban de son époux défunt : elle ressemblait à l'une de ces tablettes dont il ne savait plus s'il s'agissait de rondelles de bois ou d'êtres vivants.

Ti avait du mal à faire l'éloge du disparu, bien que la décence l'y obligeât. Aussi s'efforça-t-il de faire rouler la conversation sur des sujets divers et banals. On avait rapporté à dame Ren son étonnant discours sur les démons coupables de plusieurs meurtres.

– Il y a une réelle résurgence de ces créatures, en ce moment, dit-elle. Le bruit court qu'un monstre géant est apparu dans un village d'éleveurs, il y a huit jours.

Ti supposa qu'il s'agissait du stratagème qu'il avait employé pour convaincre les montagnards d'acquitter leur impôt. Il répondit poliment qu'il en était absolument convaincu. Il avait personnellement entendu dire que le fantôme de la princesse Zhaojun hantait le cimetière de Hohhot.

Ren Lin-yao était songeuse.

– On ne vous aura peut-être pas dit comment se termine son histoire, reprit-elle. Les hommes passent en général ce détail sous silence. Il est pourtant fort instructif quant à la place qui est faite aux femmes dans ces contrées. Devenue veuve de son chef barbare, Zhaojun émit le désir de rentrer chez les siens, à Chang-an. Le nouvel empereur des Hans lui ordonna au contraire de suivre la coutume de ceux auxquels elle appartenait désormais : elle dut épouser le fils aîné de son mari, dont elle eut deux filles. Elle a dû se marier avec son beau-fils ! Quand on sait l'opinion qu'ont en général les enfants de leur marâtre ! J'ai du mal à croire qu'elle trouva cela gracieux. L'exil forcé et le mariage incestueux sont tous deux condamnés par Confucius. Dans la plupart des poèmes qui lui sont dédiés, Zhaojun finit par se suicider. Vous rendez-vous compte que c'est peut-être une suicidée qui repose sous ce tumulus et que les gens honorent comme une héroïne ? C'est en tout cas une pauvre femme, à qui l'on n'a jamais demandé son avis sur la manière dont devait se dérouler sa vie.

Ti en connaissait une autre, qui avait toutes les raisons du monde de s'identifier à la princesse morte. Dame Ren avait été offerte très jeune à un homme froid et calculateur, capable de faire tuer des innocents pour ne pas contrarier ses lubies. Le mariage que les Tchao proposaient à la demoiselle Ti, dame Ren l'avait contracté en son temps. Avec les années, les excentricités et le caractère de son époux avaient dû devenir de plus en plus pénibles. Elle le connaissait mieux que personne. De là à imaginer qu'elle était au fait de ses plus noirs secrets, il n'y avait qu'un pas.

– Votre parfum est délicieux, nota le juge.

– C'est un extrait de fleurs que je fais venir des régions du sud. On n'en trouve pas d'aussi capiteux chez nous, le climat est trop rude.

Dès son entrée, Ti avait reconnu la fragrance qui suivait le fantôme de la princesse comme un halo. On pouvait se draper d'un manteau rouge, se passer les dents au charbon et la figure au blanc, mais on ne pouvait guère changer de parfum. Il l'imaginait fort bien, fatiguée, désorientée, errant entre les tombes de sa famille, dans la solitude et la paix du cimetière. Lorsqu'elle avait aperçu le magistrat qui se promenait seul entre les pagodes de pierre, elle s'était blanchi le visage avec de la cendre funéraire et noirci les dents pour se donner un air fantomatique. C'était le biais qu'elle avait trouvé pour l'avertir des forfaits perpétrés par son époux sans trahir la fidélité qu'elle lui devait.

Elle lut dans ses yeux qu'il avait compris.

– Vous saviez, n'est-ce pas ? dit-il.

Dame Ren poussa un profond soupir.

– Mon mari ne m'a jamais considérée autrement que comme un objet nécessaire à sa maison. Il en usait ainsi de tout le monde. Jamais il n'a vu en moi une compagne. Je ne crois pourtant pas être une imbécile indigne de son intérêt. J'avais remarqué deux choses troublantes, ces derniers mois. Les catastrophes qui frappaient notre ville se produisaient toujours après que le maître de go fut venu jouer. Or seul mon Xiang avait le pouvoir d'infléchir la vie de ces gens selon son bon plaisir. Je savais qu'il faisait espionner ses concitoyens. Il avait dans sa chambre des feuillets où tout était consigné, depuis les vices jusqu'aux simples maladies. Je l'ai entendu envoyer son guérisseur soigner quelqu'un, et cette personne est décédée le jour même. Quand il l'a su, il a été pris d'une joie indescriptible. Il allait chaque fois contempler son échiquier géant. J'ai fini par avoir la certitude qu'il se passait quelque chose d'horrible dans notre ville.

Ti admira son courage, son esprit d'entreprise et son habileté à conjuguer son devoir envers la justice et celui envers son époux. Sa Première n'aurait pas agi avec plus de duplicité et d'efficacité.

Dame Ren était sur le point d'ajouter quelque chose, mais n'en fit rien : des serviteurs venaient d'entrer. Ils demandèrent s'ils devaient enlever la statue tout de suite.

– Oui, tout de suite, répondit-elle. Et jetez-la au feu, je ne veux plus jamais la voir !

Ils se dirigèrent vers l'autel consacré à l'empereur Shun, l'inventeur mythique du jeu de go. Deux d'entre eux soulevèrent la représentation du monarque légendaire tandis qu'une femme ôtait les porte-encens et les offrandes disposées à ses pieds. Ti vit en outre d'autres domestiques empiler les échiquiers et les pots à jetons, qui quittèrent la pièce en même temps que la statue de bois peint. Un martèlement parvint aux oreilles du magistrat.

– Je fais détruire cette maudite terrasse dallée, expliqua dame Ren. Jamais plus on ne jouera une partie de go dans cette maison tant que j'y vivrai. J'ai par ailleurs des devoirs envers tous ceux à qui les folies de mon époux ont fait perdre un proche. Je m'y emploierai dès la fin des cérémonies. Xiang était un homme aimé, il aura de belles funérailles. C'est tout ce que je lui dois.

Ti constata avec satisfaction que les choses rentraient dans l'ordre confucéen qu'elles n'auraient jamais dû quitter. On se souciait à nouveau du bien-être d'autrui, on respectait la morale, on ne songeait plus à imposer à l'univers d'autres règles que celles voulues par les dieux, les penseurs et le Fils du Ciel. Dame Ren avait l'air contrariée.

– J'ai l'immense regret de devoir annuler les fiançailles de votre chère Petit-Jade avec mon fils.

– Vraiment ? dit le juge. Quel dommage ! Mes compagnes vont être si déçues !

Elle évoqua leur deuil et la nécessité de raffermir les liens qui unissaient leur clan aux chefs du voisinage, étant donné le jeune âge auquel son fils se voyait remettre les rênes du pouvoir.

– Je suis sûre que votre fille s'en consolera, conclut-elle : à douze ans, on se remet de tout.

Cette rupture était son ultime cadeau. Ti devina que ce mariage lui répugnait en réalité autant qu'à eux. Elle ne devait pas avoir été beaucoup plus âgée au moment de ses noces.

– Mon Peou se mariera plus tard. Je souhaite m'assurer d'abord qu'il n'a pas hérité la folie de son père.

Ti n'était pas inquiet sur ce point. Le jeune homme ne tenait visiblement pas grand-chose de son géniteur, et surtout pas l'intelligence. Il y avait au moins cela de rassurant dans son idiotie.

Quelques minutes plus tard, accompagné de Tao Gan et de madame Première, il montait à cheval pour franchir les montagnes qui les séparaient de Pei-tcheou. Ils avaient été rejoints par le percepteur, qui avait occupé le séjour à écumer les hameaux environnants pour la plus grande gloire de l'empereur.

– Nous n'arriverons pas de l'autre côté avant la nuit, dit l'employé du yamen. Il nous faudra camper.

– Oh, quelle chance, dit le juge d'une voix morne.

Il affectait le même désenchantement qu'à l'aller, pour ne pas déroger à sa dignité de mandarin élevé dans la plus pure culture métropolitaine. Madame Première remarqua un gros paquet ficelé à l'arrière de sa selle.

– Ce sont de petits souvenirs de Hohhot, expliqua-t-il.

Avant de quitter la ville, il s'était procuré en toute discrétion de ces gâteaux à la graisse de yak contre lesquels il avait pesté chaque fois qu'on lui en avait servi. Il se serait laissé donner des coups de bambous plutôt que d'avouer que la cuisine locale avait été la plus forte : il s'y était habitué.

Une silhouette encapuchonnée les attendait au bord de la route.

– Votre Excellence n'a-t-elle pas oublié quelque chose ? demanda le capitaine en rejetant le couvre-chef qui dissimulait ses traits.

En vérité, le magistrat avait totalement perdu de vue le cas du malheureux officier. Comment le ressusciter sans qu'on crie au fantôme ? Quelle explication donner à sa fausse mort ?

Il descendit de cheval et se fit donner son nécessaire à écrire. Peu après, il remettait au militaire un beau certificat orné du sceau du tribunal, indiquant que le sous-préfet Ti Jen-tsie avait officiellement prié les juges des enfers de renvoyer l'honorable Tchou Tchai parmi les mortels pour continuer de veiller sur les habitants de Hohhot.

Puis il reprit sa route, laissant derrière lui un soldat enchanté, qui considérait le bout de papier avec autant de fierté que s'il avait été ratifié par les dieux en personne. Ti était fort content de quitter ces contrées frontalières. Dans quelques semaines, il n'aurait plus su lui-même s'il était un fonctionnaire impérial ou l'intercesseur entre les forces invisibles et la population. Sans doute faudrait-il plusieurs siècles pour que la sagesse confucéenne pénètre vraiment ce territoire. Pour sa part, il s'en allait avec les deux choses les plus précieuses que l'endroit avait à lui offrir : la satisfaction du travail bien fait et les galettes à la graisse de yak.

# Carrière du juge Ti

630 Naissance de Ti Jen-tsie à T'ai-yuan, capitale de la province du Chan-si. Il y passe ses examens provinciaux.

650 Son père est nommé conseiller impérial à la capitale, où la famille vient habiter. Ti devient son assistant. Ses parents lui font épouser la fille d'un haut fonctionnaire du même rang, dame Lin Erma. Après avoir passé son doctorat, Ti devient secrétaire aux Archives impériales et se choisit une seconde épouse. Une enquête aux Archives, vers l'an 660, lui donne envie de postuler pour une carrière en province. Sa véritable motivation est d'échapper à l'emprise pesante de ses parents, chez qui il logeait jusqu'alors.

663 Ti devient magistrat de Peng-lai, petite ville côtière du Nord-Est, non loin de l'embouchure du fleuve Jaune. Il épouse sa troisième compagne, dont il a condamné à mort le père et le mari.

664 ***La Nuit des juges***. Ti est convoqué à la préfecture de Pien-fou, agréable cité balnéaire briguée par tous ses collègues. Il est appelé à résoudre l'énigme posée par l'assassinat du magistrat local.

666 Ti est nommé à Han-yuan, ville située au bord d'un lac, au nord-ouest de la capitale. ***Madame Ti mène l'enquête***. Immobilisé par une jambe cassée, il laisse sa première épouse l'aider à élucider l'origine d'une momie retrouvée dans la forêt, ainsi que celle d'un squelette déterré dans le jardin d'un peintre mondain.

667 ***L'Art délicat du deuil***. Ti est confronté à une épidémie mystérieuse qui afflige ses administrés.

668 Le juge Ti est nommé à Pou-yang, florissante cité sur le Grand Canal impérial qui traverse l'empire du nord au sud. ***Le Château du lac Tchou-an***. Alors qu'il est en route pour prendre son poste, une inondation le force à s'arrêter quelques jours dans un domaine où un corps flottant sur l'eau semble lui enjoindre de punir son meurtrier. ***Le Palais des courtisanes***. Au printemps, Ti doit élucider l'affaire du corps sans tête trouvé dans une maison de passe pour riches bourgeois.

669 ***Petits meurtres entre moines***. Le juge Ti séjourne dans un monastère taoïste et envoie madame Première faire retraite dans un couvent de nonnes bouddhistes. Une série de morts suspectes se produit parmi les religieux.

676 Ti est magistrat de Pei-tcheou, à l'extrême nord de l'empire, une région très influencée par la culture mongole. ***Mort d'un maître de go***. Au cours d'une tournée de collecte d'impôts dans les montagnes de son district, il séjourne dans une petite ville fortifiée, gouvernée par un seigneur féodal dont ce jeu est la seule passion.

677 Ti est nommé magistrat à la Cour métropolitaine de justice de Chang-an. ***Mort d'un cuisinier chinois***. Alors qu'il attend sa nouvelle affectation, il se voit confier une enquête dans les cuisines du palais impérial, dont dépend la vie d'une centaine de cuisiniers.

680 Il devient ministre de l'impératrice Wu.

700 Ti s'éteint à Chang-an dans sa soixante-dixième année.

DU MÊME AUTEUR

Les Insulaires
*Éditions de Septembre, 1990*

Les Fous de Guernesey
ou les Amateurs de littérature
*Robert Laffont, 1991*

L'Ami du genre humain
*Robert Laffont, 1993*

L'Odyssée d'Abounarti
*Robert Laffont, 1995*
*et « Pocket », nº 10074*

Mademoiselle Chon du Barry
ou les Surprises du destin
*Robert Laffont, 1996*

Les Princesses vagabondes
*prix François-Mauriac de l'Académie française*
*Jean-Claude Lattès, 1998*

La Jeune Fille et le Philosophe
*Fayard, 2000*

Un beau captif
*Fayard, 2001*

La Passion Belhomme
Une prison de luxe sous la Terreur
*Fayard, 2002*

Douze tyrans minuscules
Les Policiers de Paris sous la Terreur
*Fayard, 2003*

Les Nouvelles Enquêtes du juge Ti, vol. 1
Le Château du lac Tchou-An
*Fayard, 2004*
*et « Points Policier », nº P1541*

Les Nouvelles Enquêtes du juge Ti, vol. 2
La Nuit des juges
*Fayard, 2004*
*et « Points Policier », nº P1542*

Les Nouvelles Enquêtes du juge Ti, vol. 3
Le Palais des courtisanes
*Fayard, 2004*
*et « Points Policier », nº P1600*

Les Nouvelles Enquêtes du juge Ti, vol. 4
Petits meurtres entre moines
*Fayard, 2004*
*et « Points », nº P1832*

Les Nouvelles Enquêtes du juge Ti, vol. 5
Madame Ti mène l'enquête
*Fayard, 2005*
*et « Points », nº P1833*

Les Nouvelles Enquêtes du juge Ti, vol. 6
Mort d'un cuisinier chinois
*Fayard, 2005*
*et « Points », nº P2044*

Les Nouvelles Enquêtes du juge Ti, vol. 7
L'Art délicat du deuil
*Fayard, 2006*
*et « Points », nº P2288*

Les Nouvelles Enquêtes du juge Ti, vol. 9
Dix petits démons chinois
*Fayard, 2007*

Les Nouvelles Enquêtes du juge Ti, vol. 10
Médecine chinoise à l'usage des assassins
*Fayard, 2007*

Les Nouvelles Enquêtes du juge Ti, vol. 11
Guide de survie d'un juge en Chine
*Fayard, 2008*

Les Nouvelles Enquêtes du juge Ti, vol. 12
Panique sur la Grande Muraille
*Fayard, 2008*

Les Nouvelles Enquêtes du juge Ti, vol. 13
Le Mystère du jardin chinois
*Fayard, 2009*

Les Nouvelles Enquêtes du juge Ti, vol. 14
Diplomatie en kimono
*Fayard, 2009*

Les Nouvelles Enquêtes du juge Ti, vol. 15
Thé vert et arsenic
*Fayard, 2010*

JEUNESSE

La Nuit de toutes les couleurs
*(en collaboration avec Émilie Chollat)*
*Milan, 1999*

Une histoire à dormir debout
*(en collaboration avec Gwen Kéraval)*
*Milan, 1999, 2008*

Petit lapin a disparu
*(en collaboration avec Isabelle Chatelard)*
*Milan, 2000, 2009*

Je m'envole
*(en collaboration avec Olivier Latick)*
*Milan, 2000*

L'Orphelin de la Bastille, vol. 1
*Milan, 2002*

L'Orphelin de la Bastille, vol. 2
Révolution !
*Milan, 2003*

L'Orphelin de la Bastille, vol. 3
La Grande Peur
*Milan, 2004*

L'Orphelin de la Bastille, vol. 4
Les Derniers Jours de Versailles
*Milan, 2005*

La Princesse météo
*(en collaboration avec Frédéric Pillot)*
*Milan, 2005, 2007*

L'Orphelin de la Bastille, vol. 5
Les Savants de la Révolution
*Milan, 2006*

RÉALISATION : IGS-CP À L'ISLE-D'ESPAGNAC
IMPRESSION : CPI BRODARD ET TAUPIN À LA FLÈCHE
DÉPÔT LÉGAL SEPTEMBRE 2010. N° 103075-1 (59108)
IMPRIMÉ EN FRANCE

# Collection Points

DERNIERS TITRES PARUS

P2181. Mort sur liste d'attente, *Veit Heinichen*
P2182. Héros et Tombes, *Ernesto Sabato*
P2183. Teresa l'après-midi, *Juan Marsé*
P2184. Titus errant. La Trilogie de Gormenghast, 3
*Mervyn Peake*
P2185. Julie & Julia. Sexe, blog et bœuf bourguignon
*Julie Powell*
P2186. Le Violon d'Hitler, *Igal Shamir*
P2187. La mère qui voulait être femme, *Maryse Wolinski*
P2188. Le Maître d'amour, *Maryse Wolinski*
P2189. Les Oiseaux de Bangkok, *Manuel Vázquez Montalbán*
P2190. Intérieur Sud, *Bertrand Visage*
P2191. L'homme qui voulait voir Mahona, *Henri Gougaud*
P2192. Écorces de sang, *Tana French*
P2193. Café Lovely, *Rattawut Lapcharoensap*
P2194. Vous ne me connaissez pas, *Joyce Carol Oates*
P2195. La Fortune de l'homme et autres nouvelles, *Anne Brochet*
P2196. L'Été le plus chaud, *Zsuzsa Bánk*
P2197. Ce que je sais… Un magnifique désastre 1988-1995.
Mémoires 2, *Charles Pasqua*
P2198. Ambre, vol. 1, *Kathleen Winsor*
P2199. Ambre, vol. 2, *Kathleen Winsor*
P2200. Mauvaises Nouvelles des étoiles, *Serge Gainsbourg*
P2201. Jour de souffrance, *Catherine Millet*
P2202. Le Marché des amants, *Christine Angot*
P2203. L'État des lieux, *Richard Ford*
P2204. Le Roi de Kahel, *Tierno Monénembo*
P2205. Fugitives, *Alice Munro*
P2206. La Beauté du monde, *Michel Le Bris*
P2207. La Traversée du Mozambique par temps calme
*Patrice Pluyette*
P2208. Ailleurs, *Julia Leigh*
P2209. Un diamant brut, *Yvette Szczupak-Thomas*
P2210. Trans, *Pavel Hak*
P2211. Peut-être une histoire d'amour, *Martin Page*
P2212. Peuls, *Tierno Monénembo*
P2214. Le Cas Sonderberg, *Elie Wiesel*
P2215. Fureur assassine, *Jonathan Kellerman*
P2216. Misterioso, *Arne Dahl*
P2217. Shotgun Alley, *Andrew Klavan*
P2218. Déjanté, *Hugo Hamilton*

P2257. Évitez le divan
Petit guide à l'usage de ceux qui tiennent à leurs symptômes
*Philippe Grimbert*
P2258. La Chambre de Mariana, *Aharon Appelfeld*
P2259. La Montagne en sucre, *Wallace Stegner*
P2260. Un jour de colère, *Arturo Pérez-Reverte*
P2261. Le Roi transparent, *Rosa Montero*
P2262. Le Syndrome d'Ulysse, *Santiago Gamboa*
P2263. Catholique anonyme, *Thierry Bizot*
P2264. Le Jour et l'Heure, *Guy Bedos*
P2265. Le Parlement des fées
I. L'Orée des bois, *John Crowley*
P2266. Le Parlement des fées
II. L'Art de la mémoire, *John Crowley*
P2267. Best-of Sarko, *Plantu*
P2268. 99 Mots et Expressions à foutre à la poubelle
*Jean-Loup Chiflet*
P2269. Le Baleinié. Dictionnaire des tracas
*Christine Murillo, Jean-Claude Leguay,*
*Grégoire Œstermann*
P2270. Couverture dangereuse, *Philippe Le Roy*
P2271. Quatre Jours avant Noël, *Donald Harstad*
P2272. Petite Bombe noire, *Christopher Brookmyre*
P2273. Journal d'une année noire, *J.M. Coetzee*
P2274. Faites vous-même votre malheur, *Paul Watzlawick*
P2275. Paysans, *Raymond Depardon*
P2276. Homicide special, *Miles Corwin*
P2277. Mort d'un Chinois à La Havane, *Leonardo Padura*
P2278. Le Radeau de pierre, *José Saramago*
P2279. Contre-jour, *Thomas Pynchon*
P2280. Trick Baby, *Iceberg Slim*
P2281. Perdre est une question de méthode, *Santiago Gamboa*
P2282. Le Rocher de Montmartre, *Joanne Harris*
P2283. L'Enfant du Jeudi noir, *Alejandro Jodorowsky*
P2284. Lui, *Patrick Besson*
P2285. Tarabas, *Joseph Roth*
P2286. Le Cycliste de San Cristobal, *Antonio Skármeta*
P2287. Récit des temps perdus, *Aris Fakinos*
P2288. L'Art délicat du deuil
Les nouvelles enquêtes du juge Ti (vol. 7)
*Frédéric Lenormand*
P2289. Ceux qu'on aime, *Steve Mosby*
P2290. Lemmer, l'invisible, *Deon Meyer*
P2291. Requiem pour une cité de verre, *Donna Leon*
P2292. La Fille du Samouraï, *Dominique Sylvain*

P2293. Le Bal des débris, *Thierry Jonquet*
P2294. Beltenebros, *Antonio Muñoz Molina*
P2295. Le Bison de la nuit, *Guillermo Arriaga*
P2296. Le Livre noir des serial killers, *Stéphane Bourgoin*
P2297. Une tombe accueillante, *Michael Koryta*
P2298. Roldán, ni mort ni vif, *Manuel Vásquez Montalbán*
P2299. Le Petit Frère, *Manuel Vásquez Montalbán*
P2300. Poussière d'os, *Simon Beckett*
P2301. Le Cerveau de Kennedy, *Henning Mankell*
P2302. Jusque-là… tout allait bien !, *Stéphane Guillon*
P2303. Une parfaite journée parfaite, *Martin Page*
P2304. Corps volatils, *Jakuta Alikavazovic*
P2305. De l'art de prendre la balle au bond
Précis de mécanique gestuelle et spirituelle
*Denis Grozdanovitch*
P2306. Regarde la vague, *François Emmanuel*
P2307. Des vents contraires, *Olivier Adam*
P2308. Le Septième Voile, *Juan Manuel de Prada*
P2309. Mots d'amour secrets.
100 lettres à décoder pour amants polissons
*Jacques Perry-Salkow, Frédéric Schmitter*
P2310. Carnets d'un vieil amoureux, *Marcel Mathiot*
P2311. L'Enfer de Matignon, *Raphaëlle Bacqué*
P2312. Un État dans l'État. Le contre-pouvoir maçonnique
*Sophie Coignard*
P2313. Les Femelles, *Joyce Carol Oates*
P2314. Ce que je suis en réalité demeure inconnu, *Virginia Woolf*
P2315. Luz ou le temps sauvage, *Elsa Osorio*
P2316. Le Voyage des grands hommes, *François Vallejo*
P2317. Black Bazar, *Alain Mabanckou*
P2318. Les Crapauds-brousse, *Tierno Monénembo*
P2319. L'Anté-peuple, *Sony Labou Tansi*
P2320. Anthologie de poésie africaine,
Six poètes d'Afrique francophone, *Alain Mabanckou (dir.)*
P2321. La Malédiction du lamantin, *Moussa Konaté*
P2322. Green Zone, *Rajiv Chandrasekaran*
P2323. L'Histoire d'un mariage, *Andrew Sean Greer*
P2324. Gentlemen, *Klas Östergren*
P2325. La Belle aux oranges, *Jostein Gaarder*
P2326. Bienvenue à Egypt Farm, *Rachel Cusk*
P2327. Plage de Manacorra, 16h30, *Philippe Jaenada*
P2328. La Vie d'un homme inconnu, *Andreï Makine*
P2329. L'Invité, *Hwang Sok-yong*
P2330. Petit Abécédaire de culture générale
40 mots-clés passés au microscope, *Albert Jacquard*

P2331. La Grande Histoire des codes secrets, *Laurent Joffrin*
P2332. La Fin de la folie, *Jorge Volpi*
P2333. Le Transfuge, *Robert Littell*
P2334. J'ai entendu pleurer la forêt, *Françoise Perriot*
P2335. Nos grand-mères savaient
Petit dictionnaire des plantes qui guérissent, *Jean Palaiseul*
P2336. Journée d'un opritchnik, *Vladimir Sorokine*
P2337. Cette France qu'on oublie d'aimer, *Andreï Makine*
P2338. La Servante insoumise, *Jane Harris*
P2339. Le Vrai Canard, *Karl Laske, Laurent Valdiguié*
P2340. Vie de poète, *Robert Walser*
P2341. Sister Carrie, *Theodore Dreiser*
P2342. Le Fil du rasoir, *William Somerset Maugham*
P2343. Anthologie. Du rouge aux lèvres. Haïjins japonaises.
Haïkus de poétesses japonaises du Moyen Age à nos jours
P2344. Poèmes choisis, *Marceline Desbordes-Valmore*
P2345. « Je souffre trop, je t'aime trop », Passions d'écrivains
*sous la direction de Olivier et Patrick Poivre d'Arvor*
P2346. « Faut-il brûler ce livre ? », Écrivains en procès
*sous la direction de Olivier et Patrick Poivre d'Arvor*
P2347. À ciel ouvert, *Nelly Arcan*
P2348. L'Hirondelle avant l'orage, *Robert Littell*
P2349. Fuck America, *Edgar Hilsenrath*
P2350. Départs anticipés, *Christopher Buckley*
P2351. Zelda, *Jacques Tournier*
P2352. Anesthésie locale, *Günter Grass*
P2353. Les filles sont au café, *Geneviève Brisac*
P2354. Comédies en tout genre, *Jonathan Kellerman*
P2355. L'Athlète, *Knut Faldbakken*
P2356. Le Diable de Blind River, *Steve Hamilton*
P2357. Le doute m'habite.
Textes choisis et présentés par Christian Gonon
*Pierre Desproges*
P2358. La Lampe d'Aladino et autres histoires pour vaincre l'oubli
*Luis Sepúlveda*
P2359. Julius Winsome, *Gerard Donovan*
P2360. Speed Queen, *Stewart O'Nan*
P2361. Dope, *Sara Gran*
P2362. De ma prison, *Taslima Nasreen*
P2363. Les Ghettos du Gotha. Au cœur de la grande bourgeoisie
*Michel Pinçon et Monique Pinçon-Charlot*
P2364. Je dépasse mes peurs et mes angoisses
*Christophe André et Muzo*
P2365. Afrique(s), *Raymond Depardon*
P2366. La Couleur du bonheur, *Wei-Wei*

P2367. La Solitude des nombres premiers, *Paolo Giordano*
P2368. Des histoires pour rien, *Lorrie Moore*
P2369. Déroutes, *Lorrie Moore*
P2370. Le Sang des Dalton, *Ron Hansen*
P2371. La Décimation, *Rick Bass*
P2372. La Rivière des Indiens, *Jeffrey Lent*
P2373. L'Agent indien, *Dan O'Brien*
P2374. Pensez, lisez. 40 livres pour rester intelligent
P2375. Des héros ordinaires, *Eva Joly*
P2376. Le Grand Voyage de la vie.
Un père raconte à son fils
*Tiziano Terzani*
P2377. Naufrages, *Francisco Coloane*
P2378. Le Remède et le Poison, *Dirk Wittenbork*
P2379. Made in China, *J. M. Erre*
P2380. Joséphine, *Jean Rolin*
P2381. Un mort à l'Hôtel Koryo, *James Church*
P2382. Ciels de foudre, *C.J. Box*
P2383. Robin des bois, prince des voleurs, *Alexandre Dumas*
P2384. Comment parler le belge, *Philippe Genion*
P2385. Le Sottisier de l'école, *Philippe Mignaval*
P2386. « À toi, ma mère », Correspondances intimes
*sous la direction de Olivier et Patrick Poivre d'Arvor*
P2387. « Entre la mer et le ciel », Rêves et récits de navigateurs
*sous la direction de Olivier et Patrick Poivre d'Arvor*
P2388. L'Île du lézard vert, *Eduardo Manet*
P2389. « La paix a ses chances », *suivi de* « Nous proclamons la création d'un État juif », *suivi de* « La Palestine est le pays natal du peuple palestinien »
*Itzhak Rabin, David Ben Gourion, Yasser Arafat*
P2390. « Une révolution des consciences », *suivi de* « Appeler le peuple à la lutte ouverte »
*Aung San Suu Kyi, Léon Trotsky*
P2391. « Le temps est venu », *suivi de* « Éveillez-vous à la liberté », *Nelson Mandela, Jawaharlal Nehru*
P2392. « Entre ici, Jean Moulin », *suivi de* « Vous ne serez pas morts en vain », *André Malraux, Thomas Mann*
P2393. Bon pour le moral ! 40 livres pour se faire du bien
P2394. Les 40 livres de chevet des stars, The Guide
P2395. 40 livres pour se faire peur, Guide du polar
P2396. Tout est sous contrôle, *Hugh Laurie*
P2397. Le Verdict du plomb, *Michael Connelly*
P2398. Heureux au jeu, *Lawrence Block*
P2399. Corbeau à Hollywood, *Joseph Wambaugh*
P2400. Pêche à la carpe sous Valium, *Graham Parker*

P2401. Je suis très à cheval sur les principes, *David Sedaris*
P2402. Si loin de vous, *Nina Revoyr*
P2403. Les Eaux mortes du Mékong, *Kim Lefèvre*
P2404. Cher amour, *Bernard Giraudeau*
P2405. Les Aventures miraculeuses de Pomponius Flatus
*Eduardo Mendoza*
P2406. Un mensonge sur mon père, *John Burnside*
P2407. Hiver arctique, *Arnaldur Indridason*
P2408. Sœurs de sang, *Dominique Sylvain*
P2409. La Route de tous les dangers, *Kriss Nelscott*
P2410. Quand je serai roi, *Enrique Serna*
P2411. Le Livre des secrets. La vie cachée d'Esperanza Gorst
*Michael Cox*
P2412. Sans douceur excessive, *Lee Child*
P2413. Notre guerre. Journal de Résistance 1940-1945
*Agnès Humbert*
P2414. Le jour où mon père s'est tu, *Virginie Linhart*
P2415. Le Meilleur de « L'Os à moelle », *Pierre Dac*
P2416. Les Pipoles à la porte, *Didier Porte*
P2417. Trois tasses de thé. La mission de paix d'un Américain au Pakistan et en Afghanistan
*Greg Mortenson et David Oliver Relin*
P2418. Un mec sympa, *Laurent Chalumeau*
P2419. Au diable vauvert, *Maryse Wolinski*
P2420. Le Cinquième Évangile, *Michael Faber*
P2421. Chanson sans paroles, *Ann Packer*
P2422. Grand-mère déballe tout, *Irene Dische*
P2423. La Couturière, *Frances de Pontes Peebles*
P2424. Le Scandale de la saison, *Sophie Gee*
P2425. Ursúa, *William Ospina*
P2426. Blonde de nuit, *Thomas Perry*
P2427. La Petite Brocante des mots. Bizarreries, curiosités et autres enchantements du français, *Thierry Leguay*
P2428. Villages, *John Updike*
P2429. Le Directeur de nuit, *John le Carré*
P2430. Petit Bréviaire du braqueur, *Christopher Brookmyre*
P2431. Un jour en mai, *George Pelecanos*
P2432. Les Boucanières, *Edith Wharton*
P2433. Choisir la psychanalyse, *Jean-Pierre Winter*
P2434. À l'ombre de la mort, *Veit Heinichen*
P2435. Ce que savent les morts, *Laura Lippman*
P2436. István arrive par le train du soir, *Anne-Marie Garat*
P2437. Jardin de poèmes enfantins, *Robert Louis Stevenson*
P2438. Netherland, *Joseph O'Neill*
P2439. Le Remplaçant, *Agnès Desarthe*

P2440. Démon, *Thierry Hesse*
P2441. Du côté de Castle Rock, *Alice Munro*
P2442. Rencontres fortuites, *Mavis Gallant*
P2443. Le Chasseur, *Julia Leigh*
P2444. Demi-Sommeil, *Eric Reinhardt*
P2445. Petit déjeuner avec Mick Jagger, *Nathalie Kuperman*
P2446. Pirouettes dans les ténèbres, *François Vallejo*
P2447. Maurice à la poule, *Matthias Zschokke*
P2448. La Montée des eaux, *Thomas B. Reverdy*
P2449. La Vaine Attente, *Nadeem Aslam*
P2450. American Express, *James Salter*
P2451. Le lendemain, elle était souriante, *Simone Signoret*
P2452. Le Roman de la Bretagne, *Gilles Martin-Chauffier*
P2453. Baptiste, *Vincent Borel*
P2454. Crimes d'amour et de haine, *Faye et Jonathan Kellerman*
P2455. Publicité meurtrière, *Petros Markaris*
P2456. Le Club du crime parfait, *Andrés Trapiello*
P2457. Mort d'un maître de go.
Les nouvelles enquêtes du Juge Ti (vol. 8)
*Frédéric Lenormand*
P2458. Le Voyage de l'éléphant, *José Saramago*
P2459. L'Arc-en-ciel de la gravité, *Thomas Pynchon*
P2460. La Dure Loi du Karma, *Mo Yan*
P2461. Comme deux gouttes d'eau, *Tana French*
P2462. Triste Flic, *Hugo Hamilton*
P2463. Last exit to Brest, *Claude Bathany*
P2464. Mais le fleuve tuera l'homme blanc, *Patrick Besson*
P2465. Lettre à un ami perdu, *Patrick Besson*
P2466. Les Insomniaques, *Camille de Villeneuve*
P2467. Les Veilleurs, *Vincent Message*
P2468. Bella Ciao, *Eric Holder*
P2469. Monsieur Joos, *Frédéric Dard*
P2470. La Peuchère, *Frédéric Dard*
P2471. La Saga des francs-maçons
*Marie-France Etchegoin, Frédéric Lenoir*
P2472. Biographie de Alfred de Musset, *Paul de Musset*
P2473. Conseils à une Parisienne, et autres poèmes choisis
*Alfred de Musset*
P2474. Le Roman de l'âme slave, *Vladimir Fédorovski*
P2475. La Guerre et la Paix, *Léon Tolstoï*
P2220. Une année dans la vie de Tolstoï, *Jay Parini*
P2476. Propos sur l'imparfait, *Jacques Drillon*
P2477. Le Sottisier du collège, *Philippe Mignaval*
P2478. Brèves de philo, *Laurence Devillairs*
P2479. L'Arbre du père, *Judy Pascoe*
P2480. Contes carnivores, *Bernard Quiriny*